고향 물길을 거닐며

고향 물길을 거닐며

저자 김주영
사진 권태균
1판 1쇄 **인쇄** 2012. 5. 23
1판 1쇄 **발행** 2012. 5. 29

발행처_ 김영사 ● **발행인**_ 박은주 ● **등록번호**_ 제406-2003-036호 ● **등록일자**_ 1979. 5. 17 ● **주소**_ 경기도 파주시 교하읍 문발리 출판단지 515-1 우편번호 413-756 ● **전화**_ 마케팅부 031)955-3100, 편집부 031)955-3250 ● **팩시밀리**_ 031)955-3111 ● 저작권자 ⓒ 김주영, 권태균, 2012 이 책의 저작권은 저자에게 있습니다. 저자와 출판사의 허락 없이 내용의 일부를 인용하거나 발췌하는 것을 금합니다.

값은 뒤표지에 있습니다. ISBN 978-89-349-5697-6 03810 ● 독자의견 전화_ 031)955-3200 ● 홈페이지_ http://www.gimmyoung.com ● 이메일_ bestbook@gimmyoung.com ● 좋은 독자가 좋은 책을 만듭니다 ● 김영사는 독자 여러분의 의견에 항상 귀 기울이고 있습니다.

강은 넓고 깊고 오래고 길다

김주영 쓰고
권태균 찍다

고향 물길을 거닐며

김영사

낙동강 1300리
우리 문화의 지도

머 리 말

　낙동강은 남한 제일의 강이다. 그 길이는 약 520킬로미터에 이르고 2만 3000제곱킬로미터에 달하는 유역 면적은 남한의 4분의 1에 해당한다. 광활한 낙동강의 역사는 영남의 역사, 나아가 한반도 생성의 역사와 궤를 같이할 정도이다.

　이처럼 장대한 낙동강을 이 한 권의 책으로 살펴보기란 쉽지 않겠지만, 우선 개괄하는 의미에서 낙동강의 지형적 특성과 기후 등을 살펴보려 한다. 지명의 유래를 비롯해 낙동강의 역사와 그 주변의 역사적 사실들, 역사 유물과 관련 유적지들을 짚어보면서 낙동강이 우리 역사에서 차지하는 비중과 의미를 되새겨보고자 한다.

　낙동강은 영남지방의 삶을 결정짓는 절대적인 자연조건이기도 하다. 발원지에서부터 유장한 중류를 거쳐 바다와 만나는 부산 하구에 이르기까지 곳곳에 천혜의 절경을 선사하고, 더러는 겨울밤을 짧게 만드는 이야깃거리를 안겨주었다. 강이 휘감아 도는 마을마다 낙동강에 얽힌 사연을 품고 있으니 말이다. 낙동강을 따라 늘어선 절경과 그곳을 배경으로 한 역사적인 사건과 인물, 전해져 내려오는 전설도

추려본다. 봉화의 청량산, 상주의 경천대, 내성천이 휘감아 도는 회룡포마을과 연꽃송이를 피워낸 듯한 안동 하회마을 등의 물돌이동(물이 돌아가는 마을), 낙동강 배후습지 우포와 하구의 철새 도래지 을숙도를 다루었다.

낙동강과 관련한 문화유적으로는 단연 안동을 중심으로 하는 퇴계 이황의 사상과 그의 청빈한 삶을 꼽을 수 있다. 동방의 주자로 불리우며, 성리학을 집대성한 퇴계의 삶 역시 낙동강과 떼려야 뗄 수 없는 인연을 맺고 있다. 청량산 끝자락이 낙동강에 발을 담근 곳에는 그가 그림 속으로 걸어간다고 했던 '예던길'이 자리하고, 성리학 사상을 후학에게 양성하기 위해 서당을 건립한 곳도 낙동강변이었다. 퇴계와 그 제자들에 의해 안동 일대에 서원이 건립되었고, 이로써 안동은 유학의 본거지로 거듭났다. 정신문화의 산실, 유교 정신의 본산이라는 안동의 자부심은 결코 과하지 않다.

양반문화가 꽃피웠다고 해서, 양반들만 큰소리치며 살던 곳이라 생각한다면 오해가 아닐 수 없다. 낙동강 너른 품에서 양반과 평민은 그 어느 곳보다 원활히 소통하면서 조화를 이루었다. 하회 별신굿 탈놀이가 그 좋은 예다. 우리네만의 민속문화와 풍습, 토속신앙이 낙동강 전역에 산재해 있는 것이다. 가야진사의 '가야진 용신제'를 비롯해, 조선 보부상들의 애환과 전통이 서려 있는 고령의 상무사놀이 또한 좋은 예다.

낙동강은 미학적으로 가치 있을 뿐만 아니라 건축사적으로도 중요한 불교 사찰들을 곳곳에 품고 있다. 영주 부석사, 합천 해인사는 말

할 것도 없고, 가야불교의 시작인 은하사, 신라불교 전파의 거점인 구미의 도리사가 그것이다. 낙동강을 사이에 둔 김해 장유사와 양산 통도사는 남방불교와 북방불교의 특징을 잘 보여주는 불교 문화유산이다. 물길을 따라 사람과 문물이 오가면서 새로운 문화와 종교가 어떻게 전파되었는지를 보여주는 본보기라 하겠다.

낙동강은 그 자체로 하나의 길이었다. 내륙 수로로 이용되었기에, 육지의 길과 마찬가지로 교역과 물류가 활발했다. 낙동강 하구에서 내륙의 안동과 봉화에까지 배가 드나들었다. 없어서는 안 될 소금은 첫머리에 실리는 중요한 품목이었다. 소금과 쌀을 실은 배가 상주 낙동나루에서 짐을 부리면 육로가 그것을 이어받았다. 문경새재, 추풍령과 죽령 등지로 물자를 운송하면서 낙동강의 뱃길은 다시금 이어졌다. 고령을 지나는 낙동강 물길은 140리에 달하며, 지금은 사라졌지만 나루터의 흔적은 무려 스무 곳 가까이 된다.

낙동강 3대 나루로 보통 영남대로와 이어지는 상주의 낙동진나루, 합천 율지의 밤마리나루, 구포의 감동진나루를 꼽는다. 합천은 오광대놀이가 생겨난 곳이기도 하고, 구포의 감동진나루에는 조창(漕倉)이 있어 인근에서 거둔 조세를 한양으로 실어 나르는 거점인 동시에 감동장(옛 구포장터)과 더불어 낙동강 하구 물류의 중심이기도 했다.

요즈음 새로 정비된 길에도 주목했다. 상주시는 산과 강과 들이 만나는 이야기길 13코스를 개발, 주민들과 상주를 찾은 이들에게 낙동강의 절경과 유래를 감상하고 체험할 수 있는 문화상품을 개발해 문화자원의 가치를 높이고 있다.

낙동강은 넓고, 깊고, 오래고 길다. 오랫동안 인간의 역사와 함께하면서 풍요를 선사했으며 절경을 선물했다. 그럼에도 낙동강을 둘러싼 논란과 다툼은 끊이지 않는다. 발원지를 두고 다투거나, 700리의 시작점을 따지느라 다투고, 재첩을 두고 다툰다. 개발과 변화를 원하는 이도 있고, 원시 상태로 보존하기를 희망하는 목소리도 이에 못지않다. 그러나 누가, 무엇이 옳은지 단언하기는 쉽지 않다.

　어쨌거나 낙동강은 갖가지 이권을 두고 다투는 사람들 곁에서, 제 길을 따라 묵묵히 흐르고 또 흐른다.

율지의 밤마리나루

1630여 개의 물줄기,
이야기를 품다

낙 동 강 의 개 요

    낙동강의 사전적인 정의는 이렇다. 압록강 다음가는 한국 제2의 하천으로 길이 약 520킬로미터, 유역 면적은 2만 3000여 제곱킬로미터에 달하는 하천. 그 발원지에 대해서는 논란이 많으나 《동국여지승람》《척주지》《대동지지》 등에서는 강원도 태백시 황지동의 황지연못을 그 발원지로, 학계의 답사 결과로는 천의봉 동쪽 계곡의 '너덜샘'에서 시작되는 것으로 알려졌다. 아무튼 낙동은 영남지방 전역을 유역권으로 하여 중앙 저지대를 남류하다가 남해로 흘러든다.

    낙동강의 유역 면적은 남한지역의 4분의 1, 영남지역의 4분의 3에 해당한다. 쉽게 말해, 영남지방에 비가 내리면 거의 대부분이 낙동강으로 흘러든다는 얘기다. 그도 그럴 것이 영남지방은 동쪽으로는 태백산맥, 서쪽으로는 소백산맥에 둘러싸여 있다. 이런 지형적 특성 때문에 산자락에 내린 빗물이 모여 작은 내와 하천을 이루고 낮은 평야지대에서 합쳐져 낙동강을 이루니, 낙동강이 영남지방 전체를 아우르고, 그 물줄기가 산맥으로 둘러싸인 영남을 벗어날 수 없는 것은 당연지사다.

낙동강의 지리적 위치를 살펴보면 최북단은 강원도 태백시 화전동 황지천, 최남단은 경상남도 고성군 대가면 갈천리 갈천천, 최동단은 경상북도 영양군 수비면 죽파리 백암산, 최서단은 지리산 지역인 전라북도 남원시 운봉읍 장교리[1]로 기록되어 있는데, 유역 면적상으로도 적지 않지만, 지리적으로도 한반도 동남부 전체를 포괄하고 있음을 알 수 있다.

　낙동강으로 모여드는 물줄기의 근원은 어디일까. 강원도 태백에서 발원한 물줄기는 남류하다가 안동 부근에서 반변천(半邊川)을 비롯한 여러 지류와 합류해 서쪽으로 방향을 틀면서 본격적인 흐름을 시작한다. 이 물줄기는 한천, 금천, 내성천, 이안천, 그리고 월악산에서 발원해 문경을 흐르는 제1지류인 영강과 합류한 후 다시 남류한다. 상주를 거쳐 선산에 이르기까지 병성천, 위천, 감천 등과 만나고, 구미와 왜관을 거쳐 대구에 이르면 금호강과 합류한다. 합천의 황강이 합류하기까지 남쪽으로 흐르던 물줄기는 남강을 만나 다시 동쪽으로 흐르게 되고, 삼랑진 부근에서 밀양강을 합친 뒤 또다시 남쪽으로 흐름을 바꾸더니 이윽고 부산 서쪽에서 바다에 닿는다. 이처럼 낙동강은 남에서 서로, 다시 동으로 방향을 바꿔가며, 여러 내와 강을 합류하면서 영남 땅을 이리저리 휘돌아 남해로 흘러든다.

　태백에서 시작해 봉화, 영주, 예천, 영양, 안동, 의성, 상주, 김천, 구미, 칠곡, 영천, 경산, 대구, 성주, 고령, 합천, 창녕, 의령, 밀양, 양산, 김해, 부산에 이르기까지……. 낙동강을 따라 들어선 도시를 대강만 꼽아봐도 그 물길이 미치지 않는 곳을 찾기 어렵다.

황지못과 황지천 산자락에 내린 빗물이 모여 내를 이루고 하천을 이뤄 낙동강이 된다.

강과 관련된 용어 중에 수계차수가 있다. 강으로 흘러드는 지류를 순차적으로 표시하는 것으로, 간단히 말하자면 큰 강에 얼마나 많은 물줄기가 합해졌는가를 나타낸다. 처음 나타나는 물줄기를 1차수라 하는데, 1차수가 1차수와 만나면 2차수가 되고, 2차수와 2차수가 만나면 3차수가 된다. 강의 물길을 그려보면 흡사 아름드리 나무가 위로 갈수록 작고 가느다란 가지를 뻗어내는 듯한 형태가 된다. 이처럼 깊은 산골짝에서 시작된 가느다란 물줄기가 모이고 또 모이는 것을 수치로 보여주는 값이 바로 차수이다.

1978년 김우관 교수의 연구에 따르면, 낙동강은 1차수가 무려 1630여 개에 달한다.[2] 1차수가 모여 내와 천이 되고, 여기에 영강, 금호강, 밀양강까지 더해지면 낙동강은 5차수의 가장 큰 강이자 최종 단계의 강으로 셈할 수 있다고 한다. 가닥을 모아 타래를 꼬듯, 태백과 소백산의 산자락에서 발원한 수백 가닥의 물줄기가 모여들고, 물줄기가 더해질 때마다 점점 더 커지는 낙동강 물줄기를 상상하는 것만으로도 그 장대함을 감지할 수 있다.

1630여 개의 물줄기 가운데서도 낙동강의 발원지로 알려진 곳이 황지못이다. 황지(黃池)는 글자 그대로 황씨의 못이라는 것인데, 여기에는 내려오는 전설이 있다. 지금의 황지못 자리에는 재물이 많으면서도 인색하기 짝이 없는 수전노 황부자가 살고 있었다고 한다. 하루는 황부자가 외양간에서 쇠똥을 치우려는데, 남루한 차림의 노승이 시주를 청했다. 일언지하 거절과 면박에도 노승이 거듭 간곡히 시주를 청하자, 심술 사납기로 이름난 황부자는 노승에게 쇠똥을 한 바가지 퍼주었다. 노승은 공손히 인사를 하고 돌아섰으나, 이 광경을 보게 된 며느리가 부끄러워 어쩔 줄을 모르다가, 시아버지 몰래 쌀 한 되를 시주하며 대신 용서를 빌었다고 한다. 그러자 노승은 며느리에게 이 집은 운이 다했으니, 살고 싶으면 자기를 따라나서라 이르면서, 어떤 일이 일어나도 절대 뒤를 돌아봐서는 안 된다고 신신당부를 했다. 하지만 이와 유사한 수많은 전설과 신화에서 늘 그렇듯이, 며느리는 땅이 갈라지는 듯한 엄청난 소리에 놀라 뒤를 돌아보았고, 그 자리에서 등에 업은 아이와 함께 돌이 되고 말았다. 며느리를 놀라게 한 엄청난 소리는 황부자의 집이 땅 밑으로 가라앉는 소리였는데, 집과 방앗간, 변소가 각각 가라앉아 상지, 중지, 하지가 되었다고 한다. 재미있는 것은 그때 가라앉은 황부자가 이무기가 되었다는 후일담이다. 황지못이 가끔 한 번씩 누렇게 변하는 이유가 바로 황부자의 심술 탓이라고 하니, 이 이야기는 황지못을 더욱 흥미롭게 한다.

하지만 태백의 황지는 엄밀히 말하면 관습적인 혹은 문헌상의 발원지라 칭해야 할 것이다. 여러 1차수 가운데에서 가장 멀리 떨어진 지점을 뜻하는 최장 1차수를 발원지라 할 텐데, 황지가 최장 1차수는 아니라는 주장이 제기되었기 때문이다. 낙동강 본류에서 가장 멀리 떨어져 있는 최장 1차수는 높이가 1303미터에 이르는 천의봉 동쪽 계곡의 너덜샘이라 한다. 하늘 봉우리를 뜻하는 천의봉은 태백의 화전동과 삼수동에 걸쳐 있고, 매봉산이라 부르기도 한다. 태백산맥과 소백산맥의 분기점에 위치해 있고, 두 산맥이 이곳에서 각각 낙남정맥과 낙동정맥으로 갈라져 뻗어간다. 그런데도 황지못을 발원지로 판단한 것은 낙동강 최상류 일대에서 지하로 스며들었던 물이 용출하는 곳이기 때문인 듯하다. 상지, 중지, 하지로 나뉜 황지못은 그 둘레가 각각 100미터, 50미터, 30미터 정도인데, 상지 남측의 굴에서 물이 솟아나는 것으로 알려져 있다. 일일 용출량이 5000톤에 달한다 하니, 황지못은 사람들이 기대하는 심오한 발원지로서의 자태를 보여준 셈이고, 따라서 상징적인 시작점으로 각인되었던 것 같다. 실제로 황지는 '하늘못'이라는 의미의 천황(天潢)이라는 이름도 가지고 있다.

최장 1차수의 위치에 따라 낙동강의 길이도 달리 계산될 수 있다. 강의 길이는 최장 1차수에서 강물이 바다로 유입되는 지점인 하구까지의 길이를 말하기 때문이다. 낙동강유역환경청에 따르면 낙동강의 길이는 521.5킬로미터이나, 최장 1차수를 어디로 보느냐에 따라 다른 견해도 있을 수 있다. 어쨌거나 이는 근 1300리에 달한다. 태백과 봉화의 골짜기에서 흘러나와 새로운 내와 강을 품어 안을 때마다, 낙동강은 그곳의 이야기를 담았고 삶과 애환을 함께 품었으며, 선사시대 이래 영남의 역사와 문화는 언제나 낙동강과 함께였다. 1300리 길이만큼, 그리고 그 오랜 시간만큼 낙동강은 무수한 이야기를 품고 있다 할 것이다.

낙동,
홍수와 가뭄을 다스려
오늘의 모습에 이르다

지 형 과　기 후

낙동강의 가장 큰 지형적인 특징은 '완만함'이다. 하구에서 344킬로미터 상류에 있는 안동 부근의 하상고도가 90여 미터 남짓하다. 하상고도란 쉽게 말해 강바닥의 높이인데, 그렇게 멀리 거슬러 올라간 강 상류의 바닥이 바다에 다다른 강 끝머리에 비해 90미터 남짓 높을 뿐이다.

중류와 하류의 평야지대를 지날 때 강의 흐름은 거의 평형 상태에 이르고 흐름도 완만해져서 마치 뱀이 지나가듯이 구불구불한 형태, 일명 사행유로(蛇行流路)를 띠게 된다. 물돌이동이라는 운치 있는 우리말에서 짐작하듯이, 강물이 마을을 한 바퀴 빙 돌아나가는 장관을 볼 수 있는 까닭도 여기에 있다. 널리 알려져 있는 안동의 하회마을과 예천의 회룡포가 대표적이다.

뿐만 아니라 이 완만함 덕택에 강을 내륙수로로 이용할 수 있었다. 경사가 완만하기 때문에 배를 타고 상류로 거슬러 올라가는 일이 가능했던 것이다. 낙동강을 끼고 있는 지역에는 진(津)과 포(浦)를 쓰는 지명이 많은데, 예를 들면 구포, 왜관, 삼랑진은 물론, 안동과 봉화 일

안동 하회마을의 나루

예천의 회룡포 낙동강은 완만하다. 그 완만함을 따라 흐르는 느린 강물이 마을을 한 바퀴 휘돌아가는 장관을 보여준다.

대까지도 예전에는 대개 나루터이거나 선착장이었다. 근대적인 도로망과 철길이 생겨나기 전인 1980년대 초까지도 두메산골에는 목선이 드나들었는데, 이는 내륙 깊이 자리한 봉화의 '배나들'이라는 마을 지명에서도 알 수 있다. 당시에 사용된 배는 물속으로 노를 젓는 것이 아니라, 긴 삿대로 강바닥을 짚어가며, 사람의 힘으로 강을 거슬러 오르는 무동력 목선이었다.

지금도 하회마을에서는 부용대 및 옥연정사까지 200미터 남짓한 거리를 목선으로 운행하고 있어서 안동의 옛 정취를 느낄 수 있다. 이처럼 사람의 힘으로 배를 움직여 강을 거슬러 오르려면 그만큼 강이 완만하고, 물살이 요동치지 않아야 한다. 물이 깊고 살이 세면, 사람의 힘으로 노를 저어 강을 거스르기란 쉽지 않을 것이다. 만약 그랬다면 거센 물줄기를 타고 내륙 깊은 곳까지 몇 날 며칠을 거슬러 오르고, 한 계절을 다 보내다시피 하는 긴 여정은 더욱 더 녹록지 않았거나 불가능했을 것이다. 오늘날에는 옛 나루터의 흔적을 찾아보기가 쉽지 않지만, 육로와 교통이 발달하지 못한 시절, 소금을 비롯한 중요한 생활용품과 제수용품을 실어 나르는 내륙수로인 낙동강은 '젖줄'이라는 말이 무색하지 않을 만큼 고맙고 은혜로운 강이었을 것이다. 낙동강의 완만함은 보는 이들에게 여유로운 풍경과 유장한 경치를 선사하는 데에 그치지 않고, 내륙수로와 나루터 같은 중요한 삶의 터전들을 제공해주었다.

신라시대부터 제를 지냈다는 양산시 원동면 용당리의 가야진사는 나루터 신인 진신(津神)을 모시는 곳이다. 전국적으로 나루터 신을 모시는 곳은 거의 없다고 한다. 가야진사가 거의 유일한데, 이곳은 신라 시대부터 군사적으로 중요한 거점이기도 했으나, 나루터 신에게 제를 올려 무사 안녕을 비는 의미도 있었다.

그런데 여기서 나루터 신이란, 용을 뜻하거나 용과 다르지 않았을까. 강과 바다에서 막강한 힘을 발휘하는 용은 특히 날씨를 마음대로 다룰 수 있어 폭풍우를 몰고 와 거친 파도를 일으키고, 배를 난파시킨다고 믿었다. 게다가 심술이 나면 가뭄이 들게도 한다고.

용이야말로 나루터의 수호자라 여겼던 까닭인지, 가야진사에는 용과 관련된 설화가 있다. 용당리 앞 용소에 용 세 마리가 살았는데, 암룡이 둘이고 숫룡은 한 마리뿐이라 다툼이 잦았다고 한다. 하루는 양주 도독부의 전령이 공문서를 가지고 이 길을 지나다 주막에 묵었는데, 꿈에 용 한 마리가 나타나 읍소하기를, 남편 용이 첩만 사랑하고 자기를 멀리하니 첩 용을 죽여주면 은혜를 갚겠노라 했다. 사정을 딱하게 여겼던 전령이 용소를 찾았는데 그만 실수로 남편 용을 죽이고 말았다. 슬피 울던 본처 용은 전령에게 용궁을 보여주겠다고 그를 데려갔다. 용궁에 간 전령은 돌아오지 못했을 것이다. 이 사건 이후로 마을에 재앙이 끊이지 않자, 그때부터 이곳에서는 용 세 마리와 전령의 넋을 위로하는 제를 지내게 되었다고 한다. 그런 까닭에선지 사당에는 제단 위로 머리 셋 달린 용의 그림이 걸려 있다.

지금의 사당은 1406년 태종 때 세워진 것이나, 옛 문헌 《신증동국여지승람》에 따르면 가야진사의 제사는 국가의식의 하나였다. 봄과 가을이면 나라에서 향축(香祝)과 칙사를 보내 장병의 무운(武運)을 기

주남저수지   창원의 주남저수지는 배후습지를 유용하게 활용하고 있는 대표적인 사례이다.

원하고, 강의 범람을 막기 위한 제를 치렀다 한다. 제사는 조선시대까지 이어졌는데, 제사를 담당했던 양산군수의 세력이 대단했던 듯 싶다. 용신제를 주도하는 양산군수 앞에서 인근 고을의 수령들이 쩔쩔맸다고 하는데, 그 까닭은 혹여 봉로(奉爐)로 뽑힐까 두려웠기 때문이다. 봉로는 제를 지내는 동안 향로를 받들었는데, 아무리 뜨거워도 땅에 내려놓지 못했다고 한다. 땅에 놓으면 역적 취급을 받았다고 하니, 봉로로 뽑히는 일이 두려웠을 법하다.

낙동강의 지형적 특징으로 배후습지(背後濕地)를 언급할 필요가 있다. 홍수로 하천이 범람하면, 상류에서 실어온 토사도 주변으로 함께 범람하면서 쌓이게 된다. 이렇게 형성된 평야를 충적평야(沖積平野)라고 부르는데, 이는 일반적으로 토지가 비옥해 농경지로 활용될 수 있다. 반면 홍수로 불어난 물이 실어온 모래나 흙을 물길 양쪽으로 밀어내 긴 제방 형태로 높직하게 만들어진 것을 자연제방이라 한다. 말 그대로 물과 흙이 흘러내려 자연적으로 생겨난 둑인 셈이다. 그런데 이 과정에서 가장자리에 점토처럼 미세하고 찰진 흙이 쌓이면, 물은 점점 고이기만 하고 배수가 원활하기 어렵다. 인위적으로 고르게 만든 땅이 아니기 때문에 자연제방 안쪽으로 비교적 낮은 지대가 있기 마련이었다. 이런 상황에서 홍수가 거듭되면, 차츰 물이 고여서 늪이나 습지를 형성하게 되는데, 이를 배후습지라 한다. 배후습지가 형성되는 과정은 홍수가 지난 후, 물이 넘쳤던 자리에 물웅덩이가 생겨나는 것과 같은 이치다.

그런데 낙동강은 주로 야트막한 산과 구릉지를 흐르기 때문에 넓은 면적의 범람원이 생겨나지 않았고, 김해평야를 제외하면 넓은 충적지는 적은 편이다. 반면 경사가 완만한 낙동강에는 자연제방과 배후습지가 하류 지역에 특히 집중적으로 형성되었는데, 이들은 본류인 낙동강에서도 한참 떨어진 상당히 먼 거리에서부터 나타나기 시작한다.

선사시대에는 낙동강이 지금보다 훨씬 더 큰 물줄기였거나, 홍수의 범람이 더 빈번하고 심각했을 것이다. 고령 부근부터 삼랑진까지 무수히 분포했던 소택지(沼澤地)들은 농지 개발 등으로 메워진 경우가 많아 원형 그대로 보존된 모습을 찾기는 힘들다. 90퍼센트 이상이 소실된 상태라고 한다. 창녕의 우포늪을 대표적인 배후습지로 언급할 수 있고, 창원의 주남저수지는 배후습지를 유용하게 활용하고 있는 대표적인 사례이다.

낙동강의 완만함이 배후습지 형성의 지형적 요인이라면, 기후와 강수량의 영향 또한 적지 않다. 낙동강은 우기와 건기의 수량 차이가 매우 크다. 낙동강이 빗물을 모아 바다로 흘려보내는 유출량은 연평균 110억 세제곱미터로 추산되지만, 해마다 변동이 커서 비가 많이 올 때는 200억 세제곱미터까지 늘어나고, 가뭄이 찾아든 해에는 평균의 절반가량인 50억 세제곱미터로 뚝 떨어진다.

게다가 여름 6월부터 9월 사이 장마철에 비가 집중되어, 이들 대부분은 강으로 흘러든다. 따라서 4개월 남짓한 기간에 연중 강우량의 3분의 2가량이 한꺼번에 쏟아지고, 우기의 두 배에 달하는 기간 동안 고작 절반에 해당하는 양이 흐르는 셈이다. 한반도 전체의 기후 조건 중에서도 낙동강 중부 이남은 특히 강수량이 적은 곳으로 분류

되고 있다. 대구 분지를 중심으로 중부지역은 900밀리미터 이하로 비가 적다. 그런가 하면 낙동강 하류에 해당하는 해안 부근은 여름철 태풍 등으로 1400밀리미터 이상의 다우지를 형성한다.

비가 한꺼번에 내려 홍수가 진다는 것은, 유출되고 쌓이는 토사의 양이 많다는 것을 의미한다. 물살이 센 상류와 중류의 물줄기가 경사가 완만한 하류에 부려놓는 토사의 양이 많다는 것이다. 이것은 물이 많을 때는 많지만, 1년의 절반 이상은 물 부족을 겪어야 한다는 뜻이기도 하다. 호수가 많은 지형조건이라면 일시적으로 물이 저장되는 효과를 볼 수 있겠지만, 산악지대가 대부분인 낙동강 하류 지역에는 지질 여건상 호수가 들어앉을 틈이 없다.

민족의 눈물,
낙동강에 서리다

역 사 와 유 래

(1) 지명의 유래

낙동강은 '낙동'이라는 이름을 얻기 전, 신라시대에는 황산강으로 불리웠다. 여기서 '황산'은 지금의 경상남도 양산과 김해 사이의 낙동강 하류인 황산진구를 뜻하는 것으로, 《신증동국여지승람》에서 황산진이 황산강 상류가 되는 양산 서쪽 40리에 있다고 한 것으로 보아 앞에서 언급한 가야진(伽倻津)으로 추정된다. 가야진은 '가야로 건너가는 나루'라는 뜻에서 유래한 이름이며, 신라 경주와 김해의 금관가야 사이에 위치해 있어 교류가 활발했던 곳이고, 훗날 신라가 가야를 정벌할 때에는 군사적 요충지가 되기도 했다.

낙동이라는 명칭은 고려와 조선시대에 이르러 등장하는데, 이 명칭에 관해서는 두 가지 설이 있다. 첫 번째는 삼한시대 '가야(가락)의 동쪽'에서 딴 이름이라는 설이다. 정약용(丁若鏞)이 편찬한 역사 지리서인 《아방강역고》(1811)에 따르면 '황수(黃水)는 태백산 황지에서 시작한다. 낙동이라 함은 가락(駕洛, 가야의 다른 이름)의 동쪽이라는 말'이라 했다 한다.

두 번째는 '낙양'의 동쪽을 뜻하는 것으로, 낙양은 지금의 경상북도 상주 땅을 일컫는다. 낙양, 사벌, 상산, 사불, 상주, 상락, 상령, 사량벌, 사라벌은 모두 상주의 고대 지명이며, 중국의 낙양성을 따라 붙여진 이 지명은 상주가 유일하다. 경상북도 지명 유래집에서도 낙양리(상주 낙동면)는 중국의 낙양성을 따서 붙여진 이름이며, 낙양의 동쪽을 낙동리라 했다 한다. 상주의 옛 지명이 낙양이었다 하니, 상주 동쪽으로 흐르는 강이란 뜻에서 낙동이란 이름이 생겨난 것이다. '낙동'이란 명칭이 문헌에 등장한 예로는 조선시대 이긍익의 《연려실기술》(1911)을 들 수 있는데, '낙동(洛東)은 낙양(상주의 옛 지명)의 동쪽을 말한다'고 기록되어 있다. 또한 이보다 앞선 기록으로는 《동국여지승람》(1486)에서 '낙수'로, 《택리지》(1751)에서 '낙동강'으로 표기하고 있는 예가 있다.[3]

(2) 신비의 왕국 가야

낙동강의 지명과 그 유래를 살피다 보면, 낙동강 하류 지역이 가야와 깊은 연관을 맺고 있음을 알 수 있다. 낙동강 하류를 중심으로 발달했던 가야는 어떤 형태의 국가였으며, 이 국가의 흥망성쇠는 낙동강과 어떤 연관을 맺고 있을까.

'가야'는 약 3세기경에 낙동강 주변의 소국들이 발전한 것이라고 한다. 중국 역사서 《삼국지》의 변한 12국, 《삼국유사》에 등장하는 5가야 혹은 6가야의 기록에서 유사한 지명이 많은 것으로 보아 가야는 지금의 김해와 마산에 자리 잡은 변한(弁韓)의 소국들이 발전한 것으로 여겨진다. 자료도 많지 않고 학자에 따라 견해가 분분해 언급하기 조심스럽지만, 이들 소국이 차츰 연맹체 형태로 발전한 것으로 짐작하는 것이다.

아쉽게도 가야에서 직접 남긴 문헌은 전해지지 않는다. 《삼국사기》에서 다뤄지고 있다고는 하나, 《삼국사기》는 당대에 스스로 편찬한 역사서가 아니다. 고려 문종 때 김해에 파견되는 금관주지사를 지낸 이가 《가락국기》를 집필했다는데 이마저도 전해오지 않고, 일부가 《삼국유사》에 간략히 수록되어 있을 뿐이다(《삼국유사》에서는 초기에는 김해의 금관가야, 4세기 이후에는 고령의 대가야가 연맹을 주도했을 것으로 추측하고 있으며 그 외에도 함안의 아라가야, 상주시 함창의 고령가야, 성주의 성산가야, 고성의 소가야, 창녕의 비화가야가 있었다고 언급하고 있다). 하지만 《삼국유사》 자체가 비유로 가득한 설화적 야사(野史)에 가깝다는 것이 보편적인 견해이며, 이 부분을 발췌해 가야의 온전한 역사로 간주하기는 어렵다. 가야의 역사를 탐구하는 후대의 노력에도 불구하고 '신비의 왕국'이라는 표현이 친숙한 까닭도 여기에 있다.

이처럼 가야에 대해서는 정확한 고증이 없는 탓에 문헌보다는 낙동강 유역의 유적을 바탕으로 역사를 재구성하려는 노력이 활기를 띠고 있다. 대가야의 유적으로 고령 지산동 고분이 있는데, 그곳에서 약 40여 명이 한꺼번에 순장된 묘가 발굴되었다. 또한 고령의 또 다

고령 지산동 고분군 낙동강 하류 지역은 옛 가야와 깊은 연관을 맺고 있다.
지산동 고분들은 대가야의 주 고분군이다.

른 지역에서 가야식 금관이 출토된 사례가 있는데, 이로써 대가야에서 왕권에 버금가는 존재가 강력한 집권력을 발휘했으리라 짐작한다. 또 그런 까닭에 대가야가 후기 가야연맹을 이끄는 데에 그친 것이 아니라, 어느 정도 체제를 확립한 영역국가였음을 추측할 수 있다.

낙동강 하구를 장악한 금관가야는 수로를 이용해 내륙과 왕래하면서, 남쪽 바다를 통해 중국·일본과 교류했다. 그들은 철기를 다룰 줄 알았고, 생산되는 철을 수출하면서 무역을 통해 접하게 된 선진문물을 내륙에 중계하는 이점을 누릴 줄도 알았다. 낙동강 하구의 비옥한 농경지가 국력의 바탕이 된 것은 물론이다. 초기에 금관가야가 맹주국 역할을 할 수 있었던 것도 이 같은 유리한 입지조건과 무관하지 않을 것이다.

가야와 관련한 신화 중에 가장 익숙하고 친근한 것이 김수로왕의 건국신화이다. 서기 42년에 아직 나라의 이름도 없던 때에 금관가야 9부족의 추장인 9간(干)이 왕을 얻고자 김해 구지봉(龜旨峰)에 모여, 신의 계시에 따라 땅을 파헤치며 노래를 부르자, 하늘로부터 붉은 보자기에 싸인 금합(金盒)이 내려와 그 속에서 해처럼 둥근 황금알 여섯 개를 얻었다 한다. 반나절이 지나자 여섯 개의 알은 모두 사람으로 변했는데, 수로도 그중의 한 사람이었다. 키가 9자(尺)이고 팔자 눈썹이며 얼굴은 용과 같이 생겼는데, 가장 처음 사람으로 변했기 때문에 '수로'라는 이름을 갖게 되었으며, 9간에 의해 왕으로 추대되었다. 나머지 알에서 나온 다섯 명의 아이가 5가야의 왕이 되었고, 이로써 수로왕이 다스린 금관가야가 가야연맹에 주도적인 역할을 하게 되었

수로왕릉 정문　김해 서상동에 있는 김수로왕의 능. 정문은 쌍어문이라고도 불리는데, 현판에 그려진 두 마리 물고기가 눈길을 끈다.

음을 말해준다.

　수로왕은 이후 인도 아유타국에서 허황후를 맞이했다고 전해진다. 아유타국의 실제 위치에 대해서는 여러 설이 있지만 인도 아요디아일 것이라는 설이 가장 널리 알려져 있다. 그 연유는 수로왕릉 정문 대들

파사석탑　하늘의 명을 받고 수로왕의 배필로 정해진 허황후는 풍랑을 가라앉히기 위해
파사석탑을 배에 싣고 왔다.

보에 새겨진 두 마리의 물고기가 인도 아요디아 지방의 건축양식에서 볼 수 있는 문양이기 때문이다.

인도 북부 우타르프라데시주의 아요디아는 갠지스강 지류인 고그라강(江) 연변에 있다. 힌두교 성지 가운데 하나이나, 5~6세기에는 불교의 중심지였다고 한다. 하지만 허황후가 실제로 인도에서 온 것인지, 미지의 먼 바다가 인도로 각색된 것인지는 분명하지 않다. 하늘의 명을 받고 김수로왕의 배필로 정해진 허황후는 풍랑을 가라앉히기 위해 파사석탑(婆娑石塔, 경상남도 김해에 있는 가야 때의 5층 석탑)을 배에 싣고 왔다고 전해지며, 김수로왕과 허황후는 150여 년 동안이나 함께 나라를 다스렸다. 아들 열 명을 낳았는데 이 가운데 둘은 황후의 성을 물려받았기에 김해김씨와 김해허씨 등은 지금도 통혼하지 않는다. 하동 화개면의 칠불사에는 수로왕의 일곱 왕자가 수행하다 성불했다는 전설이 전해진다.

이 강림신화에는 '구지가'가 전해지는데, 이는 전해지는 최고(最古)의 집단가요로서, 시기상 가장 앞머리에 놓이는 작품이기도 하다. 4구체 한역 시 형태의 구지가(龜何龜何 首其現也 若不現也 燔灼而喫也, 거북아, 거북아, 머리를 내놓아라. 내놓지 않으면 구워서 먹으리)가 낙동강과 관련해서 등장하는 최고의 문학작품인 셈이다.

금관가야와 대가야는 532년과 562년에 차례로 신라에 병합되었다. 이는 신라의 23대 왕인 법흥왕과 신라의 24대 왕인 진흥왕 시절의 일이다. 《삼국사기》에 따르면 대가야는 진흥왕 23년에 이사부와 사다함이 이끄는 신라군에 의해 멸망한 것으로 전한다. 신라의 신문왕 5년인 685년에 새로운 지방행정구역으로 9주 5소경을 채택하면서, 가야와 옛 신라의 땅인 낙동강 유역이 사벌주(상주), 삽량주(양산), 강주(진주)로 편입된 이후에도 가야의 후손들은 신라의 발전에 적잖은 영향을 미쳤으며, 특히 후대에 삼국통일에 기여한 김유신은 금관가야의 마지막 왕인 구형왕(구해왕)의 후손이기도 하다.

이토록 발달된 문명을 누린 막강한 해상왕국 가야가 스스로의 역사와 문헌을 남기지 않았다는 것은 의아하고 안타깝다. 가야를 점령한 신라에 의해 모든 사료가 폐기되고 만 것일까. 기록되지 못한 역사는 소멸의 위험에 직면한다. 그러나 다행인 것은 김해를 비롯한 낙동강 하류 지역에는 가야의 유적이 산재해 있으며, 이들이 가야의 실존과 역사를 그 무엇보다 생생하게 증언하고 있다는 것이다.

이처럼 김해 곳곳에는 김수로왕과 허황후의 전설이 스며 있다. 구지가의 무대가 되는 구지봉, 김수로왕이 황후를 기다렸다는 망산도(望山島), 황후가 타고 온 돌배가 뒤집혀 생겨났다는 유주암(維舟巖), 허황후가 붉은 기를 달고 들어온 바닷가인 별포나루 기출변(旗出邊), 비단 치마를 벗어 제를 올렸다 하여 비단고개라고도 불리는 능현(綾峴, 비단고개)이 그것이다. 가야에 관한 문헌상의 자료는 부족하고 불분명하지만, 낙동강변에 '기록된' 생생한 역사는 옛 모습 그대로 우리들 속에 살아 있을 것이다.

(3) 선사시대의 유적

그렇다면 가야 이전의 낙동강을 둘러싼 사람들의 '기록되지 않은' 삶은 어떠했을까. 가장 먼저 살기 시작한 토착민 내지 원주민은 누구이며, 그들이 남긴 흔적을 찾아볼 수는 없을까.

그들의 삶이 궁금하다면, 가장 먼저 경북 칠곡군 석적읍 중리의 선사시대 유적을 둘러볼 일이다. 이곳에서 출토된 돌망치 등은 구석기시대의 것으로 추정된다. 발굴되는 유적을 근거로 추측컨대 낙동강 유역에는 신석기시대에 이르러 본격적으로 선사문화가 형성되기 시작했다. 부산의 범방동, 금곡동 등 낙동강 하류 지역은 물론, 비교적 내륙에 위치한 양산 남부동에서도 패총이 발견되었다. 김해 조만강(潮滿江) 근처의 농소리패총 등 곳곳에 산재한 패총은 낙동강 유역에 신석기인들의 주거지가 산재했음을 말해준다. 낙동강 배후습지의 하나인 창녕의 비봉리 유적은 낙동강 유역의 내륙지방에서 발견된 최초의 신석기시대 저습지 유적이다. 당시에 사용하던 소나무로 만든 배와 손으로 엮어 만드는 편물(編物)기술을 보여주는 망태기, 도토리와 저장시설 등이 다량 출토되었는데, 이로써 낙동강 유역에 광범위하게 신석기 문명이 분포되어 있었음을 짐작할 수 있다. 또한 신석기시대와 청동기 초기까지 쓰였던 빗살무늬토기 가운데서도 남부지방에서 주로 나타난 돋을무늬로 짐작컨대, 낙동강을 중심으로 한 영남지역 곳곳에 신석기 문화권이 형성되어 있었음을 알 수 있다.

선사시대의 유적이라 하면, 사람들이 살던 집터, 토기와 같은 가재

고령 양전동 암각화 선사시대 유적 가운데 암각화는 남원과 여수를 제외하면 특이하게도 거의 대부분 낙동강 유역에 집중되고 있다.

도구, 조개껍질이 쌓여 생겨난 패총, 돌로 만든 여러 형태의 무덤과 고인돌, 그리고 암각화까지 그 시대 생활상을 짐작케 하는 것들 대개가 포함되는데, 대다수가 구석기시대의 흔적보다는 신석기와 청동기 시대의 유적으로 전국 각지에서 발견된다.

이 중에서도 암각화는 바위에 새겨진 선사시대의 흔적으로, 풍요와 다산 등 주술적인 기원을 담고 있다. 그 예로 울산 반구대 암각화가 가장 유명한데, 암각화에서 거의 빠지지 않고 나타나는 동심원은 태양을 상징한다. 뜻을 알 수 없는 기호나 도형의 형태를 띤 것도 있으며, 말발굽처럼 동물을 본뜬 듯한 형태도 있다. 반구대의 경우 고래, 호랑이, 거북이, 사슴 등 여러 동물이 새겨져 있다. 사냥에서 성공해 돌아오기를 기원하는 마음으로 사로잡아야 할 짐승을 새겨 넣으며 승리를 다짐했을 것이다.

이 밖에도 다산을 기원하는 듯한 생식기의 모양이나 성혈(性穴), 새끼를 밴 짐승의 형태도 찾아볼 수 있다. 성혈은 바위 표면에 동그랗게 파인 구멍을 말하는데, 5~10센티미터 크기에 3~5센티미터 정도의 깊이가 대부분이나, 지름이 꽤 큰 것도 발견된다. 성혈은 청동기시대의 돌무덤 지석묘, 일명 고인돌에서 발견되는 경우가 많다. 낙동강 상류인 안동에서부터 구미, 고령, 창원, 밀양, 양산 곳곳에서 발견되는 고인돌과 성혈은 인근 마을에서 알바위, 알터, 알구멍, 바위구멍이라 불리며 신성시되기도 한다.

2004년에는 고령 성산면 성산면사무소 근방에서 3기의 고인돌이 발견되었는데, 어곡리 금평마을 민가 뒤편의 고인돌은 길이 220센티미터, 너비 160센티미터, 높이 150센티미터 정도의 크기로 지석(支石)이 없이 덮개돌만 있는 형태였다. 특히 덮개돌에 새겨진 성혈 중에는 직경 21센티미터, 깊이 14센티미터 정도의 대형 성혈이 있어 눈길을 끄는데, 이렇게 큰 구멍은 성혈 가운데서도 드문 사례이다.

선사시대 유적 가운데 암각화는 남원과 여수를 제외하면 특이하게도 거의 대부분 낙동강 유역에 집중되고 있다.[4] 이 가운데서 보물 605호로 지정된 고령군 개진면의 양전동 암각화가 비교적 선명하게 그 형태를 유지하고 있다. 대구에서 고령으로 가는 도로변인 금산재 남쪽 구릉에 석기 유적지와 고인돌이 분포하고 있으며, 암각화는 바로 이웃한 알터마을에 자리한다. 알터마을은 천신과 산신이 교감해 알을 낳은 곳이라 전해진다. 암각화는 남향의 수직 암벽 위에 새겨져 있으며, 바위 크기는 대략 3미터 높이에 길이가 6미터에 달한다. 양전동 암각화는 상태가 양호한 데다 쉽게 볼 수 없는 형태의 문양이 남아 있어 관심을 끈다. 동심원과 십자형 문양 외에 사람 얼굴을 표현한 듯한 이형화(異形畵)가 그것으로 모두 17개에 달한다. 위로는 머리카락, 좌우로 수염과 같은 털 모양이 그려져 있고, 눈·코·입·귀의 위치에 구멍을 팠다. 대략 가로세로 한두 뼘 크기에 달하며 가면이나 방패를 연상시키는 이 문양은 가면형, 신면형, 인면형, 검파형, 방패형 등 다양한 명칭으로 불리며, 조상신이나 수호신을 형상화한 것으로 짐작된다. 가운데 성혈을 두고 뻗어나간 동심원은 태양을 뜻하며, 가면형 문양은 고유신앙을 주술적이고 상징적으로 표현한 것, 즉 당시에 추앙하던 신성한 숭배의 대상을 기호화한 것이다. 따라서 이 일대를 일종의 제단이자 신성한 의식을 거행하는 원시신앙 유적지로 추정하고 있다.

선사시대에 먹을 것이 남아돌 만큼 풍족했을 리 없다. 따라서 수렵이나 사냥처럼 먹을 것을 구하는 일에 언제나 힘을 쏟아야 했을 것이다. 그런데도 생산과 직접적으로 관계되지 않는 암각 행위가 도처에서 발견되는 까닭은 무엇일까. 단단한 것으로 바위를 쪼거나 갈고, 원하는 도형을 새겨 넣는 일은 쉽지 않았을 것이다. 생산에 배당되어야 할 일정 노동력을 할당해야만 가능한 일이다. 배고픔과 굶주림을 감수하면서도 꽤나 공을 들였을 것이다. 그만큼 중요한 일이라는 반증이다.

암각화가 강 주변에 집중되어 있는 것에서도 알 수 있듯이, 선사시대 제의적 행위는 강을 끼고, 혹은 강을 바라볼 수 있는 곳에서 거행되었다. 암각이 제의적이거나 주술적인 행위이고 또 암각화 주변이 신성한 곳이라면 풍요와 다산을 기원하건, 사냥에 성공하기를 기원하건, 질병에 시달리지 않기를 빌건 간에, 이 모든 제의적 행위가 생명을 불어넣는 강에 대한 경외감을 기반으로 한 것이 아닐까. 그러니까 강의 위대함을 칭송하고, 그 영험함에 기대고자 하는 소박하면서도 간절한 기원의식이 여타의 모든 제의와 맥락을 같이한 것이다. 그렇기 때문에 신성함을 극대화하는 특별한 공간으로 강을 지목한 것이 아니었을까 추측하게 된다.

선사인들의 암각화는 다른 한편으로 예술적 본능의 발현이기도 할 것이다. 일정한 형태를 완성해 제의에 사용하고 난 후에도, 즉 일차적인 사용을 다한 후에도 지속적으로 형태를 다듬는 등의 부수적인 행위가 이뤄졌을지 모른다. 점차 재능 있는 소수에게 권한을 일임했을 가능성, 혹은 그 자체가 하나의 예술행위로 간주되었을 가능성도 있다. 왜냐하면 우리 인간은 보다 아름다운 어떤 것, 심미적으로 보다 완성된 것을 끊임없이 추구하는 본능을 지녔기 때문이다. 만약 그렇다면 낙동강변의 암각화는 한반도 최초의 예술행위이자, 선사시대 최초의 예술작품이었을 것이다.

선사시대 문명이 대부분 강을 끼고 있다는 것은 널리 알려진 사실이다. 생명이 되는 물을 공급받을 수 있고, 조개와 어패류 등 비교적 손쉽게 손에 넣을 수 있는 식량자원이 풍부하기 때문이다. 농경사회로 진입하면서 물은 더욱 더 중요해졌다.

낙동강은 우리의 최초의 역사, 한반도 문명의 시작과 발전과정을 지켜보면서 지금까지 흘러왔다. 가야를 거쳐 선사시대까지 시간을 거슬러 오르다 보면, 낙동강의 유구함이 느껴진다. 낙동강의 역사를 이야기할 때 가야와 선사시대 유적을 반드시 언급해야 하는 까닭이 바로 여기에 있다. 이로써 낙동강 유역의 삶과 터전이 얼마나 오랜 것인가, 이 땅에 사는 우리들이 낙동강에 기대어 산 지 얼마나 오래인가를 다시 한번 되짚을 수 있기 때문이다. 더불어 강과 인류의 역사, 강을 둘러싼 패권다툼, 삶의 기반인 동시에 교류를 가능케 하는 길로서의 강, 역사 속 깊숙이 자리 잡은 강의 중요성 또한 새삼 확인할 수 있다. 따라서 낙동강에 관해 이야기를 시작할 때 시간의 축을 훨씬 더 뒤로 물릴 필요가 있다.

낙동강의 역사는 아주 먼 곳에서부터 시작되고 있다. 낙동강 유역의 무수히 많은 유적들은 오랜 시간을 뛰어넘어 오늘도 그 시대를 생생히 증언한다. 뿐만 아니라 문헌상에 남아 있지 않은, 가야라는 이름의 왕국이 사라졌을 뿐, 낙동강변의 삶이 송두리째 사라진 것이 아니다. 낙동강은 언제나 흘러왔고, 삶은 계속되고 있다.

(4) 치열한 낙동강 전투사

선사시대부터 풍요를 베풀었던 낙동강은 역사가 기록되면서 하나의 경계, 이쪽과 저쪽을 가르는 구분선으로 인식되었다. 그러다가 강을 사이에 두고 영역 다툼이 불거지면, 특히 무역과 교통에 필수적인 내륙수로를 독점하고자 할 때, 강은 전쟁터로 돌변했다. 이것이 낙동강을 장악하기 위한 치열한 전투가 시대마다 끊임없이 치러진 이유일 것이다.

가야는 철기와 해상항로의 장악으로 신라보다 앞선 문명과 강성함을 누렸다. 진한의 사로국에서 출발한 신라가 주변의 소국을 병합하면서 세력을 키워가고 있었지만, 가야에 막혀 낙동강으로의 진출이 여의치 않았다. 남쪽으로 세력을 확장하던 신라에게 내륙수로이자 해상항로의 출발점이 되는 낙동강은 반드시 차지해야 하는 지리적 요충지였다. 가야가 강성했던 만큼, 금관가야와 고령의 대가야로 진격하려는 신라와 가야 사이의 전투는 치열했을 터. 금관가야의 구형왕이 신라에 항복했다고 되어 있다지만, 순순히 투항하지는 않았을 것이다. 지리산 자락의 산청이 복야운동의 중심지였다는 주장에 비추어볼 때, 승산 없는 싸움에 짓밟히기보다는 후일을 기약했을 가능성도 없

현고수 　수령이 520년에 달하는 천연기념물이다. 곽재우가 여기에 북을 매달고 두드려 의병을 모았다고 한다.

지 않다. 낙동강 패권을 장악한 신라가 후에 삼국을 통일하게 되지만, 낙동강 유역 차지가 여의치 않았던 만큼 신라는 삼국시대 초 고구려와 백제에 비해 뒤처지게 된다. 그만큼 낙동강 하구를 손에 완전히 넣기까지 많은 힘을 쏟았다는 뜻이다.

임진왜란 때 낙동강은 일본이 침입하는 물길이 되기도 했다. 낙동강은 왜적의 보급로로 활용되었고, 이를 차단하기 위한 치열한 전투가 벌어졌다. 낙동강을 거슬러 오르다 보면 피비린내 진동했던 비극의 역사를 목격하게 된다.

임진왜란 당시 전국 각지에서 자발적으로 모인 의병의 희생과 활약이 대단했는데, 의령·현풍·창녕의 곽재우(郭再祐), 고령·거창의 김면(金沔), 합천의 정인홍(鄭仁弘) 등 영남 3대 의병장의 전적 또한 두드러졌다. 사명당 대사가 승군사령부를 두었던 팔공산은 승병들의 집결지가 되었고, 영남 의병의 주요 활동은 낙동강을 통해 올라오는 왜병의 보급선을 공격·차단하는 것이었다. 따르는 이가 2만 2000여 명에 달했던 홍의장군(紅衣將軍) 곽재우는 낙동강을 따라 신출귀몰하며 왜적을 공포로 몰아넣었으며, 그가 의병을 일으킨 의령의 벽화산성지, 왜군을 대파한 칠곡의 천생산성 등지에 그의 눈부신 활약이 전해온다. 이 중 의령군 유곡면 세간리에 있는 느티나무 현고수(懸鼓樹)는 수령이 520년에 달하는 천연기념물이기도 하지만, 곽재우 장군이 북을 매달고 두드려 의병을 모았다기에 더욱 의미가 깊은 나무다.

상주의 첫 의병장 김준신이 북천에서 전사한 후, 상주민들에게는 처절한 보복이 가해졌다. 김 의병장 일족이 모여 사는 상주시 화동면 판곡리의 세거지를 왜군이 습격했는데, 부녀자들은 당시 1600여 평에 이르렀던 마을 앞 저수지에 투신해 자결했고, 김준신의 아들인 백일(百鎰)만이 노비와 함께 겨우 살아남았다 한다. 50여 가구의 100여 명이 넘는 집안 사람들과 주민들의 희생이 어찌나 컸던지, 지역 역사서인 《상산지》에 따르면, 후일 상주지역은 부역이나 조세 일부 면제 혜택을 받는 전국 유일의 은전(恩典)고을이 됐다 한다.[5]

예천 우망마을의 '우망'은 소가 누워 달을 바라본다는 '서우망월'에서 나왔으나, 차츰 '근심을 잊고 살 만한 마을'로 뜻이 전화되었다. 이렇듯 풍요롭고 평화로운 마을도 온 나라를 휩쓴 임진왜란의 화마를 비켜가지 못했고, 쌍절암에도 비극적인 이야기가 전해온다. 마을로 쳐들어온 왜군을 피해 매오(梅塢) 정영후(鄭榮後)의 아내 청주한씨와 시누이인 정소저가 낙동강변의 바위 절벽에서 목숨을 던진 것이다. 스물넷, 열아홉이라는 꽃다운 나이였다. 두 여인이 몸을 던진 사실이 알려지면서 이 바위에는 쌍절암(雙節岩)이라는 이름이 붙여졌고, 이를 기려 세워진 비석이 바로 쌍절비, 이를 둘러싼 누각이 쌍절각이다.[6]

남강의 진주성과 촉석루는 임진왜란 3대 대첩의 하나인 진주대첩이 치러진 곳이다. 진주성에서 김시민이 왜군을 크게 무찔렀는데, 패한 왜군이 이듬해인 1953년 12만 병력으로 재공격하자, 진주성은 열하루 만에 함락되었다. 성안에 남아 있던 군관민(軍官民) 7만여 명이 최후까지 항쟁하다가 장렬히 최후를 맞이했는데, 이 사건을 계사순의(癸巳殉義)라 명명하여 그들의 넋을 기리고 있다. 논개(論介)가 촉석루

정암진   의병이 최초로 일본군과 싸워 승리한 정암진전투의
      지휘 본부가 있었다.

진주성과 촉석루　임진왜란 3대 대첩 중 하나인 진주대첩이 치러진 곳이다.

에서 적장을 껴안고 남강에 투신한 것 역시 이 무렵(1593년)의 일이다. 진주남강유등축제에서 남강에 띄우는 유등은 당시 희생자의 비극을 되새기는 제의다. 진주성 촉석광장의 계사순의단에서는 매년 음력 6월 29일, 이들의 넋을 위로하는 제를 올린다.

임진왜란뿐 아니라 우리 역사를 할퀴고 간 숱한 왜적의 침입과 전쟁의 아비규환을 생각해 보면, 낙동강으로 흘러든 것이 어찌 빗물과 냇물뿐이겠는가. 낙동강 일대에서 의로운 전투 중에 희생된 의병, 왜군에게 짓밟히지 않기 위해 목숨을 버린 부녀자들의 수를 어림짐작으로도 다 헤아리기 어렵다.

낙동강에 서린 전쟁의 비극, 그 정점으로 기억되는 것은 6·25전쟁 중에 치러진 낙동강 방어전투다. 최후의 방어선을 지키기 위한 가장 치열했던 대부동전투와 영천전투는 전쟁의 흐름을 바꾸는 결정적인 반격의 발판이 되었다. 전쟁이 발발한 지 겨우 한 달 남짓한 7월 말, 북은 영덕·안동·상주·진주를 잇는 선까지 진출해 낙동강 도하를 시도하기에 이른다. 당시 미 사령관인 워커 장군은 낙동강과 상류 동북부 산악지대의 천연 장애물을 이용한 방어선을 구축하고, 이를 사수키로 하는데, 이것이 최후의 방어선이 된 소위 워커라인이다. 이 방어선은 동서 80킬로미터, 남북 160킬로미터로, 왜관을 기점으로 하여 동해안의 영덕, 서쪽의 남지, 함안 진동리(鎭東里)를 거쳐 진해만에 이른다. 방어선 돌파에 대비하는 예비 방어선을 구축하기 위해 밀양 북쪽의 유천(楡川), 그 서쪽의 무안리(務安里)를 거쳐 마산 동쪽의 고지

왜관철교 북한군의 남하를 저지하기 위해 피난민들이 몰려든 채 폭파되고 말았다.
전쟁의 아비규환을 이보다 더 절절하게 보여주는 장면이 또 있을까.

를 잇는 데이비드슨라인을 구상하면서, 왜관의 낙동강 철교와 인도교를 비롯한 낙동강의 모든 교량이 폭파되었다. 북한군의 남하를 저지하기 위해 왜관철교 역시 수많은 피난민이 몰려든 가운데 그대로 폭파되고 말았다. 다리가 끊어지자 강을 건너기 위해 가져온 짐을 놓아버릴 수밖에 없었는데, 잃은 것은 보따리뿐 아니라, 손에 잡은 아이와 등에 업은 젖먹이, 누이와 오라버니, 피붙이와 가족이었다. 전쟁의 아비규환을 이보다 더 절절하게 보여주는 장면이 또 있을까.

(5) 현대사의 비극, 페놀오염사건

낙동강은 상주 일대의 본류가 시작되면서, 모양새를 달리한다. 강폭도 넓어지고, 수량도 풍부해져서 강다운 강의 모습을 보여준다. 낙동강 700리라는 말은 대개 상주에서 시작되는 낙동강 본류의 길이만 어림하는 말이다. 이처럼 중부 이남을 흐르는 본류의 풍족한 수자원은 구미와 같은 공업도시가 들어서는 밑거름이 되었다. 생산 설비에 필요한 공업용수를 공급하고, 인구가 대량으로 유입되면서 하루가 다르게 커져가는 공업도시 거주민에게 식수를 제공할 뿐만 아니라, 그로 인해 발생된 오폐수를 정화하는 것 역시 낙동강의 몫이었다. 당시 경제 사정이 열악했고, 이것저것 재고 따질 겨를 없이 앞으로 내달리기에 급급했다지만, 가난을 벗어나기 위한 몸부림 속에서 낙동강은 차츰 병들어갔다. 그러다가 마침내 낙동강에 저지른 우리의 가혹하고도 무책임한 처사를 돌아보게 하는 사건이 발생했다. 1991년 3월 낙동강 페놀오염사건이 그것인데, 구미 구포동 두산전자의 페놀원액 저장탱크 파이프가 파열되면서 30톤가량의 페놀원액이 대구 상수원인 다사취수장으로 흘러들었다. 취수장에서는 원인 규명을 하지 않은 채 염소를 다량으로 투입해 사태를 악화시켰고, 낙동강으로 흘러든 페놀은 밀양, 함안, 칠서 등에서도 잇따라 검출되어, 영남 전 지역이 페놀 파동에 휩쓸리게 되었다. 단순 과실일 뿐 고의성이 없었다는 이유로 20일 만에 조업 재개가 허용되었으나, 4월 22일 페놀 탱크 파이프의 이음새 부분이 또다시 파열되면서 2톤가량의 페놀이 유입되는 2차

구미 산업단지 산업단지 너머로 보이는 낙동강. 풍족한 수자원은 공업단지가 들어설 수 있는 근간이 되어주었으나 페놀오염사건과 같은 비극을 부르기도 했다.

사고가 발생해 사태는 걷잡을 수 없이 악화되었고, 마침내 두산그룹 회장이 물러나고 환경처 장·차관이 경질되는 사태를 초래했다.

낙동강 전투를 제외하면, 현대사에서 낙동강이 이토록 사람들의 가슴과 뇌리를 파고든 적이 없었을 것이다. 그토록 허술하게 오폐수 장치가 관리되었다는 사실에 충격을 받았을 뿐 아니라, 우리의 생명수가 독성물질에 오염되는 재앙에 가까운 사태를 두고 공포에 사로잡혔다. 물을 오염시키는 것은 생명을 저당 잡히는 행위라는 것을 깨달았고, 이제는 환경을 생각하지 않으면 안 된다는 의식도 생겨났다. 이를 계기로 환경에 관한 국민의 관심이 증대되면서 환경범죄 처벌에 관한 특별조치법이 제정되었고, 공장과 같은 공업용 시설물을 설립할 때 적용되는 환경 기준 또한 강화되었으며, 한반도의 강을 수계별로 관리하는 환경관리위원회가 구성되었다.

낙동강은 숱한 생명을 잉태하고 품는다. 낙동강에 기댄 생명이 얼마나 많은지 상상해보라. 선사시대 이래로 낙동강은 역사 속에서 언제나 생명을 살리는 젖줄이었다. 선사시대에는 신성한 제의가 치러지던 곳이었고, 가야의 철기문명이 꽃피웠던 곳이자 중국과 일본의 무역 거점이자 내륙과 왕래하던 뱃길이었으며, 신라와 가야 사이의 격전이 치러진 곳이기도 하다. 전쟁에 스러진 숱한 목숨, 왜적에게 항거하며 흘린 피까지 받아들였던 낙동강은 우리의 뼈아픈 역사와 함께했으며, 공업발전을 앞세워 숱하게 토해놓은 오폐수까지 묵묵히 받아들이던 자애로운 강이기도 하다.

굽이굽이 청아한 자태
낙동을 흠모하다

풍경과 자연경관

낙동강 일대에는 빼어난 절경을 자랑하는 곳이 많다. 수만 년 전 한 반도 땅이 요동치고 융기와 침강을 거듭하며 만들어 놓은 천혜의 자 연절경은 보는 이의 감탄을 자아내고, 지질학적 자료로서의 가치도 크다. 굽이마다 산재한 낙동강의 절경과 낙동강이 품고 있는 자연유 산을 꼽아보자면, 황지의 물줄기가 숨을 고르는 구문소, 낙동강 상류 의 절경 봉화 청량산, 여유롭고 유려한 걸음새로 휘돌아가는 안동과 예천의 물돌이동, 하늘이 냈다는 말에 고개가 끄덕여지는 상주의 경 천대, 낙동강이 내성천·금천과 만나는 예천 풍양 삼강리, 창녕의 우 포늪과 낙동강 하구의 철새 도래지 을숙도를 꼽을 수 있다.

(1) 산을 넘는 물, 태백 구문소

구문소는 태백시 동점동에 자리한다. 세계적으로도 보기 드문 경승 지로, 기세 좋게 흐르는 물줄기가 산맥을 뚫고 지나면서, 높이와 너비

구문소   기세 좋게 흐르는 물줄기가 산맥을 뚫고 지나면서 커다란 석문을 만들어 놓았다.

도강산맥(渡江山脈)이고 수능천석(水能穿石)이라
강물이 산을 뚫고 물이 능히 돌을 뚫는다. 구문소의
힘차고 신비한 자태에 숙연함마저 느끼게 된다.

가 무려 20~30미터에 달하는 커다란 석문(石門)을 만들어 놓았다. 이를 자개문(子開門)이라 하고, 그 밑으로 고여 있는 깊은 소(沼)를 구문소라 한다. '굴'의 고어인 '구무'에서 비롯되었으며, 바위를 뚫었다 하여 '뚜르내'라고도 불렸다.

자개문이라는 명칭은 조선 중기 이후에 제작된 《정감록》이라는 도참서(圖讖書, 나라의 미래를 예언하는 책)에서 유래한다. "낙동강의 상류로 올라가면 길이 막혀 더 이상 갈 수 없는 곳에 커다란 석문이 있는데, 이 석문은 자시(子時)에 열리고 축시(丑時)에 닫힌다. 문이 열릴 때를 기다려 그 문 안으로 들어가면 사시사철 꽃이 피고, 흉년이 들지 않고, 병화(病禍)가 없으며, 삼재(三災)가 들지 않는 이상향 오복동이 있다"라는 구절이 있다 한다. 황지에서 이곳까지는 10여 킬로미터에 이르는데, 비교적 잔잔하던 물줄기는 이즈음 맹렬하게 돌진하여 바위산을 파고든다. 석회암 동굴이나 바닷가의 해식굴이 형성된 것처럼, 오랜 세월 부단한 침식작용에 의해 자연적으로 커다란 구멍을 뚫어낸 것이다. 예부터 물은 산을 넘지 못한다 했건만, 지극히 당연한 상식을 여지없이 깨트리는 구문소다. 도강산맥(渡江山脈, 강물이 산을 뚫고 지나간 특수한 지형) 혹은 수능천석(水能穿石, 물이 능히 돌을 뚫는다) 같은 말로는 다 형언할 수 없는 신비한 자태 앞에서 마치 태고로 거슬러 온 듯한 숙연함마저 느끼게 된다. 바위를 뚫는 그 기개는 또 얼마나 감동적인가. 그러니 자개문이 이상향으로 들어가는 입구라 믿었다 해도 가히 이상하지 않다.

구문소는 정확한 깊이를 알 수 없을 만큼 깊은 탓에, 여기에 얽힌 용궁전설이 있다. 아주 오랜 옛날, 엄종한이라는 사람이 살았는데, 가난한 그는 구문소에서 그물로 고기를 잡아 노부모를 봉양했다. 하루는 구문소에 빠져 구문소 밑 용궁으로 들어가게 되었는데, 용왕은 그에게 용궁의 닭을 훔쳐간 죄를 추궁했고, 자신이 잡은 물고기가 용궁의 닭임을 깨달은 엄종한은 용왕에게 노부모를 봉양하기 위한 일이었다며, 3일 밤낮으로 꼬박 잘못을 빌었다. 엄종한의 지극한 효심과 정성에 감동한 용왕은 그를 용서하는 주연을 베풀고, 세상으로 되돌려 보내기로 했다. 용왕이 베푼 주연에서 산해진미를 맛본 엄종한은 두고 온 부모와 자식 생각에 떡 한 조각을 슬며시 주머니에 넣었다. 사흘만에 용궁에서 나오고 보니, 3년이란 세월이 흐른 뒤였다. 부모 자식과 상봉한 엄종한은 떡이 생각나 주머니를 뒤져 보았으나, 떡은 차돌처럼 굳어버린 뒤였고, 그는 무심코 그 떡을 쌀독에 넣어두었다 한다. 다음날 쌀독을 열어보니 쌀이 가득했는데, 아무리 퍼내도 화수분처럼 줄지 않았고, 엄씨는 이내 큰 부자가 되었다. 소문을 들은 딸이 친정 어머니를 찾아와 용궁에서 가져온 백병석(白餠石)을 빌려달라 하자 마지못해 빌려주었다. 그러나 딸은 백병석을 되돌려주지 않고, 돌려달라는 친정의 성화를 피해 안동으로 이사를 가버렸다. 엄씨가 죽고 나자 사위가 이를 탐내 훔쳐갔다는 설도 있다. 이때부터 엄씨 집안은 가세가 기울고, 안동으로 간 딸네 조씨 집안은 잘살게 되었다고 전해진다.

1억 5000만 년 전부터 3억 만 년 전 사이에 형성되었을 것으로 추측하는 구문소는 지질학적으로도 매우 중요한 자료가 된다. 구문소의 하천 바닥을 보면 2000만 년 동안 차례로 쌓인 지층을 관찰할 수 있는데, 이처럼 구문소 일대의 화석과 지층은 수억 만 년 전의 지각변동을 연구할 수 있는 지질 자료의 보고이며, 이 일대를 토대로 수억 만 년 전에는 한반도가 적도 부근에 있었던 것으로 추측한다.

(2) 아름답기로 으뜸, 봉화 청량산과 도산서원

조선 중기의 문신인 주세붕은 "북쪽의 묘향산, 서쪽의 구월산, 동쪽의 금강산, 중앙에 삼각산, 그리고 남쪽에 있는 가장 큰 산은 지리산이지만, 작은 산 중에서 가장 좋은 산은 단연 청량산"이라 단언한다. 그는 청량산 최초의 기행문인 〈유청량산록〉에서 "청량산은 단정하고 엄숙하며 상쾌하고 경개한 산으로, 비록 규모는 작지만 가볍게 여길 수 없다"며 극찬을 아끼지 않았다 한다.

내륙의 소금강, 작은 금강산 등의 수식어를 얻고 있는 청량산은 봉화와 안동에 걸쳐 있다. 낙동강이 산의 서쪽 기슭을 흐르며, 반곡폭포(盤谷瀑布)·산북폭포(山北瀑布)까지 더한다. 이 산세를 두고 조선시대 이중환은 《택리지》에서 "안동 청량산은 태백산맥이 들에 내렸다가 예안(禮安) 강가에서 우뚝하게 맺힌 것이다. 밖에서 바라보면 다만 흙묏부리 두엇뿐이지만, 강을 건너 골 안으로 들어가면 사방이 온통 석벽인 데다, 가늠할 수 없을 만큼 험하고 높아서 그 기이함을 낱낱이 형용할 수가 없다" 했다. 그도 그럴 것이 높이는 870미터로 그리

높은 산은 아니지만, 주왕산·월출산과 함께 3대 기악(奇嶽)으로 꼽히는 만큼 결코 호락호락하지 않다. 퇴계가 육육봉(六六峰)이라 했던 청량산의 열두 봉우리는 연이어 솟은 바위와 기암절벽이 한데 어우러져 수려한 산세를 자랑한다.

신라 문장가 최지원이 거주했다는 암자터와 신라의 명필 김생이 밤낮으로 먹을 갈았다고 전해지는 김생굴을 지나면 본격적인 산행이 시작된다. 가파른 흙길을 지나 경일봉에 오르면, 자소봉, 탁필봉, 연적봉을 거쳐 청량산의 주봉인 장인봉에 오르는 능선이 시작된다. 봉우리를 오르내릴 때마다, 저 멀리 청량산을 끼고 도는 낙동강의 푸른 물줄기가 눈길을 사로잡는다. 그중에서도 가장 빼어난 절경은 금탑봉에서 옆으로 난 길을 조심스레 따라가다 만나게 되는 어풍대이다. 깎아지른 듯한 절벽이 감탄을 자아내는 어풍대를 바라보면서 발밑으로 박석이 자박대는 소리에 취해 걷노라면 청량산 봉우리가 쉴 없이 늘어선다.

청량산의 또 다른 백미 코스인 축융봉 코스는 동쪽으로 영양 일월산과 멀리 영덕 풍력단지, 서쪽으로 문경새재, 남쪽으로 안동의 학가산까지 황홀하게 펼쳐진다. 청량사를 품고 있는 열한 봉우리를 한눈에 감상할 수 있는 곳이기도 하다. 청량산 하늘다리 길에서 청량사를 끼고 돌아 내려오는 길은 단풍이 만개한 가을철 산행의 희열을 만끽할 수 있는 하산로다. 봉우리들 사이로 청량사의 모습이 나타났다 사라지기를 반복하는 매 순간이 한 폭의 그림과도 같다.[7]

청량산의 산자락 아래로 낙동강을 따라 고산정, 농암종택, 퇴계종

고산정 | 퇴계는 고산정에 들러 여러 편의 시를 지었다 한다. 청량산과 낙동강의
빼어난 풍경이 그의 시심을 돋운 것이리라.

택과 도산서원이 자리한다. 퇴계와 청량산의 각별한 인연은 익히 알려진 그대로이며, 퇴계의 예던길도 이곳에 있다. 그림 속으로 들어간다 했던 그 '예던길'이다. 그는 청량산인이라고 불릴 정도로 이 산을 매우 사랑하여 이 산에 관한 51편의 시와 '청량산록발(淸凉山錄跋)'이라는 글을 남겼으며, 청량산을 오가산(吾家山)이라 부를 정도였다.

"청량산 육육봉을 아는 이는 나와 백구(白鷗). 백구야 흰사(喧辭) 하랴 못 믿을 손 도화(桃花)로다. 도화야 뜨지 마라, 어주자(魚舟子) 알까 하노라."

복사꽃잎이 강물에 떠내려가면 무릉도원이 여기 있음을 어부가 알까 두렵다 노래한 것이다. 퇴계는 《오가산지》에서 청량산에서 낙동강을 따라가는 절경을 일러 '도산구곡 원림(陶山九曲 園林)'이라 노래했다. 1곡은 운암이요, 2곡은 월천, 3곡은 오담, 4곡은 분천, 5곡 탁영, 6곡 천사, 7곡 단사, 8곡 고산, 9곡 청량이라 감탄했건만, 도산 9곡 가운데 여섯 곳은 안동댐 건설과 함께 물속으로 사라졌다.

농암종택도 원래 도산서원 아래의 분천마을에 있었으나, 안동댐 건설로 수몰되면서 가송리에 새로 터를 잡아 복원해놓은 것이다. 농암종택을 둘러싼 풍경은 과연 〈어부사〉를 쓰며 강호지락을 추구했던 농암(聾巖) 이현보(李賢輔 1467~1555)의 터전답다.[8] 낙동강이 크게 굽이치는 아홉 굽이 구곡장류(九曲腸流) 중 네 번째가 분천(汾川)인데, 조선시대 강변문학의 금자탑이라고 할 수 있는 〈어부사〉가 집대성된 곳이

농암종택 농암종택을 둘러싼 풍경은 강호지락을 추구한 농암 이현보의 터전답다.

바로 여기다. 벼슬을 그만두고 고향에 내려온 이현보는 그곳에 전해
오던 작자미상의 〈어부사〉를 재구성하면서, "낚싯대 한끝에 만사를
잊으니, 정승 벼슬을 준다 해도, 이 강산과 바꾸지 않겠다"고 노래했
다. 정승 벼슬과 바꿀 수 없다 노래했을 만큼, 낙동강과 청량산이 빛
어내는 절경 한가운데 분천은 더욱 빛을 발한다.

낚싯대 한끝에 만사를 잊으니 정승 벼슬을 준다 해도 이 강산과 바꾸지 않겠다
_ 이현보의 〈어부사〉

고산정(孤山亭)은 퇴계의 제자이자 조선 중기의 문신인 금난수(琴蘭秀)가 지은 것으로, 퇴계는 청량산 가는 길목에 자리 잡은 제자의 고산정에 들러 여러 편의 시를 지었다 한다. 아마도 청량산과 낙동강의 빼어난 풍경이 그의 시심을 돋우었으리라. 고산정 안팎의 절벽은 병풍을 둘러친 것 같다 하여 내병대·외병대로 불리우고, 예로부터 학이 날아와 새끼를 낳았다는 학소대도 있어 빼어난 볼거리를 자랑한다.

(3) 물길이 휘감아 도는 물돌이동

안동으로 접어든 낙동강은 산자락을 끼고 굽이굽이 돌아간다. 산을 만날 때마다 이리 틀고 저리 돌며 흐름을 바꾸는 강은 고즈넉하면서도 수려한 장관을 연출한다. 강 한쪽으로는 모래사장이 넓게 펼쳐지고, 다른 쪽으로 물줄기를 굽이치게 하는 산세가 어우러지는 가운데, 강물은 마을을 휘돌아 흘러간다. 물이 마을을 휘돌아 흐른다는 데서 유래한 물돌이동을 낙동강은 곳곳에 품고 있다.

그중 대표적인 곳이 안동의 하회마을. '하회(下回)'는 물돌이동을 한자로 표기한 것이다. 태극의 형상이라 말하기도 하고, 물 위에 핀 연꽃에 비유하기도 하는데, 어떤 이는 이를 연화부수(蓮花浮水)의 자태라 일컫는다.

하회마을은 풍산류씨 일가가 모여 사는 동성(同姓)마을로 겸암(謙唵) 류운룡(柳雲龍, 1539~1601)과 서애(西厓) 류성룡(柳成龍, 1542~1607)

물돌이 하회란 물돌이동을 한자로 표기한 것이다. 강이 마을을 품으면
마을은 꽃으로 피어나 강을 어루만진다.

하회마을 하회마을은 풍산류씨 일가가 모여 사는 동성 마을이다. 큰 인물을 여럿
배출했으며 전쟁의 화마조차 이곳을 비켜 갔다고 한다.

형제 이후 크게 번성했다. 류씨 일가의 입향조(入鄕祖, 어떤 마을에 맨 처음 들어와 터를 잡은 사람)는 풍산류씨의 시조인 류절(柳節)의 7세손, 전서공(典書公) 류종혜(柳從惠)로 알려져 있다. 한편 서애 류성룡은 임진왜란 당시 영의정을 지냈던 뛰어난 재상이자 지략가로 일컬어진다. 일설에 따르면, 고려 말 미관말직에 그쳤던 류난옥(柳蘭玉, 전서공 류종혜의 할아버지)이 문중의 명당을 잡기 위해 풍수사에게 매달렸지만, 허씨와 안씨 거주지에 뒤늦게 터를 잡기가 쉽지 않았다. 류난옥은 "3대가 적선해야 발복한다"는 말을 곧이곧대로 따랐는데, 길가에 초막을 짓고 적선한 지 3대째인 류종혜 때 비로소 명당에 터를 잡을 수 있었다고 한다. "허씨 터전에, 안씨 문전에, 류씨 배판(杯盤, 흥취 있게 노는 잔치)"이란 말이 괜한 소리가 아닌 모양이다. 명당으로 손꼽히는 하회마을은 큰 인물을 여럿 배출한 데다, 큰물이 넘친 적도 없을뿐더러 전쟁의 화마조차 비켜 갔다고 한다.

어쩌면 명당이라는 믿음이 명당을 만들기도 할 것이다. 안동을 휘감아 도는 낙동강의 기세가 용의 기운이 서린 듯, 용트림을 보는 듯하니 명당이라 믿어 의심치 않았을 법하다.

또한 하회마을은 조선 전기 이후의 전통적인 가옥과 역사적 배경, 별신굿과 같은 민간 전승자료가 잘 보존된 마을이기도 하다. 야트막한 담장 사이로 여러 형태의 고택이 남아 있으며, 하회 북촌을 대표하는 전통 가옥인 북촌택은 1862년 경상도 도사를 지낸 류도성(柳道性)이 건립한 지 150년이 지난 지금까지도 옛 모습을 온전히 유지하고 있다. 이곳은 류씨 가문이 실천한 적선과 겸양의 미덕이 서려 있기에

겸암정과 겸암정에서   '그대가 새집을 잘 지었다는데, 가서 같이 앉고 싶지만 그러하지 못해 아쉽네.'
내려다본 낙동강   이황은 류운룡에게 스스로 몸을 낮춘다는 뜻의 '겸암정'이라는 현판을 써주며 이 같은
편지글을 보냈다.

더욱 아름답다. 북촌 사람들은 작은 사랑채에 '수신와(須慎窩)'라는 편액을 걸어두었는데, 모름지기 움집에 사는 듯이 삼가라는 뜻으로, 어려운 이웃을 생각하며 스스로를 낮추는 미덕을 강조하고, 교만을 경계하라는 의미라고 한다. 명당에 걸맞은 인품과 덕이 명당을 명당이게 하는 법이다.

류성룡이 임진왜란 이후 고향으로 돌아와 기거하며 《징비록(懲毖錄, 임진왜란 때의 상황을 기록한 책)》을 썼다는 옥연정사, 류운룡이 후학을 기르기 위해 세웠다는 겸암정사 등 이 일대에는 번성했던 류씨 가문과 관련된 명소가 많다. 류운룡은 15세에 퇴계 문하에 들어 학문에 힘썼다. 그는 이황이 도산서당을 열었을 때 제일 먼저 찾아가 배움을 청했다 한다. 이황 또한 류운룡의 학문적 재질과 성실한 자세에 감복하여 총애하였다. 류운룡이 부용대 서편에 정사(亭舍)를 짓자, 겸손한 군자는 스스로 자기 몸을 낮춘다는 뜻이 담긴 '겸암정(謙菴亭)'이라는 현판을 써 주며 '그대가 새집을 잘 지었다는데, 가서 같이 앉고 싶지만 그러하지 못해 아쉽네'라는 편지글을 전했다. 류운룡은 그 이름을 귀하게 여겨 '겸암'을 자신의 호로 삼았다.

한편 서애 류성룡은 생원과 진사를 거쳐 성균관에서 수학한 후 선조 21년 홍문관과 예문관 대제학에 올랐으며, 이후 영의정에 책봉된다. 1592년 임진왜란이 일어나자 병조판서로서 도체찰사를 겸하여 군무(軍務)를 총괄하였으며, 1598년 정응태(丁應泰, 명나라 사신)가 조선과 일본이 연합하여 명나라를 공격하려 한다고 무고한 사건이 일어나자 사건의 진상을 규명하지 않는다는 이유로 북인들의 탄핵을 받아

하회 부용대
하회마을에서 나룻배를 타고 맞은편 부용대에
오르면 하회마을을 감싸고 도는 낙동강을 한눈
에 볼 수 있다.

선몽대 우암이 하늘에서 신선이 내려와 노는 꿈을 꾸고 선몽대라 이름 지었다 한다.

관직에서 물러났다가 3년 뒤에 복관되었으나 다시 벼슬길에 나아가
지 않고 은거하였다.

　물돌이동으로 이름난 곳에는 태극과 연꽃의 자태를 한눈에 볼 수
있는 정자와 누각이 맞은편 산 정상이나 깎아지른 절벽 위에 자리한
다. 하회마을에서 나룻배를 타고 맞은편 부용대에 오르면 하회마을을
감싸고 도는 낙동강을 한눈에 조망할 수 있는데, 이를 보면 절경을 놓
치지 않았던 옛 선조들의 눈썰미에 감탄하지 않을 수 없다.
　하회마을의 물길이 동남서 삼면으로 돌아나가는데 반해, 예천 회룡
포를 휘감아 도는 내성천의 물줄기는 마을을 350도 정도나 굽이돌아

물돌이동의 전형을 보여준다. 이곳은 특히 육지 속의 섬마을로 불리며 관광객이 많이 찾는 곳이기도 한데, 마을의 유려한 풍광을 한눈에 조망하고 싶다면 마을 건너편에 있는 회룡대에 오르면 된다.

처음에는 의성 살던 경주김씨 일가가 논밭을 개간하면서 살기 시작했다 하여 의성포라 불렀는데, 의성에 있는 것으로 착각하는 이들이 많아 새로 회룡포라 이름 붙였다. 내성천의 더 위쪽, 영주 가까이에 자리한 무섬마을도 하회마을과 유사하게 삼면이 물길인 물돌이동으로, '물 위의 섬'을 뜻하는 수도리(水島里)의 우리말 이름이다. 마을을 이어주는 외나무다리가 복원되어 옛 정취를 느낄 수 있고, 고택과 가옥이 잘 보존되어 있다.

내성천 중류로 접어드는 예천 호명면 백송리에는 선몽대(仙夢臺)가 있다. 울창한 소나무 숲에 둘러싸인 채, 내성천의 넓은 백사장을 내려다보고 선 정자다. 백송리의 입향조 귀래정(歸來亭) 이굉(李浤, 1440~1516)은 퇴계의 조카이며, 그의 아들인 우암(遇巖) 이열도(李閱道, 1538~1591)는 퇴계의 종손이자 문하생이기도 했다. 우암이 하늘에서 신선이 내려와 노는 꿈을 꾸고 나서 선몽대라 이름 지었다고도 하고, 과연 신선이 노닐 만한 경치라 하여 선몽대라 불렀다고도 한다. 월포리와 형호리 사이를 휘감아 흘러 우암산 절벽에 부딪치는 내성천 맑은 물과 울창한 소나무 숲은 선몽대에서 수학한 이들이 학문에 힘쓸 수 있는 원천이었을 것이다. 선몽대가 자리한 백송마을은 희귀한 백송(白松)이 많아서 붙여진 이름이지만, 내성천의 모래가 빛을 받아 백금처럼 빛난다 하여 백금마을이라 불리기도 했고, 넓게 펼쳐진 백

사장이 무려 10리에 이른다고 해서 '평사십리(平沙十里)'라 불리기도
한다.

(4) 세물머리가 만나는 예천 삼강리

내성천은 100킬로미터에 달하는 긴 강으로, 낙동강 지류 가운데 가
장 크고 길다. 소백산맥 남쪽 기슭인 봉화에서 발원한 내성천은 영주
시 중앙을 지나, 안동과 문경을 거쳐 낙동강 상류로 흘러들며 영주,
문경, 안동, 봉화, 예천을 두루 지난다. 상류는 다소 가파르지만, 회룡
포가 자리한 하류의 지형은 완만하다. 상류에서 흘러나온 모래가 넓
게 펼쳐진 모래강으로, 조선시대에는 사천(沙川)으로 불렸다 한다.

한편 낙동강의 제2지류인 금천은 문경 황장산에서 발원하여 문경
영순면에서 내성천에 합류한다. 금천과 합한 내성천은 예천 용궁면
남쪽에서 낙동강으로 접어드는데, 내성천, 금천, 낙동강 세 물길이 만
나는 세물머리에 삼강리가 있다.

세 물길이 합쳐진 데다 안동 학가산, 문경 주흘산, 대구 팔공산 끝
자락까지 더해지면서, 그야말로 산과 강의 기가 충만한 삼산삼수(三
山三水)의 형세다. 그래서 전략적인 요충지이자 천하 명당으로 손꼽혔
다. 고구려, 신라, 백제는 삼강 일대를 차지하기 위해 회룡포가 내려
다보이는 비룡산의 원산성을 두고 200여 년간 전투를 벌이기도 했다.

강과 산이 얽히고설키듯 만나는, 맑은 물에 모래밭이 넓게 펼쳐진

이곳에 삼강주막이 있다. 낙동강 물길을 따라 오르내리는 상인들이 거쳐가는 데다 문경새재를 넘어 서울로 가려는 이들이 나룻배를 타고 강을 건너는 길목에 자리했다. 그래서 삼강나루에는 언제나 장사꾼과 길손들이 북적거렸고, 장날이면 나룻배가 쉴 새 없이 드나들었다. 삼강주막은 조선시대 말, 이곳을 오가던 이들에게 끼니와 잠자리를 제공하면서 1900년경에 자리를 잡았다. 삼강나루에만도 주막이 너댓이었다 한다. 물길을 따라 한때 조선 팔도에 2000여 개에 달했다는 주막은 시대의 변화를 거스르지 못하고 하나둘 자취를 감추기 시작하더니 어느새 삼강주막이 전국에 하나 남은 마지막 주막이 되어버렸다. 1970년대에 도로가 새로 뚫리고, 강에 다리가 놓이면서 이곳마저 사람들의 발길이 끊어지고 말았지만, 주모 유옥연 할머니는 90세로 세상을 뜰 때까지 70년간 주막을 지켰다. 2005년 할머니의 타계 이후 폐가로 방치되었던 것을, 문화적 가치를 새삼 깨닫게 된 마을 사람들과 예천군이 힘을 모아 복원하고, 부녀회에서 맡아 적극적으로 운영을 시작하면서 전국적인 명소가 되었다. 주모 할머니가 남겼다는 외상 장부, 벽에 그어놓은 빗금까지 보존되어 있어 후한 주막 인심을 엿볼 수 있다.

삼강주막은 수령 500년을 자랑하는 커다란 회화나무 아래에 있다. 나무는 멀리서도 나루터와 주막을 알아보고 길에 접어들 수 있는 이정표처럼 우뚝 서 있다. 나그네를 손짓해 부르는 듯하고, 왁자한 주막과 분주한 나루터의 정취가 아련하게 더해진다.

삼강나루의 회화나무에 관해서도 이야기가 전해오는데, 상주의 한

회룡포 낙동강 상류의 지류인 내성천이 350도로 마을을 휘돌아 흐르는 물돌이마을이다.
한 삽만 뜨면 그대로 육지 속의 섬이 될 것처럼 아슬아슬하다.

예천 삼강리 내성천, 금천, 낙동강 세 물길이 만나는 세물머리에 삼강리가 있다.

목수가 마을 사람들의 만류에도 불구하고 이 나무를 베어 배를 만들고자 했다. 이 나무로 배를 만들면 사고가 나지 않는다는 말이 있어, 큰돈을 만질 수 있으리라 확신했던 것이다. 하지만 목수는 꿈속에 나타난 백발노인의 불호령에 그만 기겁하고 달아났다. 이 나무를 베면 네가 먼저 죽는다 했다고.

주막 옆에는 들돌이 보존되어 있다. 들돌은 말 그대로 들었다 놓는 돌, 들었다 놓기를 반복하며 힘을 기를 때 쓰는 돌이다. 힘깨나 쓴다는 사람들이 명절에 마을 사람들 앞에서 힘을 겨루는 데도 사용되고, 제법 청년 꼴을 갖추면 일꾼으로서의 역량을 시험해보는 의례에도 쓰였다. 삼강주막의 들돌은 일꾼 품삯을 정하는 데도 요긴하게 쓰였다. 나루터와 주막에 장사꾼과 물자가 모여들자, 이쪽저쪽으로 실어 나를 짐도 많아지고 덩달아 일꾼도 몰려들었는데, 이 돌을 들어보게 해서, 드는 정도에 따라 하루 품삯이 달라졌다 한다. 알 모양의 둥근 타원형의 돌로 무게는 대략 50킬로그램 정도다.

세월에 닳지 않고 그 자리에 앉아 있는 들돌에서 사람들로 넘쳐나던 삼강주막의 흥과 금모래처럼 반짝이는 시절이 느껴진다면 과장일까. 세 강이 만나고, 세 산이 만나고 사람이 어우러지는 나루와 주막의 고즈넉한 풍경이 금방이라도 눈앞에 되살아날 듯싶다. 너른 물결을 뒤로하고 넓게 펼쳐진 백사장과 그늘을 짙게 드리우는 고목이 어우러진 삼강주막, 한 폭의 그림 같은 풍경에는 나루터 사람들의 왁자한 흥정 소리와 흥건한 땀내, 강을 건너 문경을 향해 재게 놀리는 행인들의 발걸음이 고스란히 서려 있다. 그래서 낙동강 물줄기 그 어느

삼강주막 강과 산이 얽히고설키듯 만나는, 맑은 물에 모래밭이 넓게 펼쳐진 이곳에 삼강주막이 있다. 벽에 그린 빗금으로 대신한 외상 장부 곳곳에서 후한 주막 인심이 엿보인다.

곳보다 사람 냄새가 나는 곳일 게다.

(5) 하늘이 스스로 만들고 감탄한 경천대

상주로 접어들면, 낙동강 제일의 절경이라는 경천대가 있다. '낙동강 700리'라는 말이 있는데, 물길이 유장해지는 본류가 상주에서부터 시작되는 데에 따른 셈법이다. 이 유장한 낙동강 중류의 물살을 굽어보는 절벽 위의 바위가 바로 경천대인데, 우담(雩潭) 채득기(蔡得沂, 1604~1646)가 터를 닦았다 한다. 하늘이 스스로 내었다는 뜻의 자천대(自天臺)로 불리다가 그가 '경천대비'를 세운 이후부터 경천대라 불렸다 한다. 자천대라는 명칭은 말 그대로 사람의 손으로 만들기에는 가당치 않은 절경이기에 붙여진 감탄사다. 굽이치는 낙동강의 중후함과 아찔하게 솟아오른 절벽이 사계절 내내 천혜의 절경을 자랑하는데, 신의 손으로 빚은 기이한 자태의 바위와 우거진 소나무 숲은 한 폭의 동양화 그대로다.

경천대를 말하자면 충절과 지조가 높아 세인들로부터 숭정처사(崇禎處士)로 불렸던 우담 채득기를 언급하지 않을 수 없다. 우담은 인조 때의 학자로 《경사백가(經史百家)》에 통달하였으며, 의술은 물론이고 역학 · 천문 · 지리 · 음률 · 병서에도 조예가 깊었다. 우담이 세운 경천대비에는 '대명천지 숭상명월(大明天地 崇尙明月)'이 새겨져 있다. 직역하자면 "조선은 명의 것이요, 해와 달도 명나라 숭정황제의 것이

경천대 낙동강 중류의 유장한 물살을 굽어보는 절벽 위의 바위이다.
우담 채득기가 이곳에서 터를 닦았다고 한다.

다"라는 뜻이다. 간단히 말하면 온 세상이 오로지 명을 숭상한다는 것으로, 이는 임진왜란 당시 조선을 도운 명나라의 의리를 높게 평가한 것이다.

병자호란 이후 청나라에 볼모로 잡혀간 세 아들 소현세자, 봉림대군, 인평대군을 보필해 심양으로 가라는 명을 인조가 내리자, 우암은 경천대비를 세우고 병을 핑계 삼아 응하지 않은 탓에 3년간 보은에 유배되었다. 인조가 그를 다시 부르자, 결국 마음을 바꿔 심양으로 떠나 세 왕자와 함께 생활하다 8년 만에 돌아왔고, 이후 벼슬을 마다하고 무우정(舞雩亭)에 기거하며 북벌의 의지를 다지다가 마흔셋의 나이에 세상을 뜬다. 훗날 효종에 책봉된 봉림대군은 채득기가 은거하고 있던 경천대의 산수를 담은 병풍을 제작하여 그의 절의를 사모했다고 전해진다.

자신을 다시 불러준 왕명에 감읍하여 중국 심양으로 봉양을 떠나면서 부른 노래가 봉산곡(鳳山曲), 일명 천대별곡(天臺別曲)이다. "가노라 옥주봉아, 있거라 경천대야"로 시작하는 봉산곡(鳳山曲)에서 그는 자신이 기거하던 은둔지의 절경을 손꼽아 읊으며, 반드시 되돌아오겠다는 의지를 다졌다. 또한 그는 청에 대한 분노를 이길 길 없어 속세를 떠나 은둔하며 안빈낙도(安貧樂道)하는 심회를 토로했다.

성은의 망극함을 되새기며 자연으로 다시 돌아오겠다는 다짐을 노래한 천대별곡의 102구 가사는 병자호란을 배경으로 하는 작품으로, 그 내용과 작자가 분명히 전해오는 작품이라는 점에서 귀중한 문헌자료로 꼽힌다.

대명천지(大明天地) 숭상명월(崇尙明月)이라
경천대비에 수놓은 글귀에는 온 세상이 명을 숭상한다는 뜻이 담겨 있다.

경천대 아래 그가 은거했다는 무우정은 '춤을 추며 비를 빈다'는 뜻으로, 경천대 절벽 아래 굽이치는, 기우제를 지내던 우담(雩潭) 위에 자리한다. 그의 호가 여기에서 유래한 것이다.

무우정은 이후 상주 선비들의 모임장소로 손꼽혔는데, 김상헌과 이식·이만려 등의 문객들이 자주 찾았다. 이후 100여 년 동안이나 상주 사람들의 독서를 장려하는 낙강시회(洛江詩會)의 중심이 되어 문향(文鄕) 상주를 널리 알리는 근거지가 되었다.

경천대에는 조선 중기의 무신인 정기룡의 용마전설도 깃들어 있다. 육지의 이순신으로 불리며 왜군의 간담을 서늘케 했다는 용맹한 정기룡 장군은 이곳에서 하늘의 용마를 얻어 백사장에서 훈련시켰다 한다. 그가 바위를 파서 만들었다는 말 먹이통이 유물로 남아 있다.

낙동강은 경천대를 지나 도남마을 앞에서, 실어온 모래를 부려놓으며 숨을 고른다. 강 한가운데 오리 섬을 두고 두 갈래로 물길이 갈라지는 곳, 비봉산 중턱에서 청룡사가 올려다보이는 낙동강변에 도남서원이 있다. 영남 최대 규모의 서원인 탓에 수석서원이라 불리기도 한다. 마을 이름인 '도남' 역시 이 서원에서 따왔으며, 서원이 있다고 해서 서원마을이라 불리기도 했다.

도남서원은 선조 39년인 1606년에 정몽주(鄭夢周), 김굉필(金宏弼), 정여창(鄭汝昌), 이언적(李彦迪), 이황(李滉)의 학문과 덕행을 기리기 위해 지역 유림이 뜻을 모아 창건하고 위패를 모셨으며, 이후 노수신(盧守愼), 류성룡(柳成龍), 정경세(鄭經世), 이준(李埈)의 위패가 추가 배향되었다.

조선시대 왕으로부터 편액(扁額, 건물이나 문루 중앙 윗부분에 거는 액자로 흔히 현판이라고 부른다)·서적·토지·노비 등을 하사받아, 그 권위를 인정받은 서원을 사액서원이라 한다. 도남서원은 숙종 때 사액서원으로 승격되었으며, 이후 선현을 섬기는 데 앞장서는 한편, 지방교육을 담당했다. 흥선대원군의 서원 철폐령으로 강제로 헐리고 난 뒤 복원하지 못했고, 현재는 강당인 일관당만 남아 있다. 도내의 유림이 매년 3월 그믐에 제를 지내고 있다.

(6) 길 잃은 물, 우포의 안개가 되다

낙동강이 만들어 놓은 또 하나의 빼놓을 수 없는 자연유산이 바로 창녕의 우포늪이다. 토평천을 따라 흘러든 낙동강물이 머무는 배후습지다. 우포늪, 목포늪, 사지포, 쪽지벌로 나뉘어 있는데, 창녕 유어면 대대리와 세진리, 이방면 안리, 대합면 주매리에 걸쳐 있는 늪의 면적은 약 2.3제곱킬로미터, 옛날 셈법으로 대략 70만 평에 달한다. 가늠하기 쉽게 정리해보면, 가로길이 2.5킬로미터, 세로길이 1.6킬로미터에 달해 국내 최대의 규모일 뿐만 아니라 세계적으로도 손꼽힌다.

우포늪은 무려 1억 4000만 년 전에 생성된 것으로 추측하는데, 이는 한반도 나이와 맞먹는다 한다. 당시 해수면은 지금보다 훨씬 낮았고, 빙하기 이후 얼음이 녹으면서 불어난 바닷물이 강으로 흘러들어 낙동강 일대에 범람했다. 이때 우포로 흘러온 물이 토평천 아래 자연

우포늪
우리 몸 어딘가에 원시에 대한 기억과 그리움이
남아 있기 때문일까. 우포늪을 걷노라면, 노곤한
영혼이 생기를 되찾고 기지개를 켜는 것 같다.

제방으로 흘러들면서 되돌아갈 길을 잃었고, 습지가 형성됐다는 것이다.

그런 연유로 현재의 우포늪이 등장하는 옛 문헌은 많지 않고 《동국여지승람》 등에 나오는 내용도 현재의 지명이나 위치와 딱 맞아떨어지지 않는다. '우포'는 일제 강점기에 일본식으로 개명된 지명이며, 우포, 목포, 사지포는 원래 소벌, 나무벌, 모래벌로 불렸다. 형태가 소처럼 생겼다 하여 소벌, 땔감으로 쓸 나무를 구하기 좋아서 나무벌, 모래가 많다고 모래벌이었다 한다.

1918년 일제에 의해 우리나라 최초의 실사 지도가 만들어지면서, 현재의 지명으로 표기된 지도가 제작되었고, 당시의 우포늪을 파악할 수 있는 자료가 되고 있다. 그때와 비교하면, 현재의 우포늪은 3분의 1가량이 줄어든 것이다. 1930년대 들어 우포늪 동쪽에 대대제방을 축조해 농지를 개간했는데, 대대제방 너머 멀리까지 모두 늪이었다.

다행히 1962년에 고니(백로) 도래지로 인정받아 천연기념물로 지정되면서 대규모 개발에서 비켜섰다가, 1973년 즈음에 고니가 오지 않자 천연기념물 지정이 해제되었다. 그러자 농경지 확장사업이 본격화되는 가운데, 낙동강과 토평천에 제방이 만들어지고 주변의 사몰포, 용호 등과 크고 작은 대부분의 늪지들이 농경지로 변모했다. 늪지를 둘러싼 갈등이 본격화된 것도 이즈음이다. 환경단체는 늪지의 훼손을 우려해 보호구역 지정을 주장했고, 지역 주민들은 생활의 터전을 잃을까 봐 두려워했다. 여러 번의 공청회와 대화를 거쳐 의견을 조율한 끝에 1997년 7월 26일 생태계보전지역으로 지정되었고, 이듬해 3월

2일에는 국제습지조약 보존습지로 지정되었다.[9]

자연생태계에서 늪지의 역할은 무엇일까. 흔히들 늪지를 태고적 원시 자연의 형태를 간직하고 있는 생태계의 보고라 일컫는다. 1억 4000만 년 전 자연 그대로라 하니, 그것만으로도 귀한 자연유산이다. 하지만 그뿐이겠는가. 습지는 자연을 순환시키는 데 한몫을 한다. 예를 들어 홍수가 나면, 홍수를 견디지 못하고 고사하는 식물이 있고, 물이 빠지고 나면 육지에 올라앉아 말라죽는 식물도 있다. 일순 늪의 생태계가 마치 혼란에 빠진 듯 교란된 것처럼 보이지만, 크게 보면 새로운 종이 자리 잡을 수 있는 역동적인 변화과정의 하나다. 늪은 그 자체만으로 생태계의 지속적인 변화를 이끌어간다. 이 변화의 과정 속에는 수질을 정화하는 자정작용도 포함된다. 늪을 들고나는 물은 식물의 광합성 등을 통해 자연스럽게 정화된다. 늪이 '자연의 콩팥' 인 이유다. 또한 늪은 홍수를 조절하는 데에도 탁월하다. 홍수가 나서 물이 늪지로 흘러들면, 오랫동안 천천히 빠져나간다. 자연제방이 조밀해 다시 빠져나가는 데 시간이 걸리고, 바닥에 쌓인 퇴적물과 수생식물이 물을 오래 붙들어두기 때문이다. 반대로 가물 때 늪지의 물은 주변으로 서서히 번져나가 가뭄 해소에 도움이 된다.

우포늪에는 우리나라 전체 식물의 10분의 1, 수생식물 종의 무려 절반 정도가 서식하고 있다. 비단 식물뿐인가. 1997년 보호지역으로 지정될 당시 실시한 조사에 따르면, 가시연꽃을 비롯하여 생이가래, 부들, 줄, 갈대, 골풀 등 480여 종, 논병아리, 쇠백로, 중대백로, 왜가리, 큰고니, 청둥오리 등 조류 62종, 잉어, 붕어, 메기, 가물치 등 어류가 28종, 연못하루살이, 왕잠자리, 장구애비, 소금쟁이 등 수서곤충 55종, 너구리, 두더쥐, 족제비 같은 포유류가 12종, 남생이, 자라, 유혈목이 등 파충류 7종, 양서류 5종에, 논우렁이, 물달팽이, 말조개와 같은 패류 5종이 서식하는 것으로 보고되었다. 또한 우포늪은 겨울이면 큰기러기와 같은 철새를 가까이서 볼 수 있는 도래지 역할도 한다. 이것이 바로 "고도의 생물 다양성을 지닌, 생명 부양능력이 탁월한" 우포늪이 살아서 움직이는 자연도감 그대로 보존되어야 할 결정적인 이유인 것이다.

생태적인 기능도 중요하지만, 늪지의 탁월한 자연경관은 또 다른 볼거리와 심신의 위안을 제공한다. 이른 아침에 피어오르는 물안개, 여름이면 앞다투어 퍼지는 물풀과 태고의 신비를 머금은 채 길게 그림자를 드리우는 나무, 이들 모두 탄성을 자아내기에 충분하다. 우리 몸 어딘가에 원시에 대한 기억과 그리움이 남아 있기 때문일까. 태생을 간직한 우포늪을 걷노라면, 현대사회의 물질문명에 찌들었던 노곤한 영혼이 차츰 생기를 되찾고 기지개를 켜는 것만 같다. 한줄기 가을 바람에 몸을 누이는 갈대, 눈 내린 우포늪의 적막함은 또 어떠한가. 태생적 늪지를 보살피는 것은 우리 인간의 생태를 온전하게 보존하는 일과도 일맥상통한다.

(7) 철새 도래지 을숙도

1300리 물길을 쉼 없이 달려온 낙동강이 이제 작별을 고한다. 헤어지는 아쉬움에 느릿느릿 발걸음을 내딛는 곳, 부산 사하구 하단동. 바다로 들기 전, 얕은 지형을 따라 강폭은 삼각꼴로 넓어지고, 걸음도 더뎌진다. 마지막까지 품고 있던 토사를 부려놓으며, 강 한가운데 터를 잡은 섬, 하중도(河中島, 하천이 흐르는 속도가 느려지거나 유로가 바뀌면서 하천 가운데에 토사가 퇴적되어 생긴 섬) 을숙도가 생겨났다. 새가 많고 물이 맑은 섬이라는 뜻에서 을숙도(乙淑島)라는 이름이 붙었다 한다.

처음 지도에 등장한 것은 1916년경이다. 중앙부가 넓고 북단과 남단부는 뾰족한 형태로, 북단에는 좁은 수로를 사이에 두고 일웅도(日雄島)가 있으며, 남단에는 크고 작은 모래톱인 사주(砂洲)가 형성되어 있다. 미세한 토사로 이루어져 있는데, 해발 1미터 이하의 낮은 평지에 수로가 미로처럼 뻗어 있고, 이 수로를 따라 갈대가 자라고 있다.

을숙도는 한때 동양 최대의 철새 도래지였다. 갈대와 수초가 무성하고 어패류가 풍부해 이동하는 철새들의 쉼터가 되기에 충분했기 때문이다. 을숙도가 모습을 드러내던 즈음, 1910년대부터 철새들이 찾아들기 시작해, 무성한 갈대숲을 배경으로 철새들이 떼를 지어 날아오르는 장관을 볼 수 있었다. 하지만 1980년대 말 낙동강 하구둑이 완성될 무렵 을숙도의 무성한 갈대숲 상당 부분이 물에 잠겼고, 일대가 공원화되어 찾는 사람들이 많아지면서 도리어 철새들이 줄었

을숙도　을숙(乙淑), 새가 많고 물이 맑은 섬이라는
뜻에서 붙은 이름이다.

다 한다.

하지만 아직도 봄철에는 도요새를 볼 수 있고, 가을에는 번식을 끝내고 돌아가는 여름 철새가 목격된다. 낙동강 하구에서 철새를 가장 많이 볼 수 있는 시기는 겨울이다. 철새들이 일제히 비상하는 장관은 쉽게 볼 수 없는 진풍경이기에 이맘때가 되면 사진작가와 조류 연구가들의 발길이 이어진다.

을숙도를 거쳐 가는 철새는 총 138종에 10만여 마리이다. 이 중에는 천연기념물인 황새 · 저어새 · 재두루미 · 느시 등 희귀종도 있으며, 오릿과에 속하는 것이 가장 많고, 그다음으로 갈매깃과 · 농병아릿과 · 아빗과 · 맷과 · 수릿과 등도 개체수가 많은 편이다. 철새의 대부분은 겨울 철새이나 여름철에 찾아드는 여름 철새와 봄가을에 잠시 쉬어 가는 나그네새도 있다. 겨울 철새 중 가장 많이 찾는 오릿과, 갈매깃과, 수릿과, 맷과의 새들은 툰드라와 시베리아에서 번식을 마치고 낙동강 하구로 찾아든다. 겨울 철새들은 대개 몸집이 큰 종류로, 비교적 관찰하기가 쉽고 화려한 외양을 뽐내는 덕에 보는 이들을 매료시키기에 충분하다. 비록 전만은 못하다지만, 철새 도래지로서의 명성이 완전히 잊히진 않았다.

역사 속에 뿌리내린 강,
그 삶의 흔적을 보다

낙 동 강 과 　 문 화 유 산

　　낙동강의 발원과 강을 따라 늘어선 천혜의 절경은 어찌 보면 자연 그대로의 것이다. 상주의 경천대가 그러하듯이, 하늘 스스로, 자연 그대로 생겨난 것이고, 전략적인 요충지가 되었던 까닭도 거기에 있다. 하지만 낙동강에 관해 이야기할 때 아름다운 자연, 또는 주어진 자연 조건만이 전부일 수는 없다. 우리의 역사가 덧대어지고, 낙동강을 품고 살아온 사람들의 이야기가 전해오고, 역사 속에 뿌리내린 강이기에 낙동강 이야기가 생명력을 갖는다. 낙동강은 삶의 터전이었고, 삶의 방식을 결정짓는 잣대가 되었고, 제례와 풍습의 모태가 되었다. 낙동강을 둘러싼 삶의 흔적, 이것이 바로 문화유산인 셈이다.

　　그렇다면 낙동강의 문화유산은 과연 무엇일까. 안동과 퇴계 이황을 중심으로 하는 유교정신, 우리의 정신문화와 그 자산이야말로 낙동강이 남긴 문화유산 가운데 으뜸으로 손꼽힌다.

퇴계의 태실 퇴계 이황은 평생 겸손함을 강조하며 청렴하게 살았다.

(1) 퇴계 이황과 성리학

　퇴계(退溪) 이황(李滉, 1501~1570)은 예안 온계리 이씨 집성촌에서 출생, 생후 7개월 만에 아버지를 잃고 홀어머니 밑에서 자랐다. 12살이 되던 해에 숙부 이우(李堣)로부터 《논어》를 배우면서, 학문의 길에 들었다. 퇴계가 정확히 언제부터 주자학에 몰두하게 되었는지는 확실치 않다. 하지만 주자를 만나면서 퇴계는 인생의 분명한 목표를 가질 수 있었고 스무 살에 접한 《주역》에 밤낮으로 몰두해 건강을 해칠 정도였다 한다.[10]

　퇴계는 청빈한 삶을 살았다. 그가 홍문관에 재직하던 시절, 당시 좌의정인 권철이 집으로 찾아왔다. 권철은 행주산성을 승리로 이끈 권율 장군의 아버지로 퇴계와 같은 시대의 학자였다. 권철의 방문에 이황은 뛸 듯이 기뻐하며 정성 들여 저녁상을 준비시켰지만, 권철은 저녁을 먹는 내내 부끄러워 얼굴을 들지 못했다 한다. 기름진 음식을 먹던 자신에게는 거북할 정도로 소박한 밥상이었기 때문이다. 그는 이날 이후 만나는 사람들마다 퇴계의 청빈을 입에 침이 마르도록 칭찬하였으며, 자신도 검소한 생활을 시작했다 한다.[11]

　퇴계는 50세를 전후해 관직에서 물러나 학문을 탐구했다. 현세의 정치에 얽매이기보다는 넓은 학문의 바다에서 자유롭게 유영하기를 원했다. 그리고 학문을 통해 깨달은 바를 적극적으로 실천하고자 희망했다. 그가 고향인 안동에 돌아와 도산서당을 지어 후학을 양성한 까닭은 유학에서 말하는 성인들의 공동체를 실현하려는 의지의 표출

도산서원의 향사와 제물 올림 매년 도산서원에서는 이곳에 위패를 모신 퇴계 이황 선생을 기리는 제사, 즉 향사(享祀)를 지낸다.

일지 모른다. 하지만 관직의 부름은 계속되었고 공조판서, 예조판서, 69세에 우찬성(右贊成, 조선시대 의정부의 종일품 관직)에 오르기까지 부임과 사퇴를 거듭했다.

별세하기 나흘 전인 1570년 음력 12월 4일, 병세가 위독해지자 조카 영을 불러 4언 24구의 자명(自銘)으로 자신의 일생을 정리했다. 퇴계가 이처럼 스스로 묘비명을 쓴 것은 제자나 다른 사람이 쓸 경우 실상을 장황하게 미화할까 염려되었기 때문이라고 한다.[12]

안동시 도산면 토계리에 위치한 도산서원은 퇴계 사후에 그를 추모하기 위해 1574년(선조 7년)에 세워졌다. 이곳은 곡구암(谷口巖)을 끼고 영지산을 배산하고, 동쪽의 천연대(天淵臺), 서쪽의 천광운영대 사이 아늑한 골짜기에서 안동호(安東湖)를 바라보며 자리 잡고 있다. 서원의 건축물들은 퇴계의 검소한 삶을 반영하듯 전체적으로 간결하고 검소하게 꾸며졌으며, 학문에 정진하는 것에서 기쁨을 찾는 퇴계의 품격과 학문에 임하는 겸손한 선비의 자세를 엿보게 한다.

도산서원은 퇴계가 몸소 거처하면서 제자를 가르치던 도산서당과 퇴계 사후에 건립된 사당과 서원으로 구분된다. 도산서당은 1560년(명종 15년)에 설립되었는데, 낙향 후 학문연구와 후진양성을 위해 지었으며 서원 내에서 가장 오래된 건물로 퇴계가 직접 설계했다고 전해진다. 퇴계의 종택인 '한서암(寒栖菴)'으로는 전국에서 몰려드는 학생들을 감당하기 어려워 서당을 짓기로 했다. 57세에 서당을 짓기 시작했는데, 2칸 서당과 8칸 숙소뿐인 작은 규모인데도 비용이 모자라 짓다 말기를 거듭하느라 무려 5년이 걸렸다 한다. 도산서원의 소

병산서원 만대루 만대루에 허투루 들인 것은 하나도 없다. 최소한의 공간을 점유하는 현대적 세련미가 느껴진다. 만경대에서 내려다보는 풍경은 마치 일곱 폭의 병풍을 보는 것 같다.

박함은 퇴계의 청빈을 빼닮았다.

　도산서원은 퇴계 사후 6년 뒤인 1576년에 완공되었다. 70세의 나이로 그가 타계하자, 2년 뒤 지방 유림이 모여 의논한 끝에 사당을 지어 위패를 봉안하였고, 전교당과 동·서재를 지어 서원을 완공했다. 1575년(선조 8년)에 한석봉이 쓴 '도산서원'의 편액을 하사받음으로써 사액서원(賜額書院)으로 권위를 인정받았고, 영남 유학의 총 본산이 되었다.

　'한국 건축의 백미'라 일컬어지는 병산서원 만대루는 한국의 내로라하는 건축가들이 첫손에 꼽는 건축물이다. 정면 7칸 측면 2칸짜리 너른 누마루인 만경대는 기둥부터 들보까지 목재 전부가 자연 그대로다. 목재 하나하나의 개성이 뚜렷하면서도 전체적으로 조화와 균형을 이뤘다. 만대루에 허투루 들인 것은 하나도 없다. 최소한의 공간을 점유하는 현대적 세련미다. 만경대에서 내려다보는 풍경은 마치 일곱 폭의 병풍을 보는 것 같다. 강과 산의 자연스러운 조화와 흐름을 깨지 않는다. 최소한의 공간에 최대한 자연스럽게 자리한 까닭에, 자연이 있는 그대로 들어와 머무는 공간이 됐다.

(2) 양반문화와 서민문화의 공존, 하회 별신굿 탈놀이

　안동이 양반문화의 본고장을 자처한다고 해서, 일대가 양반들만 기거하고 세를 떨치던 곳이라 생각하면 그만한 오해도 없을 듯싶다. 안동에는 예로부터 양반문화와 서민문화가 공존하고 있었는데, 안동 하회 별신굿 탈놀이가 그 좋은 예다.

별신굿이란 3년이나 5년, 혹은 10년마다 마을의 수호신인 성황(서낭)님께 마을의 평화와 농사의 풍년을 기원하는 굿을 말한다. 안동 하회마을에서는 거의 500년 전부터 10년에 한 번씩 섣달 보름날, 혹은 특별한 일이 있을 때 무진생 성황님께 별신굿을 올렸으며, 굿과 더불어 성황님을 즐겁게 해드리기 위해 탈놀이를 하며 놀았다 한다.

하회마을에 전하는 전설에 따르면, 처음 이곳에 허씨들이 터를 잡기 시작했을 때, 돌림병이 돌아 많은 사람들이 죽고 또 원인을 알 수 없는 화재도 잦아 사람들의 근심이 컸다 한다. 그러던 어느 날 마을에 사는 젊은 청년 허 도령의 꿈에 산신령이 나타나 이르기를, 지금의 재앙은 마을 수호신의 노여움을 샀기 때문이니, 탈을 만들어 춤을 추면 화가 풀리고 마을에 평안이 올 것이라 했다. 그런데 탈을 만드는 것을 아무도 모르게 해야 하며, 누군가 엿보거나 알면 그 자리에서 피를 토하며 죽게 될 거란 경고를 덧붙였다. 이에 허 도령은 꿈이 하도 생생한 데다 흉흉한 일이 잦아지는 마을 일도 걱정인 터라, 동네 어귀 으슥한 곳에서 탈을 만들기 시작했다. 하지만 허 도령을 사모하던 동네 처녀가 그 모습을 엿보았고, 그 순간 뇌성벽력이 치면서 피를 토하고 죽고 말았다 한다. 허 도령이 만들었다는 탈은 모두 14개였으나 총각탈, 별채탈, 떡다리탈은 분실되고, 현재 10종 11개가 국보 121호로 지정되어 있다. 하회탈은 현존하는 가장 오래된 탈로 양반, 선비, 각시, 중, 초랭이, 이매, 부네, 백정, 할미, 주지(암주지, 숫주지)만이 전해

하회 별신굿 탈놀이 함부로 드나들지 못했던 양반집 대청마루도 이때만큼은 불가침의 영역이 아니었고, 양반과 선비의 무지와 위선을 놀려대도 아무도 치도곤을 당하지 않았다.

진다. 허 도령이 마지막으로 만들던 탈이 이매탈인데, 턱을 완성하지 못해 미완성인 것이라 한다.[13]

하회탈이 그 가치를 인정받게 된 데에는 사연이 있다. 당시 교환 교수로 와 있던 미국인 아서 맥타가트(Arther Jpseph Mactaggart) 교수가 하회마을을 방문했다고 한다. 전통을 상실하고 급격히 서구화되는 상황에 아쉬움을 가졌던 그는 안동 하회탈을 보며, 감탄을 거듭했다. 자료사진까지 다 찍고, 가다 말고 되돌아와서 한번 더 보고 가게 해달라고 부탁할 정도였으니 말이다. 고(故) 맥타가트 교수는 이때의 사진을 서양의 유수한 잡지에 소개해 한국과 하회탈을 알리는 데 공헌했고, 이후 그 일이 국내 학계에까지 영향을 미쳐 국보로 인정받았다.

아찔한 사연도 있다. 탈을 보관하던 동사(洞祠, 마을의 수호신을 모시는 사당)에 한밤중에 불이 났는데, 목조건물이다 보니 삽시간에 불길이 번져가는 형편이었다. 그런데 누군가 죽을 각오로 뛰어 들어가 탈을 꺼내왔다고 한다. 탈이 화를 입으면 마을이 화를 입을지 모른다는 오랜 신앙, 탈을 신성하고 소중하게 여겼던 지극한 마음이 하회탈을 무사히 지켜낸 셈이다.

놀라운 사연은 또 있다. 잃어버린 것으로 알려진 총각탈, 떡다리탈, 별채탈을 복원하기 위해 저명한 조각가와 화가, 미술사 관련 전문인들을 한자리에 모았으나, 운보 김기창 화백을 비롯한 일행이 하회탈의 오묘한 이치와 조형적 탁월성에 혀를 내두르며 자기들로서는 복원이 불가능하다 했다는 것이다.[14]

각시탈은 성황신을 대신한다고 믿어 별신굿 이외에는 볼 수 없고,

부득이 꺼내볼 때는 반드시 제사를 지내야 했다.

하회 별신굿 탈놀이는 각시의 무동마당, 주지마당, 백정마당, 할미마당, 파계승마당, 양반마당, 혼례마당, 신방마당 등 총 8마당으로 구성되어 있으며 탈을 태우며 즐기는 뒤풀이가 없는 것이 특징이다.

놀이를 시작하기 전에는 대내림을 먼저 하는데, 정월 초이튿날 아침 성황당에 올라 당방울이 달린 내림대를 잡고 성황신을 내리면, 방울을 다시 서낭대(성황대)에 옮겨 달고 산에서 내려온다. 서낭대와 내림대를 마을의 수호신을 모신 동사 처마에 기대 세우고 나면 비로소 놀이가 시작된다.

백정마당은 하회 별신굿의 본격적인 첫 마당이다. 도끼와 칼을 든 백정이 등장해 소 한 마리를 잡아 우랑과 염통을 구경꾼들에게 파는데, "염통 없는 양반네들한테 한번 넣어보소, 염통머리 없는 양반들한테 염치가 생기지"라는 백정의 일갈에서는 재치와 해학이 넘쳐난다. 다음의 할미마당, 파계승과 부네가 희롱하는 파계승마당에 이어, 양반의 무지와 위선을 풍자하는 양반·선비마당으로 놀이는 끝을 맺는다.

탈놀이를 마치면 집집마다 돌아다니며 놀이판을 벌인다. 별신굿에 무당이 참여할 때는 산주와 광대들이 서낭대 앞에 서서 길놀이를 하는 가운데 무당이 서낭대를 따르지만, 무당이 참여하지 않을 때는 서낭대, 산주, 큰광대, 각시광대, 양반광대, 선비광대순으로 행렬을 짓고 나머지는 연령순으로 행렬을 지어 길놀이를 한다. 이들은 가장 먼저 산주(山主, 하회 별신굿 탈놀이에서 제사를 주관하는 사람) 집에 들른 뒤에 삼신당을 한 바퀴 돌고서 양진당과 충효당, 남촌댁과 북촌댁 등의 대갓집을 차례대로 돈다. 양진당과 남촌댁에서는 광대들이 사랑채 앞에서 놀고 무당들만 안채에 들어가서 성주굿을 하며, 충효당과 북촌댁에서는 탈놀이를 안마당에서 하고 무당들이 안마루 위에 올라가 성주굿을 한다. 탈놀이는 한 마당이든 두 마당이든 놀고 싶은 만큼 노는데, 여섯 마당 전부를 노는 건 이들 네 집뿐이라 한다.

대갓집을 방문하면, 산주가 서낭대를 처마에 기대어 세우고, 그 밑에 자리를 깔고 앉는다. 그러면 탈놀이를 맞이하는 집에서는 서낭대 앞에 쌀이나 나락을 몇 말씩 내놓는다. 대갓집에서 양반 · 선비마당을 놀 때, 양반광대와 선비광대는 대청마루에 올라가 실제의 양반과 맞대면하여 수작을 부리고 풍자적인 사설로 골려주는데, 이때만은 양반들도 어쩌지 못한다.

갑자년(1924)과 무진년(1928)에는 대갓집에서 양반 · 선비마당을 놀지 않는다는 조건으로 초청한 일이 있었는데, 당시 양반광대를 맡았던 이는 양반들을 희롱하지 못하게 된 것을 안타까워했다고 한다.[15] 당시 양반광대가 "이번에 예전 그대로 했으면 그놈들 낯짝에 똥칠을 세게 할 건데, 그걸 못하게 하니 할 수 없다. 내가 대청에 올랐으면, 저놈들 낯을 뜨겁게 해줄 건데 그걸 없애서 못한다"고 푸념했다.

평상시에는 조신하게 걸어야만 했던 마을길도 풍물패와 더불어 어깨춤을 추며 걷고, 함부로 드나들지 못했던 양반집 대청마루도 더 이상 불가침의 영역이 아니다. 또한 양반과 선비의 무지와 위선을 놀려대거나, 걸쭉한 음담이 난무해도 아무도 치도곤을 당하지 않았다.

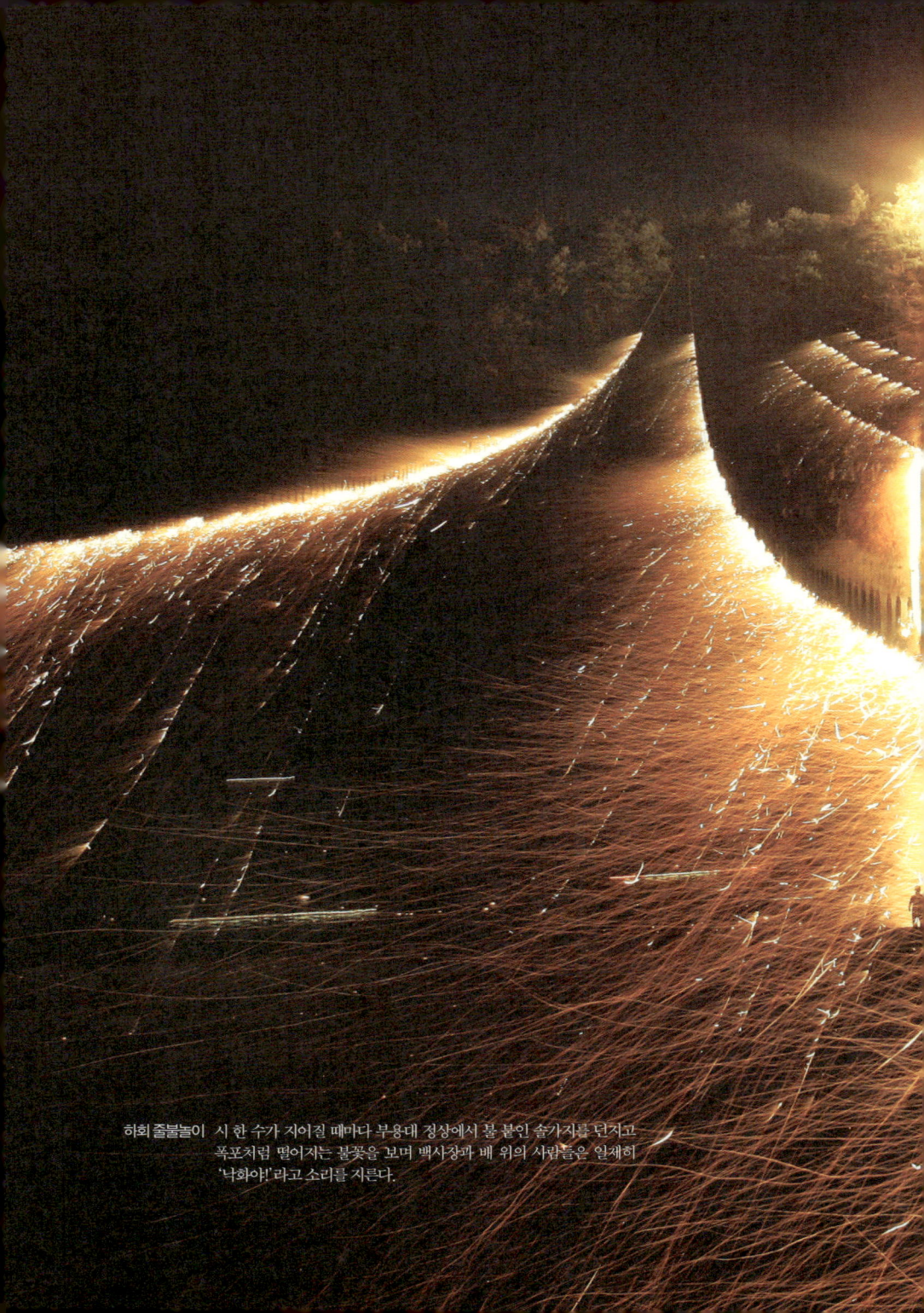

하회 줄불놀이 시 한 수가 지어질 때마다 부용대 정상에서 불 붙인 솔가지를 던지고
폭포처럼 떨어지는 불꽃을 보며 백사장과 배 위의 사람들은 일제히
'낙화야!'라고 소리를 지른다.

하회탈춤을 양반과 상민의 절묘한 타협이 이뤄낸 축제라고 하는 이유가 바로 여기에 있다. 현실의 차별과 질서를 벗어나 양반을 조롱하고 감춰진 성의 욕망을 고스란히 드러내다 보니 당연히 웃음이 나온다. 그래서인지 하회탈춤에는 놀이의 최고 가치인 '재미'가 듬뿍 담겨 있다.[16]

한편 해마다 음력 7월 16일 한여름 밤이면, 하회 선비들이 중심이 되어, 부용대 단애 밑을 흐르는 강 위에서 선유시회를 겸한 불꽃놀이 축제를 열었는데, 이 축제를 일컬어 하회 줄불놀이라 한다. 이 불꽃놀이는 높이가 70미터 이상인 부용대 밑 화천과 백사장 상공 여기저기에 작은 불꽃들이 은은하게 터지고, 강에는 '달걀불'이라 부르는 등불이 유유히 흘러 다니며 강물을 수놓는 가운데 배를 띄우고 시를 짓는 양반들의 놀이였다. 시 한 수가 지어질 때마다 부용대 정상에서 불붙인 솔가지 묶음을 절벽 아래로 던져 활활 타는 불꽃이 폭포처럼 떨어지면, 백사장과 배 위의 사람들이 일제히 '낙화야!'라고 소리를 지른다. 이 낙화는 백사장 위에서 은은하게 터지는 수없이 많은 불꽃들은 물론, 떠내려온 달걀불과도 어울려 강약장단의 조화를 이룬다.

이처럼 안동의 양반들은 하회 별신굿을 통해 축제와 현실을 넘나들며 양반과 평민의 소통과 조화를 일궈내는 한편, 선비의 시심을 한껏 드러내는 축제를 즐기기도 했다. 또한 하회 별신굿과 하회 줄불놀이 같은 양반문화와 서민문화가 서로를 배척하지 않고 나란히 공존함으로써 그것을 후대에 고스란히 전할 수 있는 다채롭고 풍요로운 문화유산의 하나가 되었다.

(3) 조선 보부상들의 애환, 고령 상무사놀이

보부상이란 조선시대 지방의 5일장을 장악했던 보상과 부상을 함께 일컫는 말이다. 보상이란 말 그대로 짐을 보자기에 싸서 팔러 다니는 봇짐장수이고, 부상은 지게에 짐을 지고 팔러 다니는 등짐장수였다. 신분이야 보잘 것 없었지만 조선 500년 동안 지방의 물자 유통을 도맡았던 사람들이니 오늘날 시장 상인들의 선조이기도 하다.

하지만 이들은 무거운 짐을 지고 하늘을 지붕 삼아 떠돌아다녀야 하는 고달픈 사람들이었다. 사농공상(士農工商)이라는 신분질서 속에서 조선 보부상은 사회 최하층 신분이기도 했다. 조선시대는 특히 상업을 억압했고, 장사를 업으로 삼는 것을 천시했었다. 그들은 대개 가난하고 불우한 처지의 사람들이었고, 가족이 없는 홀아비나 과부, 고아, 가난으로 혼인조차 하지 못한 사람들이었다. 혹은 가족이 있다 해도 일정한 주거 없이 떠돌아다니는 사람이 많았다.

의지할 곳 없던 이들은 지역마다 모여 계(契)를 만들고 사촌의 의를 맺어 형제보다 더 두터운 정을 나눴다. 윗사람들에 대한 예절도 깍듯하게 지켰고, 동료가 어려운 일을 당하면 서로 도왔다. 조직원 간에 지켜야 할 규율도 만들어 가차 없이 다스렸기에 그들의 일 처리는 매우 엄격하고 정확했던 것으로 알려져 있다. '조선 보부상은 청렴하고 정직하며, 그들의 손을 거쳐 보내지는 상품은 어느 곳으로 보내더라도 지정한 곳에 정확하게 도착한다'는 평판이 러시아까지 알려질 정도였다 한다.

이와 함께 조선 보부상단은 충성을 다해 나라에 보답하는 충의정신 (忠義精神)을 생활신조로 삼았다. 나라에 일이 생겼다면 '밥 먹던 자는 숟가락 내던지고, 잠자던 자는 이불을 걷어차고' 달려 나갔다. 엄격한 규율과 충의정신을 토대 삼아 보부상들은 상단의 기틀을 다졌고, 전국의 시장을 장악해갔다. 조선 중기 이래 발전한 지방의 5일장은 그들의 독무대였다 해도 과언이 아닐 정도로 시장에서의 영향력이 막강했다.

조선 보부상의 기원에 대해서는 몇 가지 설이 있는데, 수운과 나루의 발달과 마찬가지로 육로의 발달이 미비한 데서 생겨난 것으로 보인다. 당시 우리 국토는 육로가 좁고 험해서 수레와 마차로 통행할 수 없는 곳이 많았다. 따라서 화물의 운송은 사람의 어깨에 의존하는 수밖에 없었다.

조선 보부상의 가장 큰 외형상의 특색은 솜뭉치가 달린 패랭이(平涼子)와 물미장(勿尾丈)이라 불렸던 지게 작대기다. 솜뭉치가 달리게 된 연유에 대해서는 다음과 같은 이야기가 전해온다. 이성계가 등극하기 전 교전 중에 화살을 맞았는데, 종군했던 부하 중에 면화 장사를 하던 이가 있어 응급치료를 할 수 있었다. 이를 기념하기 위해 패랭이 왼편에 목화송이를 달게 했다. 이후 인조(仁祖, 조선의 16대 왕)가 부상을 입었을 때도 면화상이 붕대를 해드리니 패랭이 오른편에 작은 솜뭉치 하나를 더 달게 했다고 전한다.

한편 보부상의 지게 작대기는 물미장, 촉작대 혹은 물금장이라 불리는데, 그 이유는 작대기 끝에 뾰족한 쇠, 즉 물미(勿尾)가 끼워져 있기 때문이었다. 이렇게 만든 것은 부상들이 무거운 짐을 지고 가다가 잠시 쉴 때 지게를 땅에 내리지 않고 선 채로 쉴 수 있도록 하기 위해서였다.

부상은 대체로 부피가 크고 값이 싼 물품을 지게에 얹어 등에 지고 다니면서 팔았던 반면 보상들은 봇짐을 매고 다니며 행상을 했고, 물미장 대신 유척(鍮尺, 놋쇠로 만들어 천을 재는 자)을 들고 다녔다. 자를 가지고 다녔던 까닭은 이들이 주로 무명, 비단, 명주, 모시 등 천을 사고팔았기 때문이다. 그렇지만 부상과 달리 조선 보상들의 봇짐은 그 형상이 정확히 전해오지 않는다. 다만 봇짐 끈, 봇짐 끈을 조이던 조리개 등이 남아 그들의 모습을 유추할 수 있을 뿐이다.

당시 조선 보부상들에게 발급되었던 '신표'는 행상 길에 반드시 소지해야 하는 중요한 행상 허가증이자 신분증이었다. 신표에는 보부상의 성명과 취급상품, 거주하는 도와 읍, 등록된 주소와 소속 임방(任房, 보부상을 관리하는 단체) 등이 기록되었다. 시장이나 주막에서 보부상은 서로 신표를 확인한 뒤, 없으면 장시에서 내쫓고 물건을 팔지 못하게 했다.

개항과 더불어 서양의 근대 상업이 밀려오기 시작하자, 조선의 '상업규제'는 점차 '상업진흥'으로 방향을 바꾸게 되었다. 이 시기를 거치면서 보부상단의 정비가 급속하게 이뤄졌다. 보부상은 이미 잘 조직된 단체였고, 신표 값으로 걷는 세금도 적잖은 보탬이 되었기 때문이다. 하지만 개항과 동시에 시련을 겪기도 했는데, 점차 일본과 청나라 상인들의 활동이 왕성해지면서, 상대적으로 조선 보부상의 상권이 위축되었다.

1895년 상무회의소를 거쳐, 1899년 고종이 근대적 상인단체인 상무사(商務社)의 설립을 인허하면서 해체된 보부상단이 다시 활동을 시작했지만, 이마저도 오래가지 못했다. 일제의 억압으로 활동이 위축된 채 명맥만 남은 조선 보부상단은 1920년 각 지방에서 다시 상무연구회, 상리사, 상무조합, 상무사 등의 명칭을 내걸고, 남은 조직원을을 규합한 뒤 조선총독부에 탄원서를 올렸고, 조선총독부는 상무사만은 잔존토록 했다. 이렇게 상무사의 명맥은 다시 이어졌고, 그 조직이 지금껏 남아 옛 상인단체의 이모저모를 전해오고 있다.

고령 상무사는 조선시대 경상도 고령장을 중심으로 활동했던 조선 보부상단을 일컫는데, 그들은 낙동강이 주는 이점을 잘 활용할 줄 알았다. 1899년 상무사가 설립되면서 육의전(六矣廛, 조선시대에 독점적 상업권을 부여받고 국가 수요품을 조달했던 여섯 종류의 큰 상점) 등과 함께 조직에 편입되었다. 부상·보상이라는 명칭 대신에 좌사·우사라고 쓰게 된 것은 조선조 보부상단에서 기인한 것이다.

고령 상무사 좌사계가 설립된 것은 1866년(고종 3년)의 일이다. 같은 해 병인양요가 일어나자 흥선대원군은 전국의 부상단을 소집했고, 부상단은 정족산성 전투에서 승리했다. 이후 대원군은 이들을 조직적으로 관리할 수 있도록 보부청을 설립했는데, 각 지역에 계를 조직해서 활동하던 보부상들이 '전국적인 조직'으로 정비된 것이 이때다. 고령 부상단 역시 이때 정비된 것으로, 일제시대를 거쳐 오늘까지 고령장을 중심으로 활동하며 '좌사계'라는 명칭으로 그 명맥을 이어오고 있다. 고령 부상단의 조직은 창녕, 영상, 밀양, 현풍보다 20년쯤 이른 것이기도 한데, 그것은 고령의 경제적 특징에서 기인한다. 예로부터 고령은 교통의 요지일뿐더러 낙동강 수운의 중간 기착지였기 때문이다. 나룻길에서도 다시 살펴보겠지만, 고령에 들어선 나루만 해도 모두 17개에 달했다. 고령의 풍부한 물류와 활발한 이동이 고령 부상단 조직의 토대가 되었음을 짐작할 수 있다.

고령에는 아직 공문제와 지신밟기 등 보부상의 풍속이 남아 있다. 공문제(公文祭)란 매년 열리던 조선 보부상의 총회를 말하는데, 이는 팔도도반수(八道都班首)가 지역별로 날을 정해 보부상을 한자리에 모이게 한 뒤 칙어(勅語)를 받들고 연회를 베풀던 상인의 축제였으며, 한국의 전통 상인의례로 내세워도 될 만큼 귀중한 연례행사였다.

공문제에서는 대체로 두 가지 큰일을 처리했는데, 각 지역의 상무사들이 보관하던 공문(公文)과 고인이 된 역대 반수·접장의 위패를 모시고 제사를 지내는 일이 첫 번째요, 두 번째는 한 해 동안 보부상단을 꾸려갈 임원을 모시는 일이었다. 고령 상무사는 경상도지역에서 유일하게 지금까지 공문제의 풍습을 이어오고 있으며, 좌사계와 우사계의 공문제는 지내는 날이 다르다.

반면 지신밟기는 동네의 안녕을 빌던 행사로, 고령 상무사 좌사에서 전승된 놀이 가운데 유일하게 자취가 남아 있는 것이기도 하다. 지신밟기란 원래 설 명절 기분이 남아 있는 한가한 겨울, 농촌에서 새해 첫 만월인 상원에 지신을 위로하고 새해의 복과 풍년을 빌던 농민의

고령장날 고령장을 중심으로 활동했던 조선 보부상단을 고령 상무사라고 부른다.
현재 고령의 5일장은 매월 4일과 9일에 열리고, 여전히 사람들로 흥청거린다.

제사였다. 그렇지만 고령 상무사는 상인단체이면서도 계원은 물론 읍민의 번영과 평안을 기원하는 지신밟기를 행해 왔다. 계원들은 농악기를 준비하고 접장집에 모여 지신밟기를 시작한 후 전 계원의 집을 차례로 돈다. 이날만큼은 계원이 아니더라도 원하는 집이 있으면 찾아가 무고안택(無故安宅)을 빌었다.

조선 상무사단이 남긴 풍속은 비단 공문제나 지신밟기에 한정되지 않았다. 보부상들이 원래 전국의 장터를 떠돌던 사람이었던 만큼, 장에서 행해지던 각종 놀이의 대부분이 궁극적으로는 이들과 연관된 놀이일 수밖에 없다. 고령에서도 역시 장터에서 즐겼을 법한 놀이와 가락이 전해오는데, 장각설이, 장타령, 엿장수타령과 돈치기, 자치기, 엿치기 같은 놀이가 그것이다.

조선 보부상단이 전국적 규모의 행상이었고, 이들의 풍습도 꽤 오랫동안 지속적으로 행해졌을 테지만, 지금은 대부분 사라지고 없다. 경상도, 충청도, 강원도 일부에서 이 같은 풍습을 근거로 지자체 등에서 놀이를 만들어 즐기고 있는데, 울진 십이령 바지게꾼놀이, 예덕 상무사 보부상놀이가 그렇다. 울진장에서 봉화 내성장으로 향하는 고갯길은 130리나 되는 먼 길이었다. 한번 나서면 열흘도 더 걸리는 열두 고개 험준한 길이었다. 그러니 이들의 고생이 오죽했을까. 무리를 지어 고개를 넘나들던 행상들의 고달픈 처지를 노래로 남긴 것이 바로 바지게꾼의 노래다. 특히 지형이 험준한 강원지역에는 보부상단의 역사를 알려주는 자료 대신 행상의 고달픔을 달래는 놀이나, 장터놀이가 주를 이루었다. 이를테면 인제의 바지게선질꾼놀이와 춘성지방의

샘밭장타령이 그런 예다.[17]

    지면상 하회와 고령을 예로 들었지만, 이 같은 전래민속과 놀이, 민요 등은 낙동강 전역에 걸쳐 산재해 있다. 태백의 태백산 천재의식과 태백갈풀놀이를 시작으로, 대구의 건들바우치성굿, 비산동천왕매기, 고산농악, 날외북춤, 욱수농악, 경산의 자인 팔광대놀이, 군위의 박시놀이, 문경과 점촌의 석진놀이, 상주의 정기룡 장군놀이, 선산의 상량놀이, 영천의 곳나무 싸움놀이, 예천의 청단놀음, 의성의 가마싸움과 기와밟기, 김해의 풍신제와 농신제, 돌싸움놀이, 밀양의 백중놀이와 무안용호놀이, 함안의 거북놀이, 합천의 밤마을 오광대놀이 등 물굽이마다 삶의 흔적과 역사를 담은 가락과 놀이들이 풍성하다.

(4) 불교 유산으로 빛나는 신성(神聖)의 강

    낙동강 일대에는 유교문화를 보여주는 서원만큼이나 지리적 절경과 역사적 가치를 지닌 사찰들이 낙동강을 끼고 있다. 무량수전으로 유명한 영주 부석사(浮石寺)와 안동 봉정사(浮石寺), 팔만대장경이 모셔진 합천의 해인사(海印寺)가 대표적인데, 팔만대장경은 서해를 거쳐 낙동강을 거슬러 올라 당시 고령의 개포나루에 내려지기도 했다. 이뿐 아니라 인도 아유타국의 허황후와 함께 도착한 장유화상(허황후의 오라버니인 허보옥을 일컫는다)이 지었다고 전해지는 신어산의 은하사

해인사

'해인사 선원의 문고리만 잡아도 깨달음을 얻는다'
라고 했던가. 그 정도로 참선 수행의 뿌리가 깊고
권위가 높은 사찰이다.

(銀河寺)가 있으며, 신라의 통치이념으로 발전한 불교가 전래된 거점은 낙동강이 가로지르는 구미 해평면 냉산의 도리사(桃李寺)다. 낙동강을 마주한 김해와 양산에는 장유사(長遊寺)와 통도사(通度寺)가 마주한 채, 가야불교와 신라불교의 특색을 각각 보여주고 있다.

안동 봉정사 극락전은 우리나라에서 가장 오래된 건물로, 영주 부석사 무량수전보다 13년 앞선다. 문무왕 12년인 672년에 의상대사의 제자인 능인스님이 창건했다 전해진다. 신라 문무왕 때 의상대사가 세웠다는 영주 부석사는 무량수전을 비롯해 국보 5점, 보물 4점 등 많은 문화재를 보유한 우리나라 10대 사찰 중 하나이자, 화엄종찰이다. 건축가들 사이에서뿐만 아니라 이제는 일반인에게도 널리 알려진 무량수전 배흘림기둥에 서서 부석사 앞으로 펼쳐지는 백두대간의 능선을 바라보면, 말 그대로 나를 잃는 무아지경에 이른다. 눈앞에 펼쳐지는 맑디맑은 풍경 속으로 고요히 빠져들고 만다. 의상 이후 혜철(惠哲)을 비롯해 신라 무열왕의 8대손인 무염(無染)국사, 징효(澄曉)대사 등 많은 고승들을 배출했다. 지금도 수많은 사람들이 부석사를 찾아 고승의 지혜와 화엄의 큰 가르침을 배우고 있다.[18]

해인사 선원을 두고 '문고리만 잡아도 깨달음을 얻는다' 했다던가. 그 정도로 참선 수행의 뿌리가 깊고 권위가 높은 사찰이다. 이 같은 사찰이 건립된 것은 신라 제40대 애장왕(哀莊王) 때의 순응(順應)과 이정(利貞)이 당나라에서 돌아와 우두산(牛頭山, 가야산)에 초당(草堂)을 지은 데서 비롯된 것이다. 그들이 선정(禪定)에 들었을 때 마침 애장왕비가 등창이 났는데 그 병을 낫게 해주자, 이에 감명한 왕은 가야산에

와서 원당(願堂, 죽은 사람의 명복을 빌던 법당으로 궁중에 둔 것은 내불당 또는 내원당이라 하였다)을 짓고 정사(政事)를 돌보며 해인사의 창건에 착수하게 하였다 전한다. 국보 제32호인 해인사 대장경판과 제52호 인 대장경판고(大藏經板庫), 보물 제264호인 석조(石造) 여래입상은 잘 알려져 있는데, 몇 차례의 화재를 당하면서도 팔만대장경판과 장경각 만은 화를 입지 않았다고 하니, 안도의 한숨과 더불어 불심이 지켜낸 문화유산이라는 생각에 잠시 숙연해지기까지 한다.

신라시대에 불교는 통일신라를 거치면서 단순한 종교가 아닌, 국가 의 통치이념으로 발전했는데, 구미가 바로 그 첫 장을 연 곳이다. 묵호 자(墨胡子)로도 알려진 아도화상이 신라가 불교를 공인하기 전인, 눌지 왕(신라 19대 임금) 때 불교를 포교하기 위해 일선군(선산의 옛 명칭) 모 례장자의 집에 머물면서 불교의 박해를 피해 은둔하다가 선산의 도개 에서 오색의 복사꽃이 눈 속에서 피어나는 것을 보고 그 자리에 절을 지었으니, 이것이 곧 '해동불교 최초의 가람'인 구미의 도리사다.

현재의 도리사 자리는 창건 때의 도리사 터는 아니다. 본래의 도리 사는 불타 없어졌고, 그 속암이었던 금당암(金堂庵)을 중심으로 중창 을 거듭한 것이 지금의 도리사이다. 도리사의 옛터는 지금의 냉산 남 쪽 기슭 계곡 일대에 석축지가 위치한 곳이다. 도리사 경내에는 아도 화상의 흔적을 엿볼 수 있는 유적·유물들이 남아 있었다. 아도화상 좌선대가 그러하거니와 좌선대 바로 뒤에는 아도화상 사적비가 서 있 다. 높이가 3미터는 됨 직한데, 조선 인조 때 세운 것으로 추정한다. 최초 전래자인만큼, 아도에 대한 숭배가 극진했음을 짐작할 수 있다.

도리사　본래의 도리사는 불타 없어졌고, 그 속암이었던 금당암을 중심으로
　　　　중창을 거듭한 것이 현재의 도리사이다.

　　도리사 조사전은 아도화상의 진영(眞影, 얼굴을 그린 그림 형상)을 봉
안했던 곳인데, 지금은 분실 등의 문제로 도리사의 본사인 김천 직지
사 성보박물관으로 옮겨졌다. 도리사에는 아도화상 석상도 있었다.
1976년에 도리사 경내 석탑 및 담장 석축을 정비하다가 석상 1구가
발견되었고, 당시 아도화상의 조각상일 것이라 하여 관심을 모았다는
데, 안타깝게도 지금은 그 행방을 알 수 없다고 한다.
　　그 이후 아도는 지금의 일산군 도개면 부근의 터를 주목하게 된다.
현지의 구전을 토대로 남아 있는 유적과 유물 등을 종합해 보면 그 터
는 도개면 도개 2리로 추정되는데, 도개리의 ‘도개(道開)’는 ‘불교를
열었다’ 혹은 ‘불도를 개시했다’ 는 뜻에서 붙여진 마을 이름으로 유

추할 수 있다. 다시 말해 도개리가 바로 아도가 머물던 신라시대 도개부곡인 동시에 모례장자가 살던 곳이라는 것이다.

열아홉 나이의 아도는 모례장자의 집에서 3년 동안 굴을 파고 살며 낮에는 가축을 치고, 밤에는 불법의 진리를 강론하며 살았다 한다. 당시 고구려와 백제에는 불교가 융성했으나 신라는 민속신앙과 외래 문물에 대해 배타적인 데다 불교에 대한 박해가 심했으니, 숨어서 포교를 할 수밖에 없었을 것이다.[19] 그러던 어느 날 성곡 공주의 병세가 악화되어 명의를 불러 온갖 약을 동원해도 낫지 않았다. 최후의 방법으로 아도를 불렀는데, 향을 피우고 열심히 불공을 올린 결과 공주의 병이 완쾌되었고, 왕은 그런 아도에게 상을 내리고 흥륜사 등 일곱 개의 절을 지어주었다. 금릉 황악산 직지사(直指寺) 역시 눌지왕 2년인 418년에 아도화상이 도리사(挑李寺)와 함께 창건했다고 전한다.

김해와 양산은 낙동강을 사이에 둔 지척 간의 지자체로, 한때는 동일한 국회의원 선거구이기도 했다. 하지만 역사적 뿌리는 적잖게 달라서 김해가 가야의 고도라면, 양산은 신라 문화권에 속한다. 그런 까닭에서인지, 두 지역의 불교적 색채도 상당한 차이점을 보인다. 김해의 불교가 인도에서 직수입된 가야불교(남방불교)라면, 양산의 그것은 중국을 거쳐 전래된 신라불교(북방불교)에 속한다.

김해에서 가야불교와 관련된 대표적인 사찰로는 장유사(장유암)와 서림사, 동림사 등을 들 수 있다. 김해 장유 불모산 자락에 자리 잡은 장유암은 장유화상이 창건한 사찰이다. 장유화상은 인도 아유타국의 허황후가 김수로왕에게 시집올 때 수행을 했던 오라버니 허보옥을 말한다. 그는 본국으로 돌아가지 않고 가락국에서 인도불교를 전파하며 일생을 보낸 것으로 알려져 있다.

불모산이란 명칭은 그가 이 산에 머물면서 허황후를 불모(佛母)로 모셨기 때문에 붙은 이름이다. 따라서 장유암은 가야불교가 우리나라에 맨 처음 전래된 성지 중의 성지라 할 수 있다. 그러나 장유암은 여러 차례 화재로 소실되었고, 가장 최근에 재건된 것은 1982년의 일이다. 장유화상은 다른 두 개의 유명한 사찰도 지었다는데, 신어산 중턱에 자리 잡은 서림사(현 은하사)와 동림사가 그것이다. 은하사 앞에 서면 낙동강 하구의 김해평야가 시원하게 펼쳐진다. 서림사는 김수로왕과 장유화상이 가락국 초기에 창건한 절로 당시에는 이를 금강사라 했다.

허황후의 존재나 삼국유사에 대해 학자들의 의견이 분분한 만큼, 장유화상의 존재 역시 하나의 설로 보는 견해가 많다. 하지만 가야의 철이 낙동강을 따라 이동했듯이, 먼 지방의 소식이 나루터에서 나루터로 전해지듯이, 낙동강이 새로운 문명·문화와 더불어 새로운 종교였던 불교가 퍼져가는 중요한 이동 경로가 되었음을 부인할 수는 없을 것이다.

인도불교가 전해진 가야와 달리, 양산의 불교는 고구려, 백제, 신라 등과 마찬가지로 중국으로부터 전래되었다. 가야보다 양산의 불교 전래 시기가 늦은 이유는, 신라가 초기에는 불교를 탄압한 탓에 삼국 가운데서 가장 늦게 불교를 접했기 때문이다.

한편 신라불교에서 빼놓을 수 없는 사찰인 양산 통도사는 신라 선

은하사 대웅전의 은하사는 김수로왕과 장유화상이 가락국 초기에 창건한 절이다. 이 신어 문양 때문에 이 산
신어(神魚) 문양 의 이름을 신어산(神魚山)이라 지었다는 이야기도 있다.

덕여왕 재위 중인 646년에 자장율사가 창건한 사찰로 알려져 있다. 경남 합천의 해인사, 전남 순천의 송광사와 함께 우리나라 '3대 사찰'의 하나로 우러름을 받고 있다. 65동의 건물과 13개의 말사를 가지고 있는 큰 사찰이며, 절 이름은 영취산의 기운이 서역국인 인도와도 통한다는 뜻에서 통도사라 지어졌다고 한다. 임진왜란 때 불타 버린 것을 1603년(선조 36년)에 송운대사가 재건했고, 이후 그것을 1641년(인조 19년)에 우운대사가 중건했다.[20]

길 위에 아로새긴
한민족의 얼

낙 동 강 의 길 , 길 과 문 화

    낙동강은 오랜 세월 내륙수로로 활용되었고, 나루에서 끝나는 뱃길은 영남대로 같은 주변의 길로 다시 이어졌다. 조선시대에는 각 지역에서 서울로 가는 9개의 주요 도로가 정비되어 있었는데, 그중 하나가 영남과 서울을 잇는 영남대로였다.

    대동여지도에 따르면, 영남대로는 부산에서 대구, 문경새재, 충주, 용인을 지나 서울로 이어졌으며, 약 960리에 이른다. 또한 이 길은 경상도의 58개 군현, 충청도와 경기도의 5개 군현에 걸쳐 있었고, 29개의 지선이 이어져 있었다고 한다.

    영남대로를 따라 부산에서 서울까지 걸어가는 데는 약 14일이 걸렸으며, 영남지역에서 서울로 가는 길은 영남대로 외에도, 영천과 안동을 지나 죽령을 넘어가는 영남좌로, 김천을 지나 추풍령을 넘어가는 영남우로가 있었다. 서울까지 걸어가면 좌로는 15일, 우로는 16일이 걸렸다고 한다.

(1) 영남대로 960리, 옛길을 거슬러 오르며

　조선시대에 접어들어 한양 중심으로 도로망을 재편하면서 기점으로 삼은 것은 성문이었다. 창덕궁의 돈화문, 숭례문(남대문)과 흥인문(동대문)이 전국 도로의 출발지였다. 서울에서 의주를 연결, 사행로라 부른 의주로가 제1로, 원산을 거쳐 함경북도 서수라로 연결되는 것이 제2로, 제3로는 동해안 평해로 연결되는 관동대로, 제4로가 영남대로, 4로를 따라 용인, 문경을 거쳐 상주에서 통영으로 이어진 중로가 제5로, 전라 삼례를 거쳐 통영을 잇는 도로가 제6로, 해남에서 제주에 이르는 도로가 삼남대로인 제7로, 남대문에서 부천을 지나 평택, 보령으로 이어지는 길이 제8로, 그리고 마지막으로 서울과 강화를 연결하는 것이 제9로였다. 이처럼 조선시대 9대로 가운데 4개 대로가 영남을 통과했는데, 그만큼 조선시대 영남지방의 비중이 컸기 때문이다. 영남대로는 선비들이 과거를 보러 가던 길이자, 조선통신사가 일본으로 건너가기 위해 걸었던 길이고, 보부상이 괴나리봇짐을 짊어지고 넘었던 길이며, 임진왜란 당시 왜군이 서울을 향해 진격했던 길이기도 하다.[21]

　폭은 대체로 4~8미터 정도였고, 노면은 황토로 덮여 있었으며, 비탈길 등의 일부 구간은 박석(薄石, 얇고 넓적한 돌) 포장이었다. 영남대로는 서울과 부산을 잇는 최단거리의 노선이었다. 서울에서 용인 · 충주를 거쳐 문경새재를 통과한 후 상주에서 칠곡 · 대구를 경유하여 밀양 · 동래 · 부산진에 이르렀다. 이러한 직선 노선은 지방행정 중심지

및 군사지역을 통과하고 있어 영남대로가 주로 신속한 행정 및 군사 통신을 위해 만들어진 것이었음을 말해준다.

영남대로(제4로)의 연장선은 서울에서 의주(義州)에 이르는 서로(西路)이다. 의주-서울-부산을 잇는 직선 코스는 조선의 5대 도시 한양·평양·개성·충주·상주 이외에도 의주·안주·황주·광주·선산·대구·밀양·동래 등의 도시에 최대의 간선도로를 형성하는 계기가 되었다. 또한 영남대로와 서로를 연장하면, 일본 및 중국에 이르므로 국제적으로도 중요했다.

당시에는 영남대로를 따라 30리마다 역을 두었는데, 이를 역참이라 했다. 역참의 가장 중요한 기능은 국가 명령이나 공문서의 전달에 있었다. 사신 왕래에 따른 영송(迎送, 맞아들이는 일과 보내는 일)과 관물(官物) 및 공물(貢物)의 수송은 물론이고 내외인의 왕래를 살피거나 죄인을 체포·압송했으며, 유사시에는 국방의 일익을 담당하기도 했다. 특히 급박한 군사정보나 외교문서를 전달하는 일은 신속해야 했다. 전달 속도에 따라 국가 이익에 영향을 미치기 때문이었다. 쉽게 말해 역참은 오가는 사람과 물자의 관리감독 및 수발까지 두루 담당하는 숙소 겸 검문소였던 셈이다.

역참이 전국적인 역로망을 형성하게 된 것은 고려 성종 때에 이르러서이고, 그것이 조선시대까지 이어졌다. 역원은 역에 속해 임무를 수행하는 이들을 통칭하는 말로, 찰방 또는 역승·역장·역리·역노비 등으로 불렸다. 역리가 사는 역촌에는 숙식을 제공하는 역원(譯院)과 외양간인 역사(驛舍)가 있었다. 역에는 최고 책임자로서 종6품인

찰방(또는 역승)이 여러 개의 역을 총괄했다. 역리는 본래 양인(良民, 평민) 신분이었으나 운영을 전담한 이속(吏屬, 관아에 딸린 하급 관리직의 한 부류)으로서 사신 영송·역마 보급·공문서 발송 등 잡무에 시달려 허드레 일꾼이나 머슴 취급을 받기도 했다.

영남대로상에는 대구 북쪽 소야고개 아래에 다부역(多富驛)이 있었고, 그 부근에 여행하는 관원에게 숙식을 제공하는, 일종의 국립여관 격인 소야원(所也院)이 있었다. 소야원이 관리를 위한 숙식처라면, 독명원(犢鳴院)은 누구나 들러 끼니를 해결할 수 있는 일반적인 주막촌이었다. 이처럼 역과 원이 생기면서 점차 많은 관원과 행상인들이 묵어갔고, 시장이 형성되어 상거래가 활발했다.

주막촌(酒幕村)은 옛날의 고려 원(院) 터에 새로이 생성된 상업지구다. 고려 때 원(院, 공적인 임무를 띠고 지방에 파견되는 관리나 상인 등 공무 여행자에게 숙식 편의를 제공하던 공공 여관)의 대부분은 사찰 또는 지방의 뜻있는 양반이 세웠는데, 이후 숭유억불(崇儒抑佛) 정책에 따라 도로변의 사찰은 폐쇄되고, 원은 국유화되었다. 그러나 얼마 못가 운영 부실로 조선 중기부터 점차 폐쇄되기 시작했고 임진왜란과 병자호란을 겪으면서 사라졌다가, 조선 후기에 상업이 발달하고 여행자가 증가하자 원이 있던 자리에 주막이 생겨났다.

2세기 중엽에 계립재(156년)와 죽령(158년)에 도로가 개통되어, 한강 유역과 낙동강 유역 간에 교통이 활발해졌다. 고려 초까지는 충주와 문경 간의 통로로 계립재와 하늘재를 이용하였으나, 고려 중기부터는 문경새재(조령이라고도 불렸다)가 이용되었다. 조선시대에는 서울을 중심으로 하는 교통망이 확정되어 총 40도, 545역이 있었는데, 초기에는 충주, 말기에는 청주를 경유하여 문경새재를 넘었다.

한편, 1905년 경부선의 개통 이후에는 추풍령을 경유하는 오늘날의 경부 국도가 형성되었고, 1925년에 국도 3호선이 이화령을 경유하여 개설되면서부터 문경새재는 쇠퇴하기 시작했다.

영남대로의 출발점은 부산 동래읍성이었다. 사배고개를 넘으면 양산과 물금을 지나 낙동강을 따라 삼랑진과 밀양을 거쳐 경북 청도읍 고수리에 이르는데, 여기에는 영남대로상의 중요한 쉼터인 납닥바우가 있다. 동래에서 올라오는 사람들과 대구를 거쳐 한양에서 내려온 길손들이 쉬어가는 곳으로, 무려 60여 명이 한꺼번에 쉴 수 있을 정도로 큰 바위였으나, 경부선 철도공사 때 쪼개져 지금은 흔적만 남아 있다.

도둑이 하도 많아 여덟 명이 조를 짜서 넘었다는 팔조령을 넘으면 대구시 달성군 가창면이고, 지금의 30번 국도를 따라 올라간 곳에서 금호강을 건너면 칠곡군 가산면의 다부리가 나온다. 그곳을 지나 구미시 창천동 근처로 가면 '서울 나드리' 마을인 감말이 멀지 않다.

영남대로는 구미시 해평면을 지나고서야 낙동강에 이르고, 지척에 있는 상주를 지나면 문경이다. 유곡역길과 토끼비리를 지나 주흘산 너머로 펼쳐지는 길이 바로 문경새재인데, 그곳을 넘어 온천으로 유명한 수안보와 달천을 지나면 충주, 음성, 경기도 이천과 안성에 이르고, 용인과 판교를 지나면 말죽거리 양재가 나온다. 바로 그곳에서 한강을 건너면, 영남대로의 종착지인 숭례문에 다다른다.

① 조령 문경새재

조령은 새재라고도 불리는데, 이름의 유래에 관해서는 여러 가지 설이 있다. 새도 날아서 넘기 힘들 만큼 험하고 높아서 조령(鳥嶺)이라 했다고도 하고, 풀이 우거진 고개(草岾) 또는 하늘재와 이우리재 사이(새)의 고개라는 뜻에서 새재, 신라시대에 개통된 계립령과 죽령에 비해 늦게, 새로 난 고개라 하여 새재라는 명칭이 생겼다고도 한다.

문경새재는 조선 태종 때 개척되었다. 영남대로 가운데 가장 유명하며 조선시대 옛길을 대표한다. 하지만 조령관 터에서 신라시대의 토기가 발굴되고 객관 형태의 건물이 있었던 것으로 보아, 고려시대 이전 혹은 신라시대부터 자연적으로 생겨난 좁은 길이었을 수도 있다.

영남과 경기를 잇는 영남대로가 백두대간을 만나는 자리에 위치한 문경새재는 영남에서 거둔 공물을 한양으로 실어 나르는 길이었고, 과거길에 오르는 선비들이 낙동강 물길을 이용해 문경까지 올라온 뒤 다시 남한강 뱃길을 따라 한양으로 가는 길이기도 했다.

문경에서 백두대간을 넘는 고개로는 영남좌로의 죽령과 영남우로의 추풍령도 있었지만, 과거를 보러가는 선비들은 문경새재를 고집했다. 죽령을 넘으면 과거시험에서 미끄러지고, 추풍령을 넘으면 '추풍낙엽'처럼 떨어진다는 속설 때문이었다. 반면 문경(聞慶)은 '경사스러운 소식을 듣는다'는 뜻을 가졌으니 선호할 만했다.

임진왜란 당시 팔도대원수 신립(申砬, 1546~1592)은 천혜의 호리병 요새인 새재를 포기하고 충주 탄금대로 물러나 배수의 진을 쳤으나 8000명의 병력이 전멸, 조선 팔도가 삽시간에 왜적의 노략질에 파괴

주흘관   새들도 날다가 쉬어 간다는 높고 험준한 고개에 설치된 관문. 지금도
아름다운 옛길의 정취를 그대로 품고 있다.

되고 말았다. 이에 신립의 전술에 관한 전설이 하나 전해지는데, 신립 역시 새재를 지키려 했으나, 꿈에 한 처녀가 나타나 탄금대를 사수하라 읍소하더라는 것이다.

신립이 주흘산 요괴로부터 한 처녀를 구해준 적이 있는데, 사모하는 마음을 도무지 받아주지 않자 원한을 품고 자결해 원귀가 되었고 이렇게 복수했다는 것이다. 그러나 이는 어이없는 전술을 구사한 신립에 대한 조롱일 수도 있고, 치명적인 패배가 뼈에 사무쳐 원귀를 끌어들인 것일 수도 있겠다.[22]

임진왜란 직후 조정에서는 류성룡의 주청에 따라 새재에 목책을 두르고 군사를 배치했다. 그러다가 숙종 대에 이르러 주흘관(主屹關)·조곡관(鳥谷關)·조령관(鳥嶺關) 등 3개의 관문을 설치한 후 고모산성을 보수하고, 칠곡 가산성을 축조했으며, 물금과 삼랑진 사이의 작천잔도(鵲遷棧道, 문경새재의 관갑천잔도, 양산의 황산잔도와 함께 영남대로의 3대 험준로로 손꼽히는 길)에 작원관(鵲院關, 영남대로상의 중요한 요새)을 설치하여 왜의 침입을 대비하는 방어선을 구축하기에 이른다.

문경새재를 사이에 두고 맞닿아 있는 주흘산과 조령산은 워낙 산세가 수려하고 아름다워 지나는 이들의 감탄을 자아낸다. 옛길 주변으로는 폭포와 계곡 등이 있어 자연경관이 빼어나다. 뿐만 아니라 고려시대 원(院), 주막 터, 성황당과 각종 비석 등이 비교적 잘 보존되어 있으며 선비들의 과거길로서 수많은 설화가 내려오고 있어, 역사적·민속적 가치가 크다.

작원관
숙종 대에 왜의 침입을 대비할 목적으로 설치
된 작원관. 그 아래로 강의 길과 철길이 나란히
흐르고 있다.

㉠ 토끼비리와 진남교반

영남대로 옛길 가운데 가장 험하기로 손꼽히는 곳이 바로 토천(兎遷)험로, 일명 토끼비리다. 비리는 벼랑이나 낭떠러지를 뜻하는 말인데, 토끼비리는 문경시 마성면 신현리 일대, 오정산 중턱의 깎아지른 듯한 바위산에 아슬아슬하게 걸쳐 있다.

고려 태조 왕건이 견훤의 군사를 무찌르기 위하여 이곳에 이르렀는데, 물은 깊고 계곡은 벼랑으로 둘러싸여 진군이 불가능했다. 때마침 토끼 한 마리가 벼랑을 타고 도망하는 것을 목격한 군사 하나가 토끼를 쫓아가 길을 낼 만한 곳을 발견했다. 고려군은 토끼의 이동경로를 따라 사다릿길을 만들었는데 그것을 계기로 '토끼비리(토끼 낭떠러지)'라는 이름이 붙여졌다.

> 꼬불꼬불 양 창자 같은 길이여 꾸불꾸불 오솔길 기이키도 하여라. 봉우리마다 그 경치도 빼어나서 내 가는 길을 막아 더디게 하네.
>
> 서거정(1420~1488), 《관갑잔도》
>
> 요새는 함곡관(函谷關)처럼 웅장하고 험한 길 촉도(蜀道)같이 기이하네. 넘어지는 것은 빨리 가기 때문이다. 기어가니 늦다고 꾸짖지는 말게나.
>
> 어변갑(1380~1434), 《관갑잔도》[23]

원래 토끼비리는 2킬로미터 남짓한 거리인데, 현재 다닐 수 있는 길은 석현성벽이 끝나는 지점에서 오정산 등산로까지 500미터 정도이고, 나머지는 통행불가다. 폭은 겨우 두 뼘에서 다섯 뼘인 탓에 발

토끼비리 왕건이 견훤의 군사를 무찌르기 위하여 이곳에 이르렀는데, 길이 험해 진군이 불가능했다. 때마침 토끼 한 마리가 벼랑을 타고 도망하는 것을 쫓아 길을 낼 만한 곳을 발견해 사다릿길을 만들었다는 전설이 전해온다.

고모산성 삼국시대에 쌓은 성. 천하장사 고모누님와 마... 구가 경쟁하여
하룻밤 만에 쌓았다 한다.

진남교반   토끼비리 아래, 경북팔경의 으뜸이라는 진남교반이 자리해 있다. 교반은
'다리 주변'이라는 뜻이다.

한번 삐끗하면 천길 아래 낭떠러지다.

토끼비리는 토천험로 혹은 관갑천잔도(串甲遷棧道)라고도 불리며, 2007년에 문경새재 옛길 및 죽령 옛길과 더불어 국가지정 문화재인 명승으로 지정되었다.

토끼비리 맞은편이 고모산성이고, 그 아래가 경북팔경의 으뜸이라는 진남교반(鎭南橋畔)이다. 교반은 '다리 주변'이라는 뜻이다. 이곳에는 기암괴석과 깎아지른 듯한 층암절벽이 이어져 있고, 봄이면 진달래와 철쭉이 절경을 이루어 문경의 소금강으로 불린다.

길이는 약 1.6킬로미터, 너비는 4~7미터에 이르는 고모산성은 삼국시대에 쌓은 성으로 알려졌으며, 천하장사 고모노구와 마고노구가 경쟁하여 하룻밤 만에 쌓았다 한다. 또한 이 근방에는 백운대계곡, 선유동계곡, 용추계곡, 운달계곡 등 절경으로 이름 높은 계곡이 산재해 있어 해마다 많은 이들이 찾아온다.

㉡ 유곡역길

유곡동은 지대가 매우 그윽하고 깊어 유곡이라 했다고 한다. 워낙 골짜기가 깊어 도적이 많았지만, 일단 마을로 들어오면 밖으로 도망칠 수 없을 정도였다.

이곳에는 찰방(察訪, 조선시대에 각 도의 명령을 전달하는 일을 관장하던 종6품의 외관직으로 마관·우관이라고 불리기도 했다)이 일대의 여러 속역을 관할하는 유곡찰방역이 있었는데, 문경을 비롯한 상주·의성·예천·안동·구미·군위·청송 등 20개의 역이 속해 있었다.

이곳에 있던 역리만 1200명이 넘었고, 상등마 두 마리와 중등마 다섯 마리가 배치되어 있었다. 유곡찰방역의 규모는 조선시대 찰방역 가운데 문헌상 가장 자세히 남아 있는데, 그 규모는 다음과 같다. 역무를 총괄하는 행정 관서인 동헌 6칸, 숙소로 사용한 내동헌 및 사환고가 각 4칸, 마구간인 마단 5칸, 천교정·내삼문·문루·형사청·사령청 각 6칸, 역리들이 실무를 보는 곳인 작청 10칸, 진휼창 20칸의 규모였다 한다. 더욱이 조선 후기에 이르러서는 역리가 3000명, 노비가 800명에 달했다는 자료만으로도 유곡역의 규모와 찰방의 위세를 미루어 짐작할 수 있다.

유곡역은 고려시대 개경을 중심으로 한 역도 중에서도 으뜸가는 역이었고, 조선 9대로 가운데 4대로인 영남대로와 통영까지 이어지는 중로 5대로가 갈라지는 곳이다. 임진왜란 뒤에는 이곳에 파발참(擺撥站)이 설치돼 이곳에서 중도참, 우도참, 좌도참의 세 갈래로 변방의 위급함을 알리는 요충지 중의 요충지 역할을 도맡았다. 때문에 문광공 홍귀달(洪貴達, 1438~1504)은 유곡역을 영남의 인후(咽喉)라 칭했다 한다. "음식물이 넘어가는 목구멍에 병이 나면, 음식이 통과하지 못하니 목숨을 부지할 수 없는 것처럼 유곡역은 그와 같은 역할을 하는 곳"이라고 중요성을 역설했다.

그러나 유곡역도가 언제 설치되었는지에 대해서는 기록이 불분명하고, 지금은 옛 마을 지명에서 그 자취를 미루어 짐작할 수 있을 뿐이다.

유곡동에서 문경새재로 가는 고개에는 개서낭당(狗城隍堂) 전설이

유곡역길　점촌북초등학교 앞에는 암행어사 박문수, 유곡도찰방 이명원 등 관리들의 공덕비가 세워져 있다.

유곡역 터 유곡동은 지대가 매우 그윽하고 깊어 유곡이라 했다고 한다. 유곡역도
가 있던 곳은 현재 전형적인 농촌으로 변모해 옛 모습을 잃어버렸다.

전해진다. 이 마을 사람이 이웃 잔칫집에 가서 술을 마시고 돌아오다 길을 잃었는데, 이 고개에서 실신한 것을 개가 깨워 집까지 가는 길을 찾았다는 것이다. 그 뒤 개가 죽자 주인이 개의 은혜에 보답하기 위해 무덤을 만들어주었고, 마을 사람들은 의리를 지킨 개를 서낭신으로 모셔 무덤이 있던 자리에 서낭당을 세웠다. 그러나 지금은 이 서낭신이 불에 타 없어졌고, 현재는 개의 위패를 모신 서낭신위만 남아 있다.[24]

ⓒ 계립령 하늘재길

하늘재길은 경북 문경시 문경읍 관음리에서 충북 충주시 수안보면 미륵리로 넘어가는 경계에 있으며, 관음리와 미륵리를 동서로 연결하는 고갯길이다. 이곳은 우리나라 고갯길 중에서도 최초로 뚫린 곳으로 삼국시대(156년) 때 신라의 아달라왕이 북진을 위해 개척하였다. 이는 죽령(竹嶺)보다 2년 앞선 것으로, 한국에서 가장 오래된 백두대간 고갯길이기도 하다.

하늘재라는 명칭은 하늘에 닿을 듯이 높은 고개라 하여 붙여진 것이지만, 실제 해발고도는 525미터로 그다지 높은 편은 아니다. 계립령은 마골참(麻骨站)이라 부르기도 했다 한다. 지금도 지릅재·지름재·기름재·유티(油峙)·경티(經峙) 등 다양한 이름으로 불리고 있는데, '유티'는 기름재, '경치'는 지름재의 의역(意譯)이며, 계립령 역시 지릅재의 한자표기 형태다. 하지만 요즘에는 거의 모든 지도에서 하늘재라 표기하고 있다. 관음리, 미륵리라는 양쪽 마을의 이름 덕인지 하늘재라는 명칭 또한 예사롭지 않은데, 하늘로 솟아난 길을 따라 관음과 미륵, 현세와 내세를 오가는 듯한 운치가 느껴진다.

고구려 온달과 연개소문은 빼앗긴 하늘재를 다시 찾기 위해 끈질긴 전쟁을 벌였으며, 온달이 "계립현(鷄立峴)·죽령의 서쪽이 우리에게로 돌아오지 않으면 나도 돌아오지 않겠다"라고 한 것으로 보아 당시의 전략적 중요성을 알 수 있다.

계립령을 넘어서면 곧바로 충주에 이르고, 그곳부터는 남한강을 이용해 한강 하류까지 나아갈 수 있다. 때문에 삼국시대에 신라는 물론 고구려, 백제가 함께 중요시한 지역으로 북진과 남진의 통로가 되었으며, 신라는 문경지방을 교두보로 한강 유역 진출이 가능했고, 이곳 계립령을 경계로 백제와 고구려의 남진을 저지했다. 뿐만 아니라 불교문화의 유입로 역할을 하기도 하였다. 고려시대 불교의 성지인 충북과 문경에 이르는 계립령로 주변에는 많은 사찰이 있었으나 전란으로 대부분이 소실되었고, 그 유적과 절터만 전한다.

신라가 멸망할 때 마의태자(麻衣太子)가 망국의 한을 품고 이 고개를 넘어 금강산으로 향했다고도 하고, 고려 공민왕은 홍건적을 피해 몽진(蒙塵)할 때 이 길을 이용했다고 한다. 그만큼 가슴 아픈 사연이 절절한 고갯길이기도 하다.

조선시대에 이르러 문경새재가 개척되고 임진왜란과 정유재란, 병자호란을 거치면서 조령로가 험준한 지세에 힘입어 군사적 요충지로 주목받자 계립령은 상대적으로 덜 중요시되었으나, 여전히 서민들의 교통로로 활용되었다.

하늘재 한국에서 가장 오래된 백두대간 고갯길. 하늘에 닿을 듯이 높은 고개라 하여
붙여진 이름이지만 실제 해발고도는 525미터로 그리 높은 편은 아니다.

관음리 석조반가사유상 　하늘재를 사이에 두고 관음리와 미륵리가 자리 잡고 있다. 그래서인지 하늘재라는 명칭 또한 예사롭지 않다.

오랜 세월을 대변하듯, 길 양쪽에는 전나무, 굴참나무, 상수리 등 다양한 나무들이 울창한 숲을 이루고 있으며 바로 이곳에 2001년에 문경시에서 세운 계립령유허비가 있다.

북쪽의 포암산과 남쪽의 주흘산 부봉 사이에 발달한 큰 계곡을 따라 약 1.5킬로미터에 이르는 구간이 옛 모습 그대로 남아 있으며, 수안보면 미륵리 산 8번지 등의 면적 39만 7478제곱미터에 이르는 구역이 명승으로 지정되었다. 옛길을 따라 흐르는 계곡과 주변으로 오롯이 펼쳐지는 월악산(月岳山)의 아름다운 경관이 역사적 의미와 어우러져 정취를 더한다.

② 아흔아홉 굽이 험준한 죽령

신라 때 죽죽(竹竹)이란 사람이 닦았다고 해서 '죽령'이란 이름을 얻은 이곳은 영주시 풍기읍 수철리에서 충북 단양군 대강면을 넘어가는 험준한 고갯길이다. '아흔아홉 굽이에 내리막 30리²⁵⁾ 오르막 30리'라는 가파른 죽령 길을, 우리의 옛 선조들은 한양 가는 제일 빠른 길이라 참고 넘어 다녔다.

죽령은 1800여 년 동안 문경새재, 추풍령과 함께 영남과 한양을 잇는 3대 관문으로 손꼽혔다. 바람이 거세고 소낙비가 거세고 도둑이 거세다고 해서 '삼재령'이라고도 했고, 풍치가 아름답고 길손이 반갑고 주막 인심이 좋다고 해서 '삼풍'이라고도 불렸다. 고갯마루에 올라서면 동쪽으로는 영주·봉화, 서쪽으로는 월악산·금수산, 남쪽으로는 소백산 일대 첩첩산중이, 북쪽으로는 연화봉과 비로봉, 국망봉이 펼쳐진다.

문경새재와 마찬가지로 이곳에 놓인 길들도 한때 고구려와 신라의 경계이자, 선비들이 과거 보러 한양 가는 길이었으며, 영남과 기호를 이어주는 관문이기도 했다.

또한 죽령은 고구려, 신라, 백제 삼국의 격전장이었으며, 광개토대왕 시절에는 고구려의 국경선이었다. 신라의 진흥왕이 백제와 연합해 죽령 이북을 빼앗은 후 삼국통일을 목전에 두었을 때, 고구려 평원왕의 사위인 온달이 빼앗긴 땅을 회복하지 않고는 돌아가지 않겠다며 다짐하고 출전해 전사한 곳도 죽령이다. 반대로 신라의 김유신은 죽령 전투에서 승리한 것을 기념해 중원에 삼국통일 기념탑을 세웠다.

죽령 신라 때 죽죽(竹竹)이란 사람이 닦았다는 죽령은 문경새재, 추풍령과 함께 영남과 한양을 잇는 3대 관문으로 손꼽혔다.

1300여 년 전 바로 이곳에서 고구려 군사들이 넘어 다녔고, 잃었던 땅을 되찾은 신라군과, 견훤을 물리친 고려의 왕건과, 고려에 나라를 빼앗긴 신라의 마지막 임금 경순왕도 눈물을 흘리며 죽령을 넘어 개성으로 갔다. 죽령을 사이에 두고 삼국은 승전과 패전을 거듭한 셈이다.

죽령을 오르는 길엔 소백산이 품은 천년고찰 희방사와 희방폭포, 청령대가 있다. 희방사는 643년 두운조사가 소백산 남쪽 기슭 해발 850미터에 창건한 사찰로, 경내에 희방사 동종과 월인석보 책판을 보존하고 있다. 절 입구에는 하늘이 보이지 않을 정도로 자연림이 빽빽이 우거져 있으며, 절 바로 밑에는 내륙지방 최대 폭포인 높이 28미터의 희방폭포가 있다.

1934년에 5번 국도가 개통되고, 1941년에는 중앙선 철도 등 교통통신이 발달함에 따라 사람들의 발길이 끊긴 뒤 수십 년 간 덩굴에 파묻혀 있던 옛길을 영주시가 다시 개발했다. 죽령 옛길은 중앙선 희방사 역을 출발하여 죽령 고갯마루에 이르는 약 2.4킬로미터 구간이다.

죽령 옛길에는 퇴계 이황과 온계 이해 형제의 이야기가 서려 있다. 퇴계가 풍기군수로 있을 무렵, 넷째 형 온계는 충청 감사였다. 온계가 고향인 예안을 다녀가는 길에 풍기 땅을 지날 때마다 퇴계는 죽령까지 배웅을 나왔고, 퇴계와 온계는 '잔운대 · 촉령대' 바위에 앉아 형제간의 남다른 우애와 석별의 정을 나눴다고 한다. 현재 죽령 고갯길에는 이들 형제의 우애를 기리는 촉령대비가 세워져 있다.[26]

③ 추풍령 고갯길

고속도로와 국도를 지나는 차량, 그리고 경부선 열차가 쉴 새 없이 드나드는 추풍령은 백두대간에서 통행량이 가장 많은 고개다. 과거 추풍령은 문경새재보다 규모나 명성에서 한참 뒤졌다. 그러나 이 같은 사정은 1905년 추풍령에 경부선 철도가 놓이면서 바뀌기 시작했다. 교통의 중심이 추풍령으로 급속히 집중되기 시작한 것이다. 이후 추풍령은 문경새재는 물론 죽령과 이화령을 넘나들던 물량까지 넘겨받았고, 1970년 경부고속도로가 완공되면서부터는 우리나라에서 가장 큰 고개로 등극했다.

추풍령은 구절양장(九折羊腸, 양의 창자처럼 험하고 꼬불꼬불한 산길)이 아니다. 고갯마루가 해발 221미터밖에 안 되고, 언제 고개를 넘었는지도 잘 가늠이 안 될 정도로 경사가 완만하다. 열차를 타고 넘을 때도 그렇고, 고속도로나 국도를 이용해도 마찬가지다. 20세기 이후에 나라의 근간인 국도 · 철도 · 고속도로가 모두 이 고개를 통과하게 된 데는 이런 이유가 있었던 것이다.[27]

조선시대 영남의 유생들은 과거시험을 보러 갈 때 추풍령을 넘으면 '추풍낙엽'처럼 낙방한다 하여 대부분 추풍령 남쪽의 가파른 괘방령(궤방령)을 넘었는데, 괘방령의 첫 글자를 과거 합격을 알리는 방문(榜文)에 자신의 이름이 걸린다는 뜻의 걸괘(掛)로 해석했다 한다.

넘는 이가 많은 까닭인지 사연도 많은 추풍령이다. 추풍령 옛길에 산이 뚝 잘린 듯한 얕은 고갯길이 있는데, 이곳이 바로 유명한 낙고개다. 원래 즐거울 락(樂)자를 써서 낙고개(樂峴)라 했는데, 명당인 이 고개를 넘으면 만사형통하고 즐거운 일이 생긴다 했다. 그러나 임진왜란 때 명나라 장수 이여송이 이 고개가 명당임을 간파하고 맥을 끊었다는 소문이 나면서 기피하는 고개가 되었다고 한다. 이후 고개 이름도 떨어질 낙(落)자를 써서 낙고개(落峴)가 되었다는 다소 억울한 전설을 간직하고 있다.

낙고개 너머에는 봉산면 태화리 평촌(平村)마을이 있는데, 평촌마을은 추풍령과 괘방령 일대에 산적이 많아 고개를 넘어 이 마을에 무사히 당도하면 마음이 평화로워진다고 해서 붙여진 이름이다. 이곳에는 구한말까지 명성이 자자했던 '떡전골 주막'이 있었다. 이 주막은 서울과 부산 중간쯤에 자리 잡았기 때문에 길손들이 꼭 한 번은 들렀던 곳이며, 서울에서도 떡전골 주막에서 만나자고 하면 서로 통했을 정도였다.

여기서 추풍령과 괘방령으로 길이 나뉘어진다. 주막을 지나면 완만한 오르막길, 바야흐로 추풍령고개로 접어든다. 새로 시원하게 뚫린 4호선 국도 아래를 지나 예전 길을 더듬으면 고도암마을이 나온다. 이 마을 입구에는 남정(嵐亭) 김시창(金始昌, 1472~1558)을 기리는 정려각이 있는데, 그는 성종, 중종, 인종 3대 임금의 붕어(崩御, 임금이 세상을 떠남) 때마다 3년 상(喪)을 치르고 많은 제자를 길러내 여러 차례 벼슬을 제수했으나 평생 관직을 마다했다 한다.[28]

고도암마을을 거치면 죽막마을에 이르는데, 죽막은 임진왜란 때 김천 전투에서 패한 관군이 추풍령으로 후퇴한 후 3일간 왜군과 혈전을 벌인 추풍령 전투의 지휘소가 있던 곳이다. 여기에는 경천대 용마전

추풍령 고갯길 추풍령은 고갯마루가 해발 221미터에 불과할 정도로 완만하다. 그러나 조선시대 유생들은 '추풍낙엽'처럼 낙방한다 하여 추풍령 대신 가파른 괘방령을 넘어 과거를 보기도 했다.

당마루 다락골에서 추풍령까지는 당마루 또는 당령(唐嶺)이라고 불린다.
지금은 표석 하나만이 옛 자취를 드러내고 있다.

설의 주인공 정기룡(鄭起龍) 장군이 수적 열세를 만회하기 위해 인근
마을의 소를 징발해 소꼬리에 기름을 먹여 불을 붙이고 이를 한밤중
에 적 진영에 밀어넣어 혼비백산하게 만들었다는 전승담이 전해온다.

　이 마을 뒤편의 다락골에는 경부고속도로의 추풍령 휴게소가 자리
한다. 다락골은 마을을 지나던 한 스님이 이 골짜기를 가리켜 "먼 훗
날 이름난 놀이터가 될 자리"라고 말해 다락골(多樂谷)이라고 불렸는
데, 신통하게도 수백 년이 지나 마을 뒤로 고속도로가 생기고 그곳에
밤낮으로 사람들이 넘쳐나는 휴게소가 들어섰으니 스님의 예언이 맞
았다고 해야 할까.

이 마을에서 추풍령 고갯마루까지를 당마루 또는 당령(唐嶺)이라고 부르는데, 삼국통일 전쟁 당시 당나라 군사들이 이곳에 진을 치고 주둔했다고 해서 붙은 지명이라고도 하고, 과거에 실패하고 낙향하던 선비가 고향 집으로 돌아가지 못하고 머물면서 생긴 마을이라고도 한다.

당마루를 거슬러 오르면 영동군 추풍령면과 경계를 이루는 추풍령 정상이 한눈에 들어온다. 고갯마루에는 '추풍령(秋風嶺)'이라는 표석이 있는데, 한때 풍성할 풍(豊)자로 바꾸어 추풍령(秋豊嶺)으로 쓴 시절도 있었다 한다.

(2) 낙동강의 물길, 고령 나룻길

나루는 강가나 냇가, 또는 좁은 바닷목의 배가 건너다니는 곳을 말한다. 그런데 '나루'라는 말은 '나라'와 어원이 비슷하다. 고대의 원시적 형태의 국가가 강가 등지에 위치하여 인근 부족과 교역을 하는 한편, 무력으로 상업적 질서를 유지한 데서 기인했다고 추측된다. 혹은 배로 사람이나 짐을 실어 나르기 때문에 '나르는 곳'에서 '나루'라는 말이 나왔을 가능성도 있다. 나루에 관한 우리나라 최초의 지명은 백제의 도읍이었던 웅진(熊津, 지금의 공주)을 곰나루라고 한 것에서 비롯된다.

《동국여지승람》에는 수많은 나루터의 명칭이 적혀 있다. 나루를 한

자로 표기할 때는 도(渡), 진(津)이라 하였고, 좀 더 큰 곳을 포(浦), 대규모의 바닷나루는 항(港)이라고 적었다. 그중에서 중요한 강이나 바닷목에 군사시설을 설치하고 군대를 주둔시켜 지키는 곳에는 진(津)이라는 표기를 붙이곤 했다.

포(浦)는 수심이 얕은 물가로 오목하게 들어가 있어 포구를 형성하는 곳이다. 포구라는 명칭이 지명으로 굳어진 것으로는 서울의 마포(삼개)와 김포, 부산의 구포, 마산의 합포, 울산의 개운포 등이 있다. 그러나 모래가 쌓여 얕아지고 좁아진 결과 배가 들어오지 못하게 되면서 영산포와 같이 이름만 남은 포구도 더러 있다.

진(津)이란 강가의 언덕으로 된 나루를 말한다. 진은 포구의 개념과는 달리 강기슭에 배가 닿을 수 있는 곳을 말한다. 서울의 노량진, 광진(광나루), 경남의 삼랑진 등이 그 예이다.

포(浦)든 진(津)이든 도(渡)든 간에 이곳은 모두 나루임에 틀림없다. 이 중에 규모가 컸던 나루에는 세곡선과 상선들이 드나들었으며, 조창(漕倉)이 있던 곳도 많았다. 그래서 나루터는 항구를 겸한 역할을 하곤 했다. 나루는 강을 중심으로 양쪽에 자리 잡고 있는 경우가 대부분인데, 마주보고 있는 두 곳의 나루터 중에 마을이 있는 쪽이나 좀 더 번창한 쪽의 이름을 따서 나루터의 이름을 붙이는 경우가 많았다.

신화 속에서도 나루는 결정적인 장소로 등장한다. 고구려 건국신화에서는 주몽이 부여를 탈출하여 남쪽으로 내려오다가 압록강 상류인 엄체수(淹滯水)를 만나게 된다. 앞으로는 강물이 가로막히고 뒤로는 추격병에 쫓겨 위기에 처한 주몽은 겸허한 마음으로 하늘과 땅, 물에

삼랑진 진(津)이란 강가의 언덕으로 된 나루를 말한다. 포구와는 달리 강기슭에 배가 닿을 수 있다. 국제적인 면에서 삼랑진은 왜관에 버금가는 큰 취락이었다.

게 간절하게 빌었다. 그러자 신이 주몽의 소원을 들어주어 물고기와 자라가 만든 다리로 무사히 압록강을 건넜다고 한다.

또한 신라 건국신화 중에는 석탈해(昔脫解)가 나루와 관련이 있다. 처음 석탈해가 김해지방에 상륙하려 했으나 실패한 뒤 동해안을 따라 북상하여 신라 땅에 상륙하였다. 그 뒤 신라에 귀화한 석탈해는 나중에 유리왕의 사위가 되어 신라 4대 왕에 등극했다. 그런가 하면 동시대의 김해 수로왕 역시 인도 아유타국 공주 허황옥 일행을 벌포에서 맞이했다.

이처럼 고대 건국신화에 있어서도 나루는 중요한 의미를 지닌다. 물과 뭍이 접하는 나루는 외래문화를 가진 세력이 토착문화의 세력과 만나 충돌과 갈등, 융합과 조화를 반복하면서 다양한 국면이 동시에 발생하는 곳이다. 단군신화에서 영웅이 하늘에서 땅으로 수직 하강하면서 도착한 곳이 산꼭대기였듯이, 석탈해가 상륙한 나루 또한 이와 같은 상징성을 갖는다.

한편 김해지방은 인도, 중국, 한반도 북방 등지에서 유입된 사람들이 낙동강 하구로 모여들었을 뿐 아니라, 여기서 다시 일본으로 건너가기도 했다. 이처럼 사람들이 배를 타고 어딘가로 오고갈 때 거쳐 간 곳이 나루다. 나루는 강 건너편 도착지점의 나루와 마주보고 있기에, 사람과 물건과 문화를 건너편으로 내보내거나 받아들이는 장소, 즉 전달과 수용의 역할을 했던 셈이다.

또한 나루의 역사는 넓은 의미에서 '배의 역사'라 해도 과언이 아니다. 인류가 언제부터 배를 이용해서 물을 건넜는지는 확실치 않은

데, 창녕 비봉리 유적에서 발견된 소나무 배를 토대로 선사시대부터 이미 배를 만들어 이용했다고만 미루어 짐작할 뿐이다. 하지만 인류학자들은 배의 역사를 인류의 역사와 같이 보고 있다. 그 이유는 인류 문명의 발상지가 모두 강을 끼고 있기 때문이다. 원시인들은 강에서 물을 얻었고, 조개나 물고기, 고동, 수초 등을 채취했다. 고기를 잡기 위해서는 무엇보다 물에 잘 뜨는 나무둥치나 뗏목 같은 것을 이용했을 것이다.

더구나 삼면이 바다로 둘러싸인 우리나라 배의 역사는 장구할 수밖에 없다. 신라 때 청해진의 해상왕 장보고는 서남해안 일대를 장악하여 중국·일본과의 교역은 물론 바다의 실크로드를 따라 멀리 인도와 서역까지 교역을 꾀했다 한다.

배의 발굴이나 관련 기록을 살펴보면 다음과 같다. 1974년 경주 안압지에서 목선이 출토되었다. 이 배는 길이가 6.1미터, 너비 1.1미터 정도인 통일신라시대의 배다. 1984년 발굴해 인양된 완도선은 11세기의 고려 배로 고증되었다. 복원해 측정한 길이가 9미터, 너비 3.5미터, 깊이 1.7미터로 그리 큰 편은 아니다. 우리나라에서는 얼마 전까지 통나무를 파서 만든 통나무배가 널리 사용되었다. 제주도와 동해안의 일부 지방에서는 지금도 간단한 뗏목배를 이용해 고기잡이를 하고 있고, 이 뗏목배를 제주에서는 티우(테우)라 이르는데, 9개의 원통형 나무를 평판에 놓고 앞뒤의 두 자리에서 꿰뚫어 단단하게 묶은 형태다.

예로부터 강 주변에는 기름진 들판이 형성되기 때문에 농사를 짓기 위해 사람들이 모여 살았다. 그러다 보니 강 양쪽에 마을이 생겼고, 마을과 마을이 왕래하는 과정에서 나루가 생겨난 것이다.

고대국가가 형성되고, 중앙집권체제와 지방행정제도가 정비되면서, 지방과 중앙, 지방과 지방, 마을과 마을 사이의 왕래가 잦아지고 물자 수송도 빈번해졌다.

이중환은 《택리지》에서 "물자를 옮기는 방법은 말이 수레와 같지 않고, 수레는 배와 같지 않다. 우리나라는 산이 많고 들이 적으므로 수레가 다니기는 불편하다. 이러한 까닭에 말이나 수레는 배로 화물을 싣고 운반하여 생기는 이익보다 못하다"고 하였다. 이것은 교통이 발달하지 못했던 전근대 사회에서는 강을 이용한 교통과 운송이 육로보다 편리함을 강조한 것이다. 널리 알려졌다시피 조선시대까지도 적의 침입에 유리할 수 있다 하여 의도적으로 넓은 길을 내지 않기도 했다.

나루는 하천과 연안의 지리적 여건으로 자연 발생한 것이 대부분이다. 조선시대의 《경국대전》에는 나루의 관리 등에 관한 자세한 법률이 성문화되어 있다. 이것은 국가가 제도적으로 나루를 통제·관리하고 있음을 뜻한다. 우리나라와 같은 농업사회에서는 세금으로 거둬들인 곡물이 국가 재정의 대부분을 차지했다. 그렇게 되자 곡물을 수송하는 수단으로 육로에 역참제도, 수로에 조운제도가 발달했다. 앞서 언급했듯이 영남대로에 30리마다 역참을 두었고, 수로를 이용하는 강가의 강창(江倉)과 해안 포구의 해창(海倉)을 두어 나루를 통해 조세곡 등의 물자를 수송했다.

왕래객과 물자의 이동이 많은 나루는 교통의 요충지였다. 배를 타고 물자를 운반하기 위해 많은 사람들이 모여들었으며, 이들을 상대로 생계를 꾸려가는 사람들 또한 많았다. 그러다 보니 자연스레 나루에는 취락이 형성되었다.

취락에는 관물을 수송하는 선박, 공물과 관물을 일시 보관하는 창고가 생기고, 수송과 관리를 하는 관원들이 거주함으로써 점차 큰 마을로 발전해갔다.

나루의 취락은 진, 포 등의 명칭이 붙는데 예천군에는 경포, 본포, 월포가 있고, 상주군에는 퇴강진, 김포, 백포가 있다. 또한 선산군의 구포, 고령군의 사문진과 개포, 포동과 비진 등의 지명이 지금도 남아 있다.

영남 곳곳을 둘러가는 낙동강의 주요 나루에도 어김없이 취락이 형성되었다. 그중에서도 특히 왜관(倭館, 경북 서남부에 있는 읍으로, 낙동강 수로의 종점이다)은 낙동강 중류의 중요한 나루로, 고려 말기 이후부터 조선 초기까지 왜구의 노략질이 심해지자 회유책으로 삼포를 열어 무역을 허가했다. 따라서 일본의 상인과 사신이 수로를 이용하여 왜관에 닿았다. 그래서 조정에서는 지금의 금산 2동에 왜관(倭館, 조선시대에 입국한 왜인들이 머물면서 외교적인 업무나 무역을 행하던 관사)을 두어 교역을 통제하는 한편, 접대와 유숙을 관리하게 된다. 그로 인해 내륙에서는 처음으로 국제적인 면모를 갖춘 취락으로 성장했다.

삼랑진에는 비록 교역 장소가 설치되지 않았지만 국제적인 면모에서는 왜관에 버금가는 큰 취락으로 성장했다.

나룻배는 강의 폭이나 깊이에 따라 크기가 다르다. 대개 큰 강에는 큰 나룻배가 있기 마련이고, 작은 강에는 거룻배가 주로 사용되었다.

나룻배들은 모두 나무로 만들어진 목선 형태이며 밑바닥이 평평한 평저선(平底船)이다. 나룻배의 명칭도 나룻배, 거룻배, 마상이 등 다양하게 부르기도 한다. 일반적으로 가장 많이 쓰였던 명칭이 나룻배이고, 거룻배는 좁은 강, 즉 규모가 작고 얕은 강을 내왕했던 배를 두고 한 말이다. 마상이는 강이나 호수에서 고기잡이에 쓰던 작은 배인데, 나룻배 대신 사람을 실어 나르기도 했다.

나루를 구성하는 필수 요소는 배와 사공, 삿대(노)이다. 동력선이 없었던 시절에 나룻배를 움직이는 유일한 방법은 사공이 삿대나 노를 젓는 것이었다. 삿대의 정식 명칭은 상앗대 혹은 사앗대였는데, 이 말이 줄어서 '삿대'가 되었다.

삿대는 대개 가벼운 장대를 이용했다. 배가 출발할 때나 노를 젓는 것만으로는 진행이 잘 안 될 때 삿대를 사용하는데, 물살이 세서 배가 떠내려갈 때는 삿대를 찔러서 나룻배의 진행을 쉽게 할 수도 있었다. 노가 없는 작은 배는 삿대만으로도 움직였다.

노는 나무를 깎아서 끝부분을 물갈퀴처럼 넓적하게 만들어 물을 저을 수 있도록 했다. 노가 부착되는 곳은 배의 뒤쪽 고물간에 붙이는 경우가 대부분이고, 소형선의 경우 배의 양옆을 저어서 움직인다. 먼 물길을 다니는 배들은 삿대와 노, 돛을 이용하지만 나룻배는 강을 건너 마을에 닿는 것이 목적이기 때문에 돛이 없는 것이 일반적이었다.

큰 강의 나룻배는 20~30명을 태우고 다니는 대형 나룻배가 있는가 하면, 10명 이내를 태우는 소형 나룻배도 있다. 나룻배를 운행하기란 결코 쉬운 일이 아니다. 물살이 세거나 비바람이 치면 매우 위험하다. 게다가 타고 있는 사람들이 중심을 잡지 못하면 균형을 잃고 전복될 위험마저 있다.

그래서 사공은 배의 무사운행을 비는 고사를 지낸다. 물을 지배하는 수신(水神), 즉 용신(龍神)에게 제사를 드려 뱃길을 안전하게 해달라고 기원하는 것이다. 고사를 지내는 시기는 정초부터 대보름까지가 일반적인데, 대개 초하룻날이나 보름날 치르는 경우가 많았다. 매달 날짜를 정해놓고 고사를 지내는 곳도 있고, 위험이 있을 때마다 지내기도 했다.

나룻배는 지역과 사공에 따라 금기사항이 조금씩 달랐는데, 나룻배에 걸인, 문둥이, 백정, 상주, 상여 등이 타면 재수가 없다고 생각하는 곳이 있었는가 하면, 상주나 관, 거지, 임산부, 혼인행렬, 장례행렬 등을 태우면 재수가 좋은 것으로 여기는 곳도 있었다. 그밖에 짐승을 태우는 것을 꺼리는 곳도 있고, 여자가 첫 손님으로 배에 오르는 것을 꺼리기도 했다.

뱃삯은 마을 사람들의 경우, 대개 곡식으로 치렀다. 보리철에는 보리, 나락철에는 나락 한두 말을 뱃사공에게 주는 것이 관례였다. 그러나 나그네의 경우에는 돈을 주고 탔다. 돈이 없는 경우 곡식이나 물건을 주기도 했다. 장을 보러 가는 장사꾼들은 돈이나 가지고 가는 물건을 적당히 쥐어주고 타기도 했는데, 이 같은 뱃삯을 경상도 방언으로 배성기 혹은 배성게라고 불렀다.

나루와 관련된 문학작품으로는 '공무도하가(公無渡河歌)'가 가장 대표적이다. 가장 오래된 작품의 하나로 꼽히는 이 작품의 배경이 바로 나루다. 출전문헌인 《고금주》에 의하면, 어느 날 뱃사공 곽리자고가 강가에서 백수광부(白首狂夫)의 뒤를 따라 물에 빠져 죽는 아내의 애처로운 광경을 보고 돌아와 여옥에게 이야기했더니, 여옥이 그 연인의 슬픔을 표현한 노래를 지어 부른 것이라 한다. 연대적으로 보아 한국문학 사상 가장 오래된 작품으로 널리 알려져 왔으나, 확실한 제작 연대와 원가(原歌)에 대해서는 알려진 바가 없다. 이 노래의 한역가인 듯한 4구로 된 한문표기의 짧은 노래가 전한다.

公無渡河 公竟渡河 墮河而死 公將奈何(임이여 물을 건너지 마오, 임이 그예 물을 건너시네. 임이 물에 빠져 죽으니, 임을 어이하리오).

여기에서 3구는 공타하사(公墮河死), 4구는 장내공하(將奈公何) 등 구절마다 다양한 표기가 등장하고 있다.

백수광부와 아내가 물에 빠져 죽은 사건에서도 그러하듯, 나루는 평범하고 정적인 장소가 아니라, 변화와 이질적인 요소가 동시에 만나는 장소다. 나루는 만남과 헤어짐의 공간이며 새로운 세계를 향해 나아가는 출발점이기도 하다. 나루는 떠남, 찾아옴, 헤어짐, 만남, 싸움, 슬픔, 쓸쓸함, 넉넉함, 편안함, 새로움, 살아남, 소문 등 여러 가지 의미를 담고 있다.

신화의 예를 제외하더라도 나루는 문학에서 역시 중요한 자리를 차지한다. 나루에는 뱃사공이 있고, 사공은 나루에서 발생하는 다양한 상황의 목격자가 되며 사건에 휘말리기도 한다.

서도잡가 '배따라기'는 배가 나루를 떠나가는 '배떠나기'에서 비롯된 말이라 한다. 중국 사신이 축복을 받으며 나루를 떠나가는 밝은 노래이기는 하지만, 김동인의 소설 《배따라기》는 오해를 받고 떠나버린 동생을 찾으러 다니는 형의 한 맺힌 노래다. 언제 배가 돌아올지 모르듯 이 동생 또한 언제 다시 만날 수 있을지 모른다.

당시에는 나루를 통해 강을 건너야만 들판에 농사를 지으러 갈 수 있었고, 나룻배를 이용해야만 장꾼들이 장터에 당도할 수도 있었다. 따라서 여름철에 홍수가 나거나 겨울철에 강물이 얼어버리면 배를 움직일 수 없기 때문에 아무리 가까운 강 건너편이라도 지척이 천리가 되곤 했다.

이런 연유로 나루 주변에는 언제나 사람들이 왁자하게 모여들었다. 사람이 있는 곳에는 장사꾼들이 모여들기 마련이다. 그래서 작은 나루에는 떡장수나 엿장수들이 전을 차렸으며, 약간 큰 나루에는 간이 주점을 겸한 국밥을 파는 집이 생겼다.

나루는 주막 외에도 떡장수, 묵장수, 엿장수들이 몰려 있어서 흥청댔다. 장터가 가까운 나루에는 하류에서 소금과 생선, 잡화 상선들이 올라와서 흥정을 했다. 시장이 없는 마을이라면 이들이 직접 마을 사람들로부터 소금과 생선, 잡화를 곡식과 바꿔 가기도 했다.

그러나 큰 나루는 상황이 달랐다. 관용화물과 상품을 싣기 위해 관민(官民)이 많이 집결하였으므로 장사꾼들의 내왕이 잦았다. 많은 사람들이 몰려들어 붐비게 되고, 저녁 늦게 도착하는 사람들은 묵어가야 하기 때문에 주막에서 숙식을 해결했을 뿐 아니라, 술도 팔았다. 주막의 주인은 대개 여자인 경우가 많았고 막걸리나 청주, 소주 등을 팔았으며, 큰 나루 주막에는 거간꾼과 관인들의 내왕이 빈번해 여자를 사고파는 일도 많았다.

나루는 사람들이 많이 모이는 곳이라 세상 돌아가는 이야기와 각종 정보들이 건네지는 곳이다. 길 위의 주막이건 나루의 주막이건 정보 교류의 장인 것은 매한가지였다. 멀리 떨어진 타지 사람들의 안부와 대소길흉사가 나루의 주막이나 배를 타고 가면서 전해지기도 했다. 나루를 낀 장터에는 광대패나 사당패들이 몰려와 기예를 선보이기도 했다.

이처럼 나루는 물을 이용한 교통의 요충지였고, 사람을 위한 만남의 장소이기도 했다. 정든 사람과 이별해야 하는 가슴 아픈 장소이기도 했다. 먼 곳에 갔다 돌아오는 길목이 나루요, 강 건너 시집가는 누이와 이별하는 곳도 나루였다. 일제 강점기에 군대로 끌려가는 남편과 아들을 떠나보낸 곳도 나루다. 그런가 하면 서울로 공부하러 가는 아들, 독립운동을 하기 위해 집을 떠나는 남편과 이별하던 곳도 나루였다. 그러한 이야기를 품고 있기에 나룻배가 삐걱대면서 강을 지나는 장면은 낭만적인 풍경이기도 했다. 그러나 교통이 발달하면서 나루는 하나둘 자취를 감추기 시작했다.

나루의 기능이 상실되자 주민들도 생업 기반을 바꾸기 시작했고, 취락의 구조마저 급변하자 나루의 본래 모습을 찾아보기가 힘들게 되었다. 지금은 진, 도, 포와 같은 지명으로 옛날의 흔적을 어림할 수 있을 뿐이다.

낙동강은 영남지방을 관통하므로 문화의 발달은 물론 시장경제의 발전이 함께 이뤄졌다. 낙동강 유역의 장시(場市)는 구포, 삼랑진, 현풍, 사문진, 왜관, 상주의 낙동과 신촌, 예천의 달지진과 마전, 안동의 영호진으로 연결되는 낙동강의 수운과 깊은 관계가 있었는데, 경부선 철도가 개통되기 전까지 물산의 운반은 전적으로 수운을 이용했다.

우리나라 남단 관문인 부산(부산포)에서부터 경북의 최북단에 이를 정도로 낙동강 유역은 물자 수송에 일익을 담당했다. 경부선 개통 이후에도 낙동강 수운은 수송수단으로 널리 이용되었다. 당시 영남지방의 농산물을 비롯한 토산품이 하단포와 구포로 옮겨졌고, 또한 여기에서 난 해산물과 부산항으로 수입된 외국상품을 경남북의 오지로 운반했다. 그런 반면, 고령군 다산면의 사문진나루는 경상도 중앙부에 위치해 있어 낙동강 연안의 집산지 역할을 했다.

1940년 초만 해도 전국 굴지의 대 집산지였던 대구는 사문진나루를 이용했다. 당시 대구에 집산된 물자는 쌀 20만 석, 콩 10만 석, 우피 40만 근과 그밖의 잡곡, 약재, 잡화 등이다. 또한 소금 10만 석, 석유 3만 5000상자, 성냥 6000상자, 옥양목 6만 단, 무명 10만 단, 방적사 1000가마와 그밖의 견과 면직물, 약재, 잡화 등이다.[29] 이 둘을 합쳐 전체 물량의 5분의 2 정도가 대구시장을 통해 분산·소비되었고, 나머지 5분의 3 정도는 대구를 중계지로 하여 낙동강의 수운을 통해 부산이나 상류 각지로 수송되었다고 한다.

특히 사문진나루는 주변 군은 물론 전라와 충청, 강원 등지에까지

세를 미쳤다. 대구를 중심으로 한 상류로는 성주, 인동, 선산, 상주, 안동 등지가 있고, 하류로는 현풍, 초계, 창녕, 영산, 밀양, 김해, 의령, 진주 등지가 있어 갖가지 물자를 싣고 여러 나루에 가 닿았다.

고령의 나루로는 다산면의 논실나루, 강정나루, 사문진나루, 바리미나루, 노강진나루가 있고, 성산면의 무계나루, 도진나루, 오실나루가 있다. 개진면에는 진두나루, 물문나루, 오사나루, 개포나루가 있으며, 우곡면에는 도진나루, 부례나루, 답곡나루, 대바우나루, 객기나루 등 총 17개에 달한다.

① 사문진나루

고령 다산면 호촌리에 사문진나루가 있다. 사문진나루는 낙동강을 따라 올라온 물산들이 대구로 유입되는 매우 중요한 요충지가 되었다. 남해안의 해산물을 실은 돛단배나 범선이 대소비지인 대구의 사문진나루에 입출항했다.

명칭의 유래를 살펴보면 낙동강변의 모래를 걸어가서 배를 탄다하여 사문진(沙門津)이라 했다는 설도 있고, 상곡 2리 뒷산에 큰 절이 있어, 많은 신도들이 절에 불공을 드리기 위해 거쳐 간 나루라 하여 사문진(寺門津)이라 했다고도 한다. 내륙지방인 대구에서는 딱히 피서를 갈 만한 곳이 없어, 여름철이면 피서객들이 나루 근처 모래사장에서 모래찜질을 하는 진풍경이 연출되기도 했다.

사문진나루에는 두 척의 도선이 있었다. 도선 운용권은 주로 입찰로 정해졌고, 승객의 대부분은 서쪽 고령군 다사면 주민들이었다. 철

사문진　경상도 중앙부에 위치한 사문진나루는 낙동강 연안의 집산지였다.

선은 10톤급으로 60여 명의 승객과 승용차 6대를 실을 수 있는 규모
였다. 출퇴근 운항 횟수는 1시간에 3~4회, 낮시간은 시간당 1회, 하
루 평균 100여 대의 차량과 1000여 명의 주민을 싣고 다닐 정도였으
나, 1993년에 총 길이 780미터의 웅장한 사문진교가 개통되면서 역
사 속으로 사라졌다.

② 도진나루

강정리 동남쪽 봉화산 아래에 도진나루가 있다. 도진나루는 달성군
위천으로 건너가는 뱃길로, 도자기를 실어 나르던 나루라는 뜻을 가지
고 있다. 고령 기산리에는 사부리 도요지와 기산리 도요지가 사적지로
지정되었는데, 지금은 외형상 뚜렷한 가마의 형태가 남아 있지 않지
만, 주로 상품(上品)의 자기를 구웠던 것으로 보인다.

사부리 도요지와 기산리 도요지에서 생산되는 도자기들은 도진나
루를 중심으로 타지방으로 팔려 나갔는데, 주로 창녕과 구포를 거쳐
일본까지 이동하던 루트가 되었다. 당시 고령에는 고령토라는 좋은
흙이 있어 실력이 출중한 도공들이 많이 모여들었고, 이들은 도진나
루를 통해 일본으로 끌려가기도 했다.

또한 도진나루는 인근 나루 중에서 규모가 큰 축에 속해 수운(水運)
이 발달할 당시 소금, 비단, 수산물 등을 가득 실은 큰 범선 5~6척이
닻을 내리고 정박하였는데, 이곳에서 특산물인 대마와 타 지역의 농
산물은 물물교환이 활발하게 이루어졌다. 멀리는 남원, 거창, 함양,
고령, 성주, 현풍 등에서까지 보부상이 다녀가며 성시를 이루어 자연

도진나루 도진나루는 달성군 위천으로 건너가는 뱃길로, 도자기를 실어 나르던
나루라는 뜻을 가지고 있다.

스럽게 전국의 흥행단이 몰려들었다 한다.

③ 개포나루

고령군 구곡면의 개포리에는 낙동강에서도 유명한 개포나루가 있는데, 이 마을은 일찍이 낙동강을 이용한 수로가 발달한 곳이다. 낙동강을 통해서 소금이나 곡식을 운반한 개산포구(開山浦口)에 선창(船艙, 물가에 다리처럼 만들어 배가 닿을 수 있게 한 곳)이 있다. 낙동강 물줄기가 굽어도는 지점에 위치한 나루터 촌락으로, 고려시대 팔만대장경이 몽고의 침입을 피해 강화도 점등사에서 합천 해인사로 옮겨질 때 거쳐 간 곳이기도 하다. 강화도에서 서해안을 거쳐 김해에 이르러, 낙동강을 거슬러 올라 개포나루에 도착한 후, 육로를 이용해 해인사 장경각으로 향했던 것이다.

이 포구를 통하여 해인사 팔만대장경을 운반했다고 해서 산(山)자 대신 경(經)자를 넣어 개경포라 불렀으며, 그러다 일제 강점기에 일본이 경(經)자가 조선인들의 사상에 영향을 준다며 쓰지 못하게 해, 다시 개포라 고쳐 불렀다 한다.

개포나루는 강을 건너는 사람들만으로도 붐볐지만, 곡식과 소금을 실어 나르는 배만 해도 하루에 수십 척이 되었기에 더욱 인산인해를 이루었다.

개포에 내려진 생선과 소금이 합천, 성주, 거창, 금릉 등지의 내륙지방으로 수송되었고, 인근 고을에서 거둔 곡식을 배에 실어 구포, 하단으로 내려갔다. 개포나루가 한창 번성할 때는 배들이 두 겹으로 겹

개포나루 고령군 구곡면의 개포리에는 낙동강에서도 유명한 개포나루가 있다.
일찍이 낙동강을 이용한 수로가 발달한 곳이다.

개포나루 도진촌   낙동강 물줄기가 굽어 도는 지점에 위치한 나루터 촌락은 고려시대 팔만대장경이 몽고의
침입을 피해 옮겨갈 때 거친 곳이다. 지금까지도 도진촌의 모습이 남아 있다.

쳐 정박할 정도였고, 하루에 소금 200가마니를 내렸다고 한다.

앞에서도 언급한 낙동진나루, 합천 율진 밤마리나루, 구포의 감동나루와 함께 낙동강 3대 나루로 곧잘 언급되는 곳이 바로 삼강나루다. 합천 밤마리나루는 오광대놀이가 탄생한 곳으로도 널리 알려졌고, 감동나루는 조창(漕倉)이 설치되어 있어, 부산·김해·양산 등지의 조세들이 한양으로 올라가는 주요 나루였다. 번창한 나루인 만큼 밀무역도 성행해, 조정에서 잠상(潛商, 밀무역을 하는 왜인들) 단속을 위해 구법진을 설치했을 정도이고, 기찰(譏察, 요즘으로 치면 해양경찰과 세관을 합친 곳)이라는 감시선을 띄웠을 정도라고 한다.

이들 나루터는 1924년 대홍수 때 거의 사라졌다. 나루터와 함께 구포장도 유명했다. 주변에 감동진이 있어 원래 이름은 감동장이었다. 이는 3일과 8일에 서는 5일장인데, 구포장은 동래장, 김해·밀양장과 함께 영남의 대표장이었다. "현풍장 바람 불어 못 보고, 야로장 야단맞아 못 보고, 성주장 성이 나서 못 보고, 오늘 구포장을 찾아 왔소"라는 구포장타령이 있다.[30] 그리고 삼강주막으로도 유명한 삼강나루는 영남대로를 잇는 길목이어서 한양을 오가는 이들로 붐비곤 했다.

(3) 낙동나루와 소금길

문경을 넘어온 영남대로는 그곳에서 문득 낙동강을 만난다. 땅과 물을 이어주는 나루에서다. 지난날 예천 삼강나루는 문경새재를 넘어

온 사람들과 넘어가려는 사람들로 북적였다. 상주의 낙동나루 역시 영남대로를 잇는 중요한 나루였는데, 이곳은 영남대로 중에서 유일하게 낙동강을 횡단하는 처음이자 마지막 나루이기도 했다.

상주시 낙동면에 가면 의성군 단밀면을 잇는 낙단교가 있다. 낙단교 아래의 강은 상주 부근에서도 수량이 가장 풍부한 곳인데, 이곳에 한때 낙동강의 으뜸이었던 낙동나루가 있었다. 그러나 안타깝게도 지금은 나루의 흔적이 남아 있지 않다.

낙동나루를 비롯해 낙동강 나루에서 중요하게 다뤄진 품목이 바로 소금이었다. 소금길은 고유명사가 아니다. 실크로드나 차마고도처럼, 소금을 실어 나르던 길이다. 소금의 주요 이동로를 뜻하는 말이다. 지금도 그렇지만 소금은 인간에게 가장 중요한 에너지원이었고, 백색의 금이라 불릴 만큼 귀했다. 음식을 만들고 염장해서 오랜 기간 저장하고, 특히나 장을 담그는 데 없어서는 안 되는 물품이었다. 낙동강 나룻배가 실어 나르던 주요 품목도 바로 소금이었다.

바닷물에서 소금을 얻는 방법은 크게 두 가지인데 직자법과 염전법이다. 전자는 소금가마에 바닷물을 넣고, 소나무 가지나 잡초를 태워 바닷물을 증발시키는 방법이다. 그리고 후자는 천일제염의 원시적인 형태로 염전을 만들어 밀물과 썰물을 이용해 간석지에서 얻은 고염분의 모래와 흙을 염전에 넣은 다음, 고농도의 바닷물을 다시 소금가마에 넣고 끓여 증발시켜 얻는 방법이다.

그러나 직자법은 연료비가 많이 들기 때문에 자연조건이 맞는 경우 염전법으로 대체되었다. 갯벌이 없는 경북 해안지역에서는 초기에 직

낙단교 의성군 단밀면을 잇는 낙단교 아래에는 수량이 가장 풍부한 낙동강의 으뜸, 낙동나루가 있었다.

자법이 행해졌다. 그러나 연료비 상승으로 해변에 염전을 인공적으로 조성하는 양빈식 염전으로 대체되었다. 그런 반면, 갯벌이 발달되어 있는 남해안지역에서는 염전법으로 소금을 생산했으며, 경상도지역에서 천일염이 생산된 것은 일제 강점기에 들어서다.

  대구와 경북에 가장 많은 소금을 공급한 제염지는 명지도, 지금의 부산 강서구 명지동이었다. 그밖에 포항과 울산지역의 염전 규모가 제법 큰 편이었다. 두 지역 모두 형산강과 태화강 하류에 위치해 사주가 발달했었다. 그래서 염전 조성에 유리하였고, 자염의 연료인 갈대와 송림이 풍부하여 제염의 입지에도 유리했다. 연일지역에서 생산된

낙동나루의 관수루 낙동나루의 흔적이 남아 있는 이곳에는 김해에서 거슬러 오른 소금배와 상선이 꼬리를 이었고, 외지 선원과 상인들이 문전성시를 이루었다. 강 건너 관수루는 시인과 묵객들이 머무른 곳이다.

소금은 경주, 영천, 군위 등지에 공급되었고, 울산에서 생산된 소금은 경북 내륙에 공급되었다. 동해안에 위치한 영덕과 영해는 안동, 의성, 청송 등 내륙지방으로 소금을 공급했다.

그런데 왜 소금을 꼭 배로 운반했을까? 그런 의문은 소금의 특성과 당시의 운송수단에서 답을 찾을 수 있다. 소금은 무거운 반면 고가의 물품이 아니었기 때문이다. 육상 운송을 하게 되면 50~60리만 가도 운임이 상품의 원가를 초과했다. 그러나 선박은 사람에 비해 100배의 수송능력을 보유하고 있었다.

소금의 유통에 영향을 미치는 것은 소금배가 강을 거슬러 올라갈 수 있는 거리, 즉 가항수로의 길이와 가항종점이다. 배가 다닐 수 있는가의 여부는 수심에 의해 좌우되는데, 봄과 가을의 갈수기, 여름의 평수기, 장마철의 증수기에 따라 달랐다. 갈수기에는 상주 낙동진, 평수기에는 중류인 삼강리, 증수기에는 안동까지 소금배가 올랐다 한다.

일반적으로 안동을 가항종점이라 부르지만, 일제의 조사에 의하면 증수기에는 안동 상류인 예안까지 30석을 실은 소금배가 올라간 적이 있었다 한다. 낙동강 지류인 금호강 상류 영천 도동까지, 감천에서는 의성까지, 의성의 위천에서는 비안까지 소금배가 오르내렸다고 한다.

증수기에는 낙동강 지류를 오가는 작은 소금배가 동원되었음을 볼 때, 소금의 육상 운반이 얼마나 고통스럽고 힘든 일이었나를 새삼 깨닫게 된다. 소금을 배로 운반하다가 수심이 얕아져 배가 움직일 수 없으면, 사공들이 배에 줄을 묶어서 끌고 올라가기도 했었다.

공교롭게도 소금의 수요가 많은 계절이 된장을 담그는 봄, 김장을 담그는 가을의 갈수기와 일치해 이 계절에는 소금의 수송이 원활할 수 없었다. 상류로 갈수록 낙동강 수심이 얕아졌기 때문에, 큰 배로 출발해서 올라가다가 수심이 얕아지면 다시 작은 배로 나누어 수송했다.

200석 이상을 싣는 큰 배가 다니는 구간은 부산 하단에서 낙동강 본류와 암강의 합류지점인 거룡강(현재의 경남 창녕군 남지읍 부근)까지이고, 100석을 싣는 중간 크기의 배는 왜관, 50석 이하의 작은 배는 왜관에서 안동까지였다. 상주의 낙동진에서 안동까지는 여울이 많아 배가 다니는 데 어려움이 많았다.[31]

당시 부산 구포에서 출발한 나룻배는 싣고 온 소금과 수산물을 종착지인 낙동나루에 내리고, 쌀과 곡물을 다시 남부지방으로 실어 날랐다. 조선시대만 해도 낙동나루는 원산, 강경, 포항과 함께 우리나라 4대 수산물 집산지로 꼽혔다. 5일과 10일에 서는 시장은 한때 낙동강 유역에선 최대 상권이었다. 그러나 낙동장은 1996년 10월 폐쇄됐고, 주막과 객주 또한 찾는 이가 없어 완전히 자취를 감췄다.

낙동나루에는 5척의 대형 나룻배와 도선군(渡船軍) 등 16명의 군인과 장교가 배치됐고, 중앙에서 나루 관리자(渡丞, 도승)까지 파견했다. 영남 각 지역의 세곡이 낙동강을 거슬러 올라와 낙동나루에서 집하됐고, 다시 육로로 문경새재를 통해 서울로 운송됐다. 즉 낙동나루는 영남 물산의 총집산지였던 셈이다.

낙동나루의 건너편인 단밀의 낙정리에는 지금의 철도역에 해당되는 낙동역이 있었다. 기록을 보면 역에는 말이 13필, 역 종사원이 490명, 노비가 48명이나 있었다고 전한다. 인근 용산리에는 남쪽에서 싣고 온 소금과 해산물을 임시 보관하는 염창(鹽倉, 소금창고)도 만들어졌었다. 역의 규모와 염창 등의 부대시설만 보아도 낙동나루의 물류가 얼마나 많고, 활발했는지를 짐작할 수 있다. 이처럼 당시 상주의 나루마다 많은 양의 소금이 내려졌다. 물물교환의 단골손님이 바로 소금이었는데, 소금의 물류를 가졌다는 것은 그만큼 그 지역의 경제가 번성했다는 것을 뜻한다. 사벌면 매협리 역골마을에는 '소금역'이라는 평야까지 있다. 자연의 들 이름에도 '소금'이 나오니, 낙동강의 소금이 상주 땅에 모두 모였다고 해도 과언이 아니다.

상주의 낙동강에는 크고 작은 나루가 12개나 있었다고 한다. 낙동·뒷디미·물댕이·토진·대바우·강창·비란·회상·회곡·운성·퇴강·하풍 등이다. 낙동강 본류 중에서 상주보다 많은 나루를 가진 시·군은 없다.

이 중 뒷디미는 상주 사람들이 의성 안계장을 다닌 나루였다. 토진은 중동면 신암리와 낙동면 물량리를 연결하는 나루이자, 예천·안동으로 가기 위한 중요한 통로였다. 이곳에 염창이 있었던 것으로 보아, 예천과 안동 땅의 농산물과 소금과의 물물교환이 이뤄졌을 것이다. 그런 탓인지 이곳에는 홍수로 강물이 불어나자 염창을 관리하던 사람이 창고의 소금을 몰래 마을에 옮긴 뒤 소금장수에게는 홍수로 소금이 녹았다고 속여 부자가 되었다는 이야기도 전해진다.

한편, 토진나루는 낙동나루와 견주어도 부족함이 없었던 것 같다. 낙동면 신촌에서 중동면 강창(江滄)마을을 잇는 강창나루는 홍수 때 강에 물이 넘치면 강의 규모가 큰 바다와 같다고 해서 붙여진 이름이다. 나루 규모가 꽤 컸다는 뜻이다. 그래서인지 상주 사람들에게 공급하는 생활필수품은 대개가 강창나루를 통해 들어왔다고 한다.

나루의 교역량은 어느 정도였을까. 상주시가 2006년에 조사한 자료에 따르면 1911년도 강창과 퇴강나루의 교역 물량은 이렇다. 소금(포)의 경우 강창은 1만 7315포였고, 퇴강은 4295포였다. 남해 바다에서 올라온 명태(짝)는 강창이 1067짝, 퇴강은 265짝, 석유(상자)는 강창이 2719상자, 퇴강은 675상자였다. 또 주류(통)는 강창이 145통, 퇴강이 36통이었고, 성냥(상자)은 강창이 275상자, 퇴강이 68상자였다. 나룻배가 상류로 올라올 땐 소금과 생선, 잡화류를 가져왔고, 교역 뒤 낙동강 하류로 내려갈 때는 농작물과 목재, 석탄 등을 실었다.

나루로 상징되는 수운은 도로와 철도가 생기고, 바다를 통한 교역량이 급증하면서 육지(육운)와 바다(해운)에 그 자리를 빼앗겼다. 여기에 홍수 조절과 농업 및 공업용수 공급을 위한 댐 건설로 수운은 사실상 그 생명력마저 잃어버렸다. 강은 바다와 함께 나라 살림과 서민들의 삶을 도맡는 등 한 시대를 풍미했지만 지금은 육지와 바다가 이를 대신하고 있다.[32]

(4) 안동 퇴계의 예던길, 아름다운 옛길

청량산은 16세기 이전까지만 해도 금강산이나 지리산 등에 비해 규모나 명성 면에서 훨씬 못 미치는 안동지방의 작은 산에 불과했다.

경암   퇴계 이황이 이곳에 걸터앉아 쉬었다고 한다.

퇴계오솔길 백운지 천광대에서 학소대를 거쳐 농암종택에 이르는 강변길에는
500여 년 전 퇴계가 다니던 옛길의 흔적이 희미하게 남아 있다.

학소대   천연기념물인 먹황새의 서식지라 하여 학소대(鶴巢臺)라는 이름을 얻었으나
지금은 먹황새의 흔적을 찾아볼 수 없다.

하지만 주세붕, 이현보, 퇴계 등 인근에 살며 벼슬하던 명사들이 칭송하면서 전국적으로 알려지게 되었고, 그 가운데 퇴계는 청량산에 전국적 지명도를 부여하는 데 결정적인 역할을 했다.

예안의 온혜에서 청량산까지는 불과 40리로 한나절이면 갈 수 있었다. 퇴계는 주세붕의 〈유청량산록〉 발문에 이렇게 적었다. "청량산은 예안현에서 동북쪽으로 수십 리 거리에 있는데, 내가 나고 자란 집이 그 노정의 중간쯤에 있다. 새벽에 떠나서 산에 오르면 점심 무렵 아직 배가 꺼지지 않을 즈음 다다를 수 있다. 비록 경계는 다른 고을에 있지만, 실지로 우리 집안의 산이라고 할 수 있다. 나는 어릴 때부터 부형을 따라 봇짐을 지고 이 산에 왕래하면서 독서하였던 것이 헤아릴 수 없을 정도였다."

퇴계가 청량산을 오가산(吾家山)이라 불렀기 때문에 사람들은 그가 공부하던 곳에 오산당(청량정사)을 세우고 《오가산지》를 편찬하였다.

퇴계의 집안은 숙부인 송재 이우 때부터 청량산을 학습장이자 수련장으로 이용했다. 퇴계 역시 숙부와 형을 따라 청량산을 오가며 공부했다. 관직에 오른 후에는 청량산을 자주 찾지 못했지만, 항상 그리워하며 스스로를 청량산인이라 불렀다. 그리고 평생을 이 산에 올라 학문을 탐구했으며, 꿈에서도 잊지 못할 정도로 청량산은 퇴계의 삶의 동반자이자 스승이었다.[33]

산봉우리 봉긋봉긋, 물소리 졸졸, 새벽 여명 걷히고 해가 솟아오르네. 강가에서 기다리나 임은 오지 않아 내 먼저 고삐 잡고 그림 속으로 들어가네.

퇴계가 친구인 이문량에게 써서 건넨 시다. 봉긋 솟은 청량산 봉우리 사이로 걸어 들어가며 퇴계는 "그림 속으로 들어간다" 했다.[34]

퇴계 이황이 '그림 속으로 들어가는 길'이라 극찬한 퇴계오솔길은 퇴계 태실에서 청량산 중턱의 오산당까지 낙동강변을 따라가는 오솔길이다. 퇴계는 13세 때 숙부인 송재 이우에게 학문을 배우기 위해 이 길을 왕래하였다. 뿐만 아니라 바위, 소, 협곡, 단애 등 수려한 풍광을 만날 때마다 시를 한 수씩 지었다. 이후 퇴계는 64세까지 이 길을 대여섯 번이나 더 왕래했다. 이렇게 읊은 시는 모두 아홉 편이나 된다.

안동시가 조성한 퇴계오솔길은 도산면 단천리의 단천교에서 청량산 전망대와 농암종택(聾巖宗宅)을 거쳐 고산정에 이르는 약 7킬로미터 구간이다. '녀던길'로도 불리는 퇴계오솔길은 오랜 세월이 흐른 탓에 대부분 옛 모습을 잃었다. 하지만 백운지 전망대에서 학소대를 거쳐 농암종택에 이르는 강변길에는 500여 년 전 퇴계가 다니던 옛길의 흔적이 희미하게 남아 있다.

낙동강 상류의 절경은 청량산 전망대와 농암종택 사이에 꼭꼭 숨어 있다. 강물이 옥빛 소를 이룬 미천장담, 퇴계가 자주 찾아와 걸터앉아 쉬었다는 경암바위, 단사협, 백운지, 한속담, 월명담 등이 있으며, 퇴계 선생의 시 대부분이 이곳에서 탄생했다. 퇴계를 흠모하는 조선시대 영남의 시인묵객들이 이곳을 찾지 않았을 리 없다. 이들이 남긴 기행문만 100여 편, 시는 무려 1000편이 넘는다고 하니 퇴계오솔길이 얼마나 멋스러운 길인지 짐작을 하고도 남는다.

먹황새가 새끼를 쳤다는 학소대 아래 수풀을 빠져나오면 건지산 줄

농암종택 애일당 일흔의 농암이 구순의 부모와 마을 어른들을 위해 때때옷을 입고 재롱을 부렸던 곳으로 잘 알려져 있다.

기와 청량산 줄기가 낙동강을 사이에 두고 마주보는 곳에 터를 잡은 농암종택이 고풍스런 멋을 자랑한다. 종택 내 애일당(愛日堂)은 일흔의 농암이 구순의 부모와 마을 어른들을 위해 때때옷을 입고 재롱을 부렸던 곳으로 유명하다.[35] 문경새재의 옛길과 마찬가지로 낙동강을 따라 사연을 품은 길들이 많다. 그중에는 사라지거나 잊혀진 길도 적지 않다. 최근 들어 옛길의 문화적 가치에 주목하고, 이를 복원하려는 노력이 이어지고 있는데, 반가운 일이다.

(5) 길과 문화, 길 위의 문화

영남대로는 오랜 세월 갖가지 사연과 애환을 품은 많은 이들이 오르내렸다. 과거를 보러 가는 선비와 등짐을 진 보부상도 있고, 집안 대소사를 맞아 먼 친척 집으로 나들이를 떠나는 이들도 있었을 것이다. 이처럼 길에 들어서면 누구나 나그네가 된다. 이들이 거쳐 간 길에는 무엇이 있었으며, 길은 과연 어떤 풍경이었을까.

과거를 보러 가는 선비가 괴나리봇짐을 챙겨 나귀에 오르면 그 아내는 합격해 금의환향하기를 기원하며 새벽마다 정한수를 올릴 것이다. 이렇듯 길 떠나는 이들을 지켜보는 건 마을 어귀의 천하대장군이다. 길을 떠나다 보면 길손은 고갯길에서 서낭당을 만난다. 큰 나무 앞에 작은 돌을 무더기로 쌓아놓은 경우가 많은데, 나뭇가지에는 아이들의 장수를 위해 걸어놓은 헝겊조각, 이재(理財)를 바라는 상인의 짚신, 신랑 신부가 부모계의 가신이 따라오지 못하도록 신부의 옷에서 찢어낸 천 조각도 걸려 있다.

고갯길에 있는 서낭은 그곳을 지나는 모든 이의 신으로 자리 잡는다. 안전한 여정을 기원하며 돌을 던지는 이들도 있었다. 길에 떠도는 원혼을 피하기 위해서이고, 이때 마음속으로 소원을 빌기도 한다.

옛길에도 길손들의 안전과 편의를 도모하기 위한 알림판들이 있는데, 대개의 경우 그 길에 얽힌 다양한 이야기를 간직하고 있다. 옛길 표지로 대표적인 것은 장승, 돌무더기, 비석, 정자나무 등이다. 영남대로상 가장 험난했던 토끼비리의 돌고개 성황당에는 당집, 동신목, 돌무더기까지 한꺼번에 들어차 있다. 길이 험난한 만큼 무사통과에 대한 기원도 강했던 까닭일까.

영남대로를 따라 서울까지는 꼬박 보름 길인 탓에 주막이 이들을 맞이한다. 밥도 먹고 잠도 자고, 온갖 장사꾼들이 모이니 주막은 중간 도매상이자, 조선 팔도 각지의 소식을 나눠 갖는 장이 되었다.[36]

사연 없는 고개 없고, 이야기 없는 길도 없다 했다. 성황당 수북한 돌무더기의 돌멩이 하나하나, 천 조각 하나하나가 따지고 보면 모두 사연이다. 길은 그런 방식으로 이야기를 품고, 기억을 품고, 삶을 껴안는다. 그런 까닭에 길은 그 자체로 우리의 궤적을 담아내는 풍경화가 된다.

애잔한 이야기들이
강을 따라 흐르는
상주 이야기길

　최근 경북 상주시는 낙동강의 풍부한 자연유산과 아름다운 절경, 그리고 거기에 전해오는 이야기를 하나로 묶어 문화탐방로, 일명 MRF를 개발했다. MRF란 산길(Mountain Road) 강길(River Road) 들길(Field Road)을 따라 이야기를 나누며 걷는 길이다. '산과 강, 들이 포함되며 원점회귀가 가능하면서 해발 200~300미터의 낮은 산이 어우러지는 곳' 이것이 바로 MRF의 조건이라고 한다.

　상주시 일대에는 낙동강길, 초원길, 아자개성길, 숨소리길, 가야길, 이전길, 소곰길, 장서방길, 바람소리길, 똥고개길, 천년길, 자산산성길, 너추리길 등 3개 권역, 총 13개의 이야기길이 개발되어 있다. 굽이굽이 서린 풍부한 이야기들을 공간적으로 체험할 수 있는 MRF 덕분에 상주 일대의 낙동강은 문화공간으로, 그리고 옛이야기의 보고로 재인식되고 있다. 낙동강이 품은 무형의 자원들을 더 가까이에서 즐기게 된 셈이다.

애잔한 사랑 이야기가 강을 따라 흐르다

(1) 낙동강길

낙동강 이야기길은 13개 코스 가운데서도 가장 아름답고, 많은 이야기를 품고 있는 길이다. 1300리 통틀어 가장 아름답다는 경천대에서 출발하여, 경천교, 회상나루터의 신발바위, 동봉의 이무기바위, 비봉산, 청룡사, TV 드라마 '상도' 촬영장에서 다시 경천대로 이어지는 구간으로 총 10킬로미터이며 3시간 정도 소요된다.

임진왜란 당시 60전 60승이라는 대전적에 빛나는 정기룡 장군의 경천대가 시작점이다. 경천대 고갯마루에 올라서면 이정표가 반겨준다. 이정표를 따라가면 육각정자와 철다리가 나오면서 철탑이 서 있다. 우측으로 방향을 꺾어 걸어가면 정기룡 장군이 용마를 얻었다는 용소가 나오는데, 까마득한 절벽 밑으로 강물이 시퍼렇게 입을 벌리고 섰다. 이곳에서 길을 따라 내려가면 전국 유일의 자전거 박물관도 만날 수 있다. 명실공히 자전거 도시 상주답게, 자전거의 모든 것을 체험할 수 있는 명소다.

자전거 박물관 앞쪽으로는 낙동강을 가로지르는 경천교가 있다. 교각 양편에는 자전거 조형물 30대가 있어 그 위용을 자랑한다. 다리를 건너기 전에 우측에서 강을 내려다보면 신발처럼 생긴 바위가 보이는데, 이것이 바로 옛 회상나루터 강변의 신발바위다. 남자 신발 한 켤레와 여자 신발 한 짝이 나란히 강물 위로 솟아 있는데, 이 신발에 얽힌 이야기는 뜻밖에도 젊은 남녀의 사랑 이야기다.

비봉산에서 본 청룡사와
강의 모습

비봉산과 청룡사는 낙동강길의 중심을 이룬다. 비봉산은 백로가 금개구리
를 잡아먹고 봉황이 되어 날아간 곳이라 하여 붙여진 이름이다.

회상나루터 남자 신발 한 켤레와 여자 신발 한 짝이 나란히 강물 위로 솟아 있는데,
이 신발바위에 얽힌 이야기는 뜻밖에도, 젊은 남녀의 사랑 이야기이다.

중동면 덕암산 아래의 한 부잣집에 종이 살았는데, 아주 젊고 잘생겨서 누구나 보면 첫눈에 반할 정도였다. 청년의 준수한 외모가 그 정도여서 그만 그 부잣집 외동딸이 총각 때문에 상사병이 나고 말았다. 아씨의 마음을 알게 된 총각은 주인어른 몰래 아씨를 만나기 시작했다. 만남이 거듭될수록 애틋한 마음이 깊어서, 마침내 멀리 도망가서 살기로 결심하게 되었다. 깊은 야밤, 몰래 집을 나와 사공이 없는 틈을 타 배를 타고 회상나루를 건너기로 했다. 하지만 여름 장마철이라 강물이 많이 불어난 것을 미처 알지 못했고, 그들이 탄 배는 강물에 휩쓸리고 말았다.

이들이 죽은 후 낙동강 용왕이 이들의 애절한 사랑 이야기를 후세에 알리기 위하여 회상나루터 앞 강변에 남자 신발 한 켤레와 여자 신발 한 짝을 바위로 만들어 놓았다고 한다. 여자 신발이 한 짝뿐인 것에 대해서는 의견이 분분하다. 그 연유에 대해서는 불어난 강물 속 물길이 깊어 용왕님이 아직도 아씨의 신발을 찾고 있다고도 전하고, 이루지 못한 애틋한 사랑이라 여자 신발이 한 짝뿐이라고도 한다.

애잔한 사랑의 전설이 강물처럼 흘러오는 가운데, 다리 끝 먼발치에는 회상나루터를 알리는 조형물이 서 있고, 우측으로 낙동강 투어로드 팻말이 보인다. 이 길을 따라 100미터 정도 가면 좌측으로 올라가는 산길이 나온다. 솔숲의 은은한 향과 여기에 어우러진 낙동강이 길의 운치를 더한다.

산길로 방향을 잡아 두 번 꺾어 올라가면, 우측에 이무기바위가 있다. 전설에 의하면 낙동강 중상류의 유일한 섬 하중도에는 천년 묵은 금개구리가 살고 있었다. 낙동강에 사는 쏘가리만 잡아먹고 살던 금개구리는 매일 하루 한 차례만 그 모습을 드러냈다고 한다. 그런데 천년 묵은 금개구리를 잡아먹으면 새는 봉황으로, 뱀은 용이 된다는 것을 백로와 뱀이 우연히 알게 되었는데, 먹이를 찾아 나선 길에 하중도에서 금개구리를 발견하자, 서로 잡아먹으려고 다투었다. 그런 사이 금개구리가 앞산으로 도망을 쳤고, 개구리가 도망간 사실을 알게 된 백로와 뱀이 싸움을 멈추고 금개구리의 뒤를 쫓았다. 뱀은 앞쪽 낮은 봉우리로, 백로는 앞쪽 높은 봉우리로 훌쩍 날아올랐는데, 둘 중 백로가 먼저 산꼭대기 바위 밑에 숨어 있던 금개구리를 발견했고, 봉황이 되어 날아갔다. 뱀은 애석하고 원통한 나머지 눈물을 흘리면서 낙동강으로 내려오다가 그만 이무기로 변해서 지금의 바위가 되었다고 한다. 봉황이 되어 날아간 곳이라 하여 비봉산, 이무기바위가 있는 산봉우리를 동봉이라 일컫는다.

전설이 어려 그런 것인지, 바위는 볼수록 자연이 빚어낸 걸작이요, 볼수록 신비감을 자아낸다. 그 옆을 지나 동봉을 오르면 또 다른 널따란 길이 1킬로미터가량 이어진다. 깊은 산속에 갑자기 이런 길이 어인 일인가 싶게, 또 다른 풍경이 펼쳐진다. 이 길이 끝난 지점에서 우측의 강과 하중도를 보면서 걷다 보면, 낙동강 투어로드와 만난다.

낙동강 사벌면의 퇴강(退江)은 낙동강 본류의 시작점으로, 낙동강 700리를 알리는 표지석이 서 있다. 그 하류가 경천대이고 그곳에서 내다보이는 용머리바위 아래쪽으로 약 22만 제곱미터 면적의 하중도가 있다. 낙동강 상류의 유일한 하중도로서, '낙동강 오리 알'이라는

퇴강리 낙동강 700리, 이곳에서 시작되다.

말이 탄생한 배경이기도 하다.

하중도의 금개구리를 잡아먹은 백로가 봉황이 되었다는 소문이 퍼지자 전국에 있는 학은 물론, 오리와 꿩까지 봉황이 되고 싶은 마음에 하중도로 몰려들었다 한다. 하중도는 온통 새들의 천국이 되었고, 산란기에는 서로 둥지를 차지하기 위해 다툼이 끊이지 않았다. 그러다 보니 학의 둥지에서 꿩 새끼가 나오기도 하고, 오리 새끼가 나오기도 하는 기이한 일이 벌어지기 일쑤였다. 이런 일이 잦다 보니, 낙동강 오리 알 섬에서는 부모가 바뀌어 태어난 새끼들을 흔하게 볼 수 있게 되었고, 남의 둥지에서 태어나 홀로된 새끼들을 '낙동강 오리 알'이라 부르게 되었다고 한다.

한편 오리 알이 지천에 깔렸다는 소문이 퍼지자 사람들이 몰려들었다. 오리 알을 가져가기도 하고 농사도 지었다. 하지만 환경이 급격히 나빠지자 새들은 떠났고, 덩달아 땅도 척박해졌다. 사람들의 발길이 뜸해지자, 갈대가 다시 자리를 잡으면서 오리 알 섬의 옛 모습을 서서히 찾아가고 있다.

맵시 있는 야생초가 길손을 맞다
(2) 초원길

초원길 역시 경천대에서 시작된다. 중동면 회상리와 풍양면 효갈리를 거쳐 상풍교를 건너 매협제방을 따라 경천대로 원점회귀하는 장거리 걷기 코스다. 고갯마루 정상에서 우측 이정표를 길잡이 삼아, 용의 머리를 닮았다 하여 이름 붙여진 용머리를 지나 자전거 박물관 앞 경천교를 건너면서 첫발을 내딛게 된다. 여기까지는 낙동강길과 겹쳐진다.

경천교를 건너 회상나루터 표석을 지나 그 앞으로 이어진 아스팔트 포장길을 300미터 정도 걸어가다 보면 좌측으로 농로가 이어지고, 다시 한번 좌측으로 길을 꺾어들면 낙동강 투어로드다. 이 길을 계속 가면 상주 활공장(초경량 항공기, 패러글라이딩, 모형 항공기 등의 첨단 항공 스포츠 분야를 활성화하기 위해 만든 주요 비행구역) 진입로가 나온다.

이 길은 덕암산 정상까지 이어지고, 승용차 진입도 가능하다. 덕암산을 오르는 길은 상주 활공장을 이용하는 이들의 편의를 위해 길을 닦았는데, 그 덕에 접근이 쉬워졌다. 능선 부근에는 억새가 숲을 이루고, 시야가 탁 트인 정상은 너른 상주 들판과 낙동강 그리고 백두대간을 감상하는 전망대라고 불릴 정도로 조망이 뛰어나다.

덕암산은 지역에 따라 부르는 이름이 제각각이다. 중동면 회상리 매골에서는 산이 바르고 곧게 이어져 있다 하여 바른등산으로 부르고, 사벌면 매호리와 매협리에서는 밀개같이 밋밋하다 하여 밀개산으로 부른다. 풍양면에서는 과거 금을 캐던 산이라 하여 황금산이라고 한다. 하지만 산의 원래 이름은 예천군 풍양면 효갈리 덤바우에서 유래한 덤바우산이다. 이를 한자로 기록하면서 덕을 베푸는 바위가 있는 산이라는 뜻의 덕암산이 되었다. 효갈리 옆 마을인 중동면 회상리에서도 덕을 베푸는 '큰덤이'와 '작은덤이' 바위가 있다 하여 덕암산이라 부른다.

산속에 특이하게 생긴 두 개의 바위가 있는데, 이것이 큰덤이와 작은덤이바위다. 옛날 산 아래에 금슬 좋은 큰 부자 내외가 살고 있었다 한다. 땅이 워낙 많아서 1년에 거둬들이는 쌀만 해도 창고를 다 채우고 남을 정도였으나 심성이 고와서 이웃에게 베풀면서 살고 있었다.

집에 찾아오는 사람들에게는 차별 없이 극진히 대접하고, 떠날 때는 쌀 한 되를 반드시 챙겨서 돌려보냈다. 그런 까닭에 주변 사람들 가운데 이 집의 은혜를 입지 않은 이가 없었고, 소문이 꼬리에 꼬리를 물어 멀리 황해도, 강원도, 평안도까지 퍼져 나갔다.

덕암산 자작나무 덕암산은 지역에 따라 부르는 이름이 제각각이다. 산이 바르고 곧게 이어져 있다고 하여 바른등산, 밀개같이 밋밋하다 하여 밀개산, 금을 캐던 산이라 하여 황금산 등으로 부르지만 산의 원래 이름은 덤바우에서 유래한 덤바우산이다. 이를 한자로 기록하면서 '덕을 베푸는 바위가 있는 산'이라는 뜻의 덕암산이 되었다.

매협제방과 덕암산 길이가 무려 4.1킬로미터인 매협제방은 거의 직선으로 뻗어 있어,
사람들의 인내심을 시험하려는 듯 무한히 길게 느껴진다.

    소문을 듣고 강원도에서 허름한 노승이 찾아와서는, '물이 들어찬
다'며 혀를 찼다는데, 그 때문인지 부자는 이상한 꿈을 꾸었다. 물에
빠져 허우적대며 살려달라고 애원하는 꿈이었다. 하루 이틀도 아니고
여러 날을 똑같은 악몽에 시달리자, 용한 점쟁이를 찾아가 알아보니
"큰 물난리가 나서 천지개벽할 흉몽이니 빨리 몸을 피하시오"라며 간
곡히 당부했다.

    그러나 노부부가 오랫동안 정든 곳을 떠날 수 없다고 하자, 점쟁이
는 부적을 만들어주면서 "천지가 개벽해 물이 들어오면 부적을 가지
고 산으로 올라가라"고 일러주었다. 하지만 물이 들어차자, 산으로

올라가기도 전에 물살에 휩쓸리게 되었고 급히 부적을 펼칠 수밖에 없었다. 그런데 어딘가에서 너희들이 그동안 베푼 은덕을 생각해 이 산에서 영원히 살도록 할 테니 서로 잡은 손을 놓으라는 소리가 들렸다 한다. 손을 놓자마자 부인은 위쪽 작은 바위로, 남편은 아래쪽 큰 바위로 변했다 한다. 후세 사람들은 살아생전에 덕을 많이 베풀었던 그들의 넋을 달래기 위해 작은 바위는 작은덤이, 큰 바위는 큰덤이로 부르게 되었고, 이렇게 덕을 베푸는 바위가 있는 산이라는 뜻에서 덕암산이라 불리게 되었다.

덕암산 능선에는 야생화 군락도 많다. 과거에 비해 줄었다지만, 지금도 애기솜다리, 구절초, 자주쓴풀 등이 여기저기에 흐드러져 맵시를 자랑한다. 풍양 땅 능선에 정자가 하나 있다. 정확한 위치는 예천군 풍양면 효갈리이다. 산의 3분지 2는 상주 땅이고, 그 나머지는 예천 땅인데, 차로 오르기가 쉽고 봄이면 벚꽃이 장관을 연출해서 경치를 감상하려는 이들이 많다.

효갈마을의 쉼터인 정자와 저수지를 지나 아스팔트가 포장된 길로 30미터 정도 지나면 좌측에 효갈배수장이 나오는데, 그곳에서 발길을 돌려 제방을 따라 상풍교를 건너면 낙동강 투어로드다. 길이가 무려 4.1킬로미터에 이르는 매협제방은 거의 직선으로 뻗어 있어서 사람들의 인내심을 시험하려는 듯 무한히 길게 느껴지기도 한다. 제방이 끝나는 지점에서 다시 산길로 오르면 경천대 후문이 나오고 이로써 초원길의 대장정이 끝난다.

아자개성길은 13개 구간 중에 가장 긴 23.1킬로미터로, 적어도 여섯 시간은 걸린다. 낙동강변의 제방과 산, 그리고 들판으로 연결되어 있다. 자전거 박물관, 도남서원, 상주보, 아자개성, 청룡사, 드라마 '상도' 촬영장 등 다양한 관광자원이 있고, 아자개성 정상부에서 내려다보는 경치가 압권인 코스다.

병풍산(屏風山, 366미터)은 삼국시대부터 전략적 요충지가 된 곳이어서 병풍산성, 일명 아자개성을 품고 있다. 북쪽에는 병성동이 있고, 남쪽에 성골, 즉 성동리가 있다. 과거 금을 캔 흔적이 곳곳에 남아 있는 금의 산지이기도 하다. 아자개성(병풍산성)은 삼한시대 초기에 상주지역에 있었던 사벌국의 고성(古城)으로, 낙동강변의 병풍산 두 봉우리를 높이 2~3미터, 폭 3~5미터의 흙과 돌로 쌓은 포곡식 토석성이다. 산성의 둘레는 약 1770미터이며, 상주의 역사지인 《상산지》의 고적조에 따르면 "병풍산에 고성이 있는데 사벌왕이 쌓은 것이라 전해온다. 성안에는 못 한 곳과, 우물 세 곳이 있고, 성의 동쪽 밖으로는 수백 길이나 되는 낭떠러지가 있어서 성안의 물이 마르면 수차로 강물을 끌어올렸으며, 남쪽으로 수 리(離) 떨어진 곳에 염창터가 있다"고 한다.

일제 강점기의 조선학보(朝鮮學報) 103집 《조선성곽일람》에서도 이 성을 삼한시대에 축조되었다가 900년경에 개축한 사벌국의 고성이

병풍산 병풍산은 삼국시대부터 전략적 요충지가 되었던 곳이다. 병풍산에 폭
감싸 안긴 아자개성은 병풍산성으로도 불린다.

라고 기록하고 있다. 한편 《고려사》에서는 견훤의 아버지 아자개가 이 성에 머물다가 무인년 918년 9월 갑오일에 왕건에게 사절을 보내 항복을 알리고 귀순했다는 기록이 있는데, 이처럼 역사적으로 중요한 배경지가 된 까닭에서였는지 병풍산성의 북동쪽에 있는 능선 곳곳에는 대형 고분군이 산재해 있다.

아자개성길의 출발점 역시 경천대다. 자전거 박물관까지는 낙동강 이야기길 및 초원길과 중복된다. 본격적인 걷기는 도남서원과 삼덕양수장을 거쳐 병성교와 병성마을회관에 접어들어서야 시작된다. 삼덕양수장을 지나 고갯마루에서 묘가 있는 좌측 능선으로 이어진 산길을 이용해 도남제방을 따라 병성교를 건너야만 마을회관에 닿을 수 있다.

아자개성길은 병성마을회관에서도 좌측, 마을 안길을 이용하여 도랑을 따라가다가 건너편의 골짜기를 오르는 것으로 시작된다. 그곳에는 상수도 시설물도 있고, 우측에 금을 캐던 흔적과 병성고분군이라는 안내판도 있다.

성은 대부분 무너진 상태다. 성터에 도착하면 좌측의 성곽로를 따라 올라가야 한다. 성의 정상부에서 보는 경치는 말로 표현할 수 없을 정도로 빼어난데, 망루 역할을 했던 아자개바위도 천년 세월을 지키고 섰다. 당시 아자개가 산책을 하면서 즐겨 앉아 쉬었던 바위이기도 하다.

성터를 넘어 경사진 비탈면을 내려가면 우측에 성골이라는 동네가 있는데 그 이름이 아자개성에서 유래되었음을 짐작할 수 있다. 능선

도남서원 이곳에 정몽주, 김굉필, 정여창, 이언적, 이황, 노수신, 류성룡, 정경세, 이준 등의 위패가 봉안되어 있다.

강창나루터 상주 사람들에게 공급된 생활필수품은 대개 강창나루를 통해 들어왔다.

상에는 기차바위도 있고, 정월 대보름이면 달집을 태우던 달바위도 있다. 능선은 강과 나란히 달려가는데, 기차바위까지 산길이 제법 잘 정비되어 있다.

기차바위는 성골 뒤쪽 병풍산에서 뻗어 내린 능선에 자리 잡고 있는데, 여기에는 재미있는 이야기가 전해온다. 성골 동네에 낙동이라는 꼬마가 있었다. 호기심이 많다 보니 가만있지를 못하고, 뭔가 만들거나 부수고, 쏘다니던 버릇이 있어서 그 부모가 아이를 찾아 여기저기 헤매고 다니는 일이 다반사였다. 그러던 어느 날 낙동이가 깜빡 낮잠에 빠졌는데, 동네 뒤 능선에 있던 바위 하나가 굉장한 소리를 내면서 달려들었다. 기차가 돌진하니 조심하라는 사람들의 함성을 들으며, 잠결에 사람 살리라고 소리를 질러댔다.

낙동이는 그 이후 날마다 동네 뒤 바위에 올라가 꿈에서 들은 대로 '칙칙폭폭, 칙칙폭폭, 삐익' 하며 고함을 쳐댔고, 기차를 보지도 못하고 알지도 못했던 동네 사람들은 낙동이가 미쳤다고 생각했다고 한다.

하지만 얼마 지나지 않아 상주 읍내에 소문이 돌기 시작했는데, 갑자년 9월 3일(1924년 10월 1일)부터 김천·상주·영주를 잇는 기차가 개통된다는 것이었다. 사람들은 난생처음 보는 기차가 어떻게 생겼는지 궁금해서 너나 할 것 없이 몰려들었고, 며칠 전부터 역 앞에 진을 치기도 했다. 기차가 들어오기로 한 날, 상주역은 구름 같은 인파로 메워졌고, 드디어 흰 연기를 뿜어대며 기차가 상주역으로 들어오기 시작했다. 엄청나게 큰 쇳덩이가 움직이는 것에 놀라고, 신기해서 만

드라마 〈상도〉 촬영지와   드라마 종영 후에도 상주에 남은 촬영지에는 많은 관광객이 몰렸다.
촬영장 앞 사과밭   상주는 또한 사과 산지로도 유명하다.

져도 보고, 어떤 이는 놀라 우두커니 바라만 보기도 했을 터.

성골 사람들이 더 크게 놀란 까닭은 낙동이가 동네 뒷산 바위에서 내지르던 것과 똑같은 소리가 기차에서 났기 때문이다. 그때부터 사람들은 낙동이가 올라가 소리치던 바위를 기차바위라 불렀다.

아자개성길에서 성골(성동리) 쪽으로 방향을 잡아 내려가면 성동양수장과 강창교로 이어지는데, 강창교는 상주 시내와 중동면을 연결하는 잠수교로 장마철 범람 시에는 통제된다. 다리를 건너면 중동제방을 따라 코스가 이어져 있다. 제방은 길이가 2.8킬로미터로 낙동강 투어로드가 시작되는 상주보까지 연결되어 있다. 제방에서 산길이 시작되는 지점으로 투어로드를 따라 오르면 다시 갈림길이 나온다. 좌측은 청룡사를 거쳐, 우측은 비봉산 정상을 거쳐 각각 드라마 〈상도〉 촬영장으로 이어지고, 출발지점이었던 경천교로 되돌아오는 코스로 마무리된다.

가지각색의 설화가 굽이굽이 서리다
(4) 숨소리길

낙동강 1300리 가운데 '낙동'이라는 지명을 가진 곳은 상주시 낙동면 낙동리가 유일하며, 이곳에는 낙동나루의 흔적이 남아 있다. 낙동나루는 그 규모가 제법 큰 탓에 김해에서 거슬러 오른 소금배와 상선이 꼬리를 이었고, 주변의 객주와 주막에는 외지 선원들과 상인들이

숨소리길 정상에서 숨소리길을 따라 걷다 보면 나각산 정상과 이어진다. 높이는 낮지만
높이만으로 짐작할 수 없을 만큼 빼어난 조망대를 품고 있다.

문전성시를 이루었다. 강 건너에 있는 관수루는 낙동강 3대 누각의 하나로 많은 시인 묵객들이 거쳐간 곳이기도 하다.

숨소리길을 따라 걷다 보면 나각산 정상과 이어져 있는데, 낙동에서 보면 그 모습이 꼭 소라 같다고 해서 나각산으로 불린다. 240미터로 높이는 낮지만, 높이만으로는 가히 짐작할 수 없을 만큼 빼어난 조망대를 품고 있다.

숨소리길은 낙동강 한우촌, 낙단보, 등산로, 나각산 정상, 구름다리, 전망대, 마귀할멈굴, 낙동강길, 장승백이, 낙동강 한우촌으로 돌아오는 코스로 총 7.7킬로미터이며 2시간가량 소요되는데, 남녀노소 누구나 편하게 걸을 수 있는 길이기도 하다.

출발점인 낙동강 한우촌에서 도로를 건너 강변길을 따라가면 갈림길이 있는 낙단보 공사현장에 이른다. 이정표를 따라 들길로 접어들면, 벼 심고 고추 심는 한적한 시골마을의 풍경이 이어지고, 동네 뒷산을 산책한다 싶을 정도로 완만하게 이어진다. 솔숲과도 잘 어울리는 목책, 그리고 잘 정비된 계단길을 따라 오르면 나각산 정상에 이른다. 정상에서는 낙동강 조망에 이만한 곳을 찾기 어렵겠다 싶을 만큼 멋진 풍광을 자랑하는 전망대를 만날 수 있다. 바위는 온통 시멘트를 입혀 놓은 듯 거칠고, 바위에 강돌이 듬성듬성 박혀 있는 모양새는 과거 이곳이 강 속에서 융기했음을 온몸으로 보여준다.

구름다리와 제2전망대는 누구나 올라가면 다시 내려가고 싶은 마음이 없어질 정도의 선계를 자랑한다. 목책 계단을 내려서면 바위 옆쪽으로 개고사리군락과 산죽밭이 이어져 있고 그 끝자락에 마귀할멈

내각산 구름다리 구름다리와 제2전망대는 올라가면 다시 내려가고 싶은 마음이 없어질 정도의 신계를 자랑한다.

굴이 있다.

마귀할멈굴을 지나면 심산 유곡에 들어온 것처럼 태고의 숲이 이어지면서 갈림길이 나온다. 낙동강을 뻗어 내린 능선길을 타고 내려가면 그 옛날 그 옛길 그대로의 풍광을 간직한 낙동강길이다. 그 길에 장승백이가 있고, 낙동강 역사체험단지가 나온다. 이어진 옛 산길로 접어들면 마을과 낙동강 제방이 나오고, 낙동강 한우촌에 닿으면서 녹색 생태탐방로 숨소리길이 마무리된다.

옛날 낙동에서 제일 나이가 많은 할머니가 강가에서 소라를 줍고 있었다고 한다. 사람은 보이지 않는데, 어디선가 이상한 소리가 들려오기에, 나무 뒤에 숨어 가만 엿들었다. 호수에서 가장 오래된 소라가 하는 말이, 하늘에는 일곱 명의 신선이 있는데, 그 가운데 가장 나이가 많은 우두머리 신선은 봉황의 알을 먹어서 절대 늙지 않고, 스무 살 젊은이의 용모를 유지하면서 산다는 놀라운 비밀이었다.

더욱 놀라운 것은 봉황의 알을 이 호숫가 어딘가에 숨겨 놓았는데, 반드시 1년 이상 굴속에서 숙성시켜 먹어야 하기 때문에, 신선들이 매년 칠월칠석날 별빛을 타고 내려와 호숫가에 묻어둔다는 것이었다.

이야기를 들은 할머니는 날마다 봉황의 알을 찾아다녔지만, 신선이 숨겨둔 봉황의 알이 쉽게 눈에 띌 리가 없었다. 아무리 찾아도 보이질 않자, 칠월칠석날 밤 호숫가 바위에 앉아 기다렸더니, 과연 일곱 신선이 별빛을 타고 내려와 목욕재계를 하고, 호숫가에 봉황의 알을 묻었다. 그러고는 지금까지 묻어둔 알들이 무사한가, 이상이 없는가를 확인하고는 그중 하나에서 봉황 알을 꺼내 하늘로 올라가는 것이었다.

마귀할멈굴   이상한 일이 벌어졌는데, 아기를 갖지 못한 사람들이 마귀할멈굴에 다녀간 후 모두 자식을 얻었다는 것이다. 결국 전국에서 많은 사람들이 몰려와 마귀할멈굴에 지성을 드렸다고 한다.

이를 본 할머니는 신선들이 묻어둔 봉황 알을 자기 집 부엌으로 옮겨 땅을 파 숨겨두고는 하루에 하나씩 꺼내 먹었더니, 몸이 하늘로 날아갈 것처럼 가벼워지면서 점점 젊어졌다. 사람들은 눈에 띄게 젊어진 할머니에게 비법을 물었지만, 할머니가 털어놓을 리 만무했다.

1년이 지나고 다시 칠월칠석날이 되어, 신선들이 내려와 봉황의 알을 확인해 보니, 전에 묻어둔 한 무더기의 알이 사라진 것을 알게 되었다. 평민 복장으로 마을에 내려가 수소문을 해보니, 한 할머니가 하루가 다르게 젊어지더라는 얘기를 전해 듣고 격노해서는 이곳의 지형을 송두리째 바꾸고 할머니를 벌하기로 했다.

    일곱 신선의 벌을 받은 할머니는 이제 젊기는커녕, 보기 흉한 마귀할멈의 몰골이 되어버렸다. 뿐만 아니라 신선들은 호수와 강을 산으로 바꾸고 그 속에 굴을 하나 판 다음, 바위에 봉황의 알처럼 생긴 돌을 박아두고 굴속에 할멈을 가둬버렸다. 마귀할멈은 젊음을 되돌려준 봉황의 알인 줄 알고 바위의 돌을 하나씩 빼먹다가 이빨이 부러져 아무것도 먹을 수가 없게 되자, 몰래 낙동나루로 도망쳐 소금배를 타고 어디론가 가버렸다고 한다.

    얼마 후 마귀할멈이 굴에서 도망쳤다는 사실이 알려지자 호기심이 발동한 사람들이 굴로 모여들었다. 그때 이상한 일이 벌어졌는데, 아기를 가지지 못한 사람들이 마귀할멈굴에 다녀와서 모두 자식을 얻게 된 것이다. 이 소문은 꼬리에 꼬리를 물고 퍼져 나갔고, 전국에서 많은 사람들이 몰려와 마귀할멈굴에 지성을 드린 끝에 자식을 얻게 되었다고 한다. 신선들이 박아놓은 돌이 봉황의 알 모양이기에 자식을 얻는 효험도 있을 것이라 믿었던 듯하다. 수로왕의 건국신화에도 등장하지만, 알은 예로부터 생명과 직결되는 상징이다.

    마귀할멈굴 외에도 나각산에는 '찬물내기'라는 곳이 있다. 찬물이 바위 밑에서 흘러나온다 하여 그렇게 불렀다는데, 어림짐작으로는 산속 아주 깊은 곳이라 그런가 싶지만, 실제로는 낙동 상수원을 확보하기 위해 암반관정을 뚫어 찬물이 나왔다가 지금은 더 이상 물이 나오지 않기 때문에 아무도 그 영문을 모르는 것일 성싶다.

    낙동에서 물량으로 가는 낙동강변 옛길 길섶에 바로 '찬물내기'가 있다. 옛날 아주 먼 옛날, 물량이라는 마을에 살던 '내기'라는 사람이 낙동장에 볼일을 보러 갔다가, 막걸리를 몇 사발 거푸 들이켰다. 터덜터덜 집으로 돌아오다 보니, 막걸리 때문인지 몹시 목이 말랐다. 그는 집에 가는 길에는 샘이 없으니 어떻게든 참고 가자고 마음을 먹었다. 하지만 결심이 무색하게 자꾸만 입이 바싹바싹 타들어갔다. 그래서 거리를 단축하려고 산을 가로질러 고개를 넘자니, 바위 밑에서 김이 모락모락 나는 게 보였다. 이상하다 싶어 호기심에 바위 밑을 파보았는데, 갑자기 물이 솟구쳐 올랐고, 목이 말랐던 내기는 정신없이 물을 들이켰다. 땅에서 솟는 물이다 보니 옷이 다 젖어버렸고, 땀도 씻어낼 겸 흐르는 물에 한바탕 목욕을 하고는, 젖은 옷을 꼭 짜서 걸치고 돌아왔다.

그 때문인지 집에 오기도 전에 한기가 들어 급기야 모진 감기에 걸려 며칠을 앓아눕고 말았다. 그런데 며칠 만에 마을로 나가니 사람들이 저마다 샘을 발견했다고 자랑을 하는 게 아닌가. 정작 샘을 발견한 사람이 누구인데 이러나 싶어 분하고 어이가 없었다. 동네 사람들이 모인 가운데, 자신이 샘을 발견한 경위를 자세하게 설명했다. 그런데도 마을 사람 가운데 몇몇은 거짓말이라며 눈으로 직접 확인해야겠다고 나섰다. 내기는 망설이지 않고 마을 사람들을 샘으로 이끌었다.

샘에 도착한 마을 사람들은 바위 밑에서 솟는 따뜻한 물맛을 음미하며 신기해했다. 초겨울인데도 따뜻한 물이 나오자 '뜻물내기'라 부르기로 했다. 그런데 여름이 되자, 겨울에 따뜻했던 물이 점점 차가워졌고, 사람들은 이상하게 여기면서도 더 이상 따뜻한 물이 아니니 이름을 바꿔 '찬물내기'로 부르기로 뜻을 모았다.

이곳은 여름이면 더위에 지친 사람들이 땀을 식히는 쉼터이자, 겨울에는 아낙네들의 차가운 손을 잠시나마 녹여주는 빨래터가 되었다. 사시사철 물이 솟는 샘 덕분에 물 걱정 없이 농사를 지을 수 있어 낙동에서 제일가는 일등호답도 많았다고 전해진다.

장구한 역사를 아로새기다
(5) 가야길

함창은 옛 고령 대가야의 수도였다. 함창읍 증촌리에는 고령가야 태조의 왕릉인 전고령가야왕릉이 있는데, 전설에 따르면 고령 대가야는 41년 낙동강을 중심으로 한 6가야 중의 하나였다고 전해진다. 2000여 년에 이르는 장구한 세월 동안 동릉인 태조 왕릉과 서릉인 왕비릉, 오봉산에 자리한 거대한 고분군이 고스란히 전해진 셈이다.

가야길은 오봉산을 따라 둘러보는 역사 속으로의 시간여행이랄 수 있겠다. 출발점은 신흥체육공원 고수부지 체육시설이다. 그곳에서 신흥교를 건너면 이안천 옆으로 길게 이어진 제방길이 나온다. 위쪽 제방길은 검은동 진입로이면서 이안교로 가는 지름길이기도 하다.

검은동으로 가는 제방길을 따라가면 좌측으로 자연마을인 검은동이 보인다. 마을 안쪽 도로 밑을 통과하는 암거(暗渠, 커다란 사각형 모양의 시멘트 터널을 말하는데, 용수나 배수용 수로가 도로 · 철도 · 제방 아래에 매설된 경우가 대부분이다)를 거쳐갈 수도 있고, 마을 진입로를 뒤로

전고령가야왕릉　고령가야국은 낙동강을 중심으로 일어난 6가야 중 함창, 문경, 가은지방 일대에 세워진 나라이다. 평화로운 태평성대가 계속되다가 520년(진흥왕 23년)에 신라에 병합되었다.

이안철교　철교에서는 오전 10시경에 통과하는 기차를 볼 수 있다. 갈대밭 사이로
달리는 기차의 걸음걸음은 옛 추억을 불러일으키며 진풍경을 연출한다.

하고 산모퉁이를 돌면 갈림길 앞으로 이정표가 나타난다. 계속 이어지는 제방길은 이안교와 이안철교를 지나, 쾌재정으로 돌아오는 가야길의 연장선으로 옛 추억이 서린 기찻길을 걸어볼 수도 있다. 철교에서는 오전 10시경에 통과하는 기차를 볼 수 있는데, 이 역시 놓치기 아까운 풍광 중의 하나다.

이곳 이정표에서 3번 국도를 관통하는 암거를 지난 후 좌측으로 접어들면 폐가와 재실, 시원스런 대나무 숲을 만나게 된다. 그 옆쪽의 산길로 접어들면 갈림길이고, 좌측으로 방향을 잡아 능선을 오르면 4차선 국도를 지나는 자동차 소리와 함께 저 멀리 포장된 농로가 보인다. 농로를 가로질러 오동나무 옆으로 살짝 돌아서 좌측으로 뻗어 내린 능선을 타고 경사진 비탈면을 오르면 오봉산 등산로를 만나게 된다. 등산로 주변에는 도굴된 고분 흔적이 여기저기에 남아 있는데, 안타까운 역사의 현장이기도 하다.

오봉산 등산로는 함창 사람들이 즐겨 찾는 길로 비교적 잘 다듬어져 있고, 일부 구간에는 땅 밑에 고분이 있는지 쿵쿵 울리는 소리가 들리는 곳도 있다. 오봉산은 함창의 진산(鎭山, 도읍지나 고을에서 제를 올리던 주요 산)으로 가야인들의 숨결을 오롯이 느낄 수 있는 곳이기도 하다. 정상 표석이 있는 곳은 해맞이 명소로도 이용된다. 철탑을 지나 시야가 탁 트인 곳에 이르면, 신흥 들판, 함창과 문경 시내가 그림처럼 펼쳐진다.

산은 주로 형상이나 봉우리 숫자에 따라 이름이 붙여지는 경우가 많은데, 오봉산도 다섯 개의 봉우리가 나란히 솟아 있어 붙여진 이름

오봉산 정상에서 본
함창과 문경

오봉산은 가야인들의 숨결을 느낄 수 있는 곳이고, 해맞이 장소로도 인기가
높다. 철탑을 지나 시야가 트인 곳에 이르면 함창과 문경 시내가 그림처럼
펼쳐진다.

이다.

전설에 의하면 오봉산은 원래 여섯 개의 봉우리가 있어 육봉산이라 했다. 오봉산이라 불리게 된 까닭은 옛날 도깨비나라의 우두머리 이름에서 기인한다. 그의 이름이 육봉이었는데, 자기 이름을 너무나 소중히 여긴 까닭에 '육봉'이라는 말을 사용하거나 함부로 부르는 것조차 질색을 했다고 한다. 혹시나 자기 이름을 언급하지 않나 매일 확인하고 또 확인하는 와중에, 이안천 옆 들판에 솟은 산을 봉우리가 여섯 개라 하여 육봉이라 부르는 게 아닌가.

괘씸하기도 하고 가소롭기도 하여, 육봉을 찾아가서 앞으로는 이름을 쓰지 말라며 엄중히 경고했다. 육봉도 같은 이름을 가진 도깨비한테 꿀릴 것이 없다고 여겼던 터라 담판을 짓기로 마음먹었다. 씨름을 하여 이기는 쪽이 육봉이라는 이름을 갖기로 하고, 정월 대보름 자시(子時, 밤 11시에서 오전 1시 사이)에 모든 만물이 보는 앞에서 승부를 가리기로 했다.

흥미진진한 이 한판 대결을 보기 위해 여기저기서 사람들이 구름같이 모여들었으나, 하루와 이틀이 지나고, 한 달, 1년이 다 가도록 승부가 나지 않자, 구경하는 이는커녕 도깨비와 육봉마저 지칠 지경이었다.

금새 이길 것을 장담하고 시작한 씨름에서 신통력이 무용지물인지라, 창피한 나머지 도깨비는 잃어버린 위신도 세우고, 육봉의 체면도 살려줄 만한 그럴싸한 조건을 제시했다. 여섯 개 봉우리 중 하나를 떼어서 '태봉'이라는 이름을 붙여주고, 남은 다섯 개의 봉우리에 대해

오봉산
다섯 개의 봉우리가 나란히 솟아 있어 오봉산이라는 이름이
붙었다. 조산(祖山)은 백두대간의 윤지미산이다.

'오봉산'이라는 이름을 붙여줄 테니, 무모한 씨름을 그만두자는 것이었다.

'육봉'도 생각해보니 나쁘지 않았다. 그리하여 도깨비는 신통력을 발휘해 봉우리 하나를 이안천 건너 벌판으로 옮겼다. 사람들은 오봉산에 묘를 쓰면 부귀영화를 누릴 수 있다고 믿어 그때부터 하나둘씩 무덤이 늘어났고, 지금처럼 오봉산 고분군으로 불리게 되었다.

정상에서 조망을 한 후 발길을 돌리면 봉우재 정상이다. 농로와 앞쪽에 이어진 능선길도 보인다. 능선은 남산고성으로 가는 길로써 토성은 윤곽이 뚜렷하고 규모도 상당해, 그 시절 이곳이 지리적으로 중요한 위치였음을 짐작케 한다.

봉우재 정상 농로 갈림길에서 우측 새말로 내려가면 지방도와 만나는 지점에 느티나무 한 그루가 서 있는데 그곳은 길손들에게 아늑한 쉼터가 되어준다. 그 옆은 신흥 들판 중앙을 관통하는 논둑길로, 흙을 밟으며 너른 들판의 생기를 흠뻑 마시고 나면 제방과 신흥 냇가에 이른다.

가슴 시린 보릿고개의 추억
(6) 이전길

이안천변을 끼고 도는 이전길은 옛 추억이 흠뻑 서린 길이다. 장보러 가던 길, 지게에 나무를 지고 오르던 성황데이고개와 기찻길이 여기에 있다. 철길은 보는 것만으로 아련해지는 추억의 길이다. 교통이 불편하던 시절, 기차는 누구에게나 유용한 이동 수단이었고, 그러니 저마다 사연이 없을 수 없다.

완행열차를 타고 등하교를 하거나, 서울 부산 대구로 갈 때 이용하던 기차는 서민들의 발이었다. 어쩌다 한 번 가족들과 먼 여행길에 오를 때면, 오랜 기간 닭장을 기웃거려 얻어낸 삶은 달걀이 손에 쥐어졌다. 철길과 철교는 길을 단축해 만들어진 까닭에 지름길 역할을 톡톡히 했고, 그래서인지 먼 길에 오를 때에는 철길을 따라 걷는 사람들이 많았다.

철길의 추억이 서린 이전길의 출발점은 청암서원이다. 예주교에서 이안천 옆 좌측 농로를 돌면 청암서원이 보인다. 서원은 1752년 영조 28년에 설립되어 선현배향과 지방교육을 담당했으며, 1968년 대원군의 서원 철폐령으로 고종 때 훼철되었던 것을 1981년에 후손들이 복원했다 한다.

서원 앞 공터를 지나 옆으로 돌아 오르면 묘를 지나 송신탑이 나오고 그 길을 따라 능선을 오르면 어느새 농로에 닿게 된다. 앞쪽 제방에 이정표가 서 있다. 제방이 관리되지 않아 각종 농산물이 자리를 차지했는데, 이를 헤치고 가다 보면 산속으로 물구멍이 보인다. 지평지(경들못)의 물이 이곳을 통해 함창 앞뜰로 흘러간다.

농수로를 따라 조심조심 산과 만나는 지점까지 가면, 이윽고 산으로 오르는 길이 보인다. 그 길을 넘으면 아스팔트 포장길인데, 민가가 있어 산길이 끊어졌고, 제방이 시작되는 곳까지는 부득이 아스팔트

이안천변 천변을 끼고 도는 이전길은 옛 추억이 흠뻑 서린 길이다.
장 보러 가던 길, 지게에 나무를 지고 오르던 고개와 기찻길이 여기에 있다.

포장길을 걸어야 한다. 제방길은 고속도로 밑을 통과해 이안철교까지 길게 이어져 있다.

이안철교는 이안면 가장리와 소암리를 연결하는 190미터 정도의 철길로 1924년 9월에 완공되었다. 다음으로 김천과 상주를 잇는 철로가 1924년 10월 1일에 최초로 개통되었고, 1962년 5월 10일에는 영주까지 연결하는 경북선이 완공되었다. 1998년에는 수해로 큰 피해를 입기도 했다. 지름길인 철길을 따라 걷는 사람들이 많았던 까닭에, 철교를 건너다 기차를 만나면 피하는 장소가 마련될 정도였다. 철교를 건너기 전에는 선로에 귀를 대고 기차가 가까이 오고 있는지 사전에 확인하기도 했고, 혹여 철교에서 기차를 만나는 낭패를 겪으면, 재빨리 난간으로 피하기도 했다.

그 시절, 화물열차들은 상주와 문경에서 생산된 석탄을 수송하기 위해 이안철교를 무수히 지나다녔다. 그러나 이제는 여객을 싣고 철교를 지나는 기차를 만나기가 쉽지 않게 되었다. 그러다 보니 이안철교에서 기차를 만나면 행운이 온다는 속설까지 생겨났다. 그것도 오전 10시와 11시 사이에 통과하는 열차와 만나야 그렇다고 한다. 기차가 이안철교를 통과하는 시간은 오전 10시 5분과 38분경. 이전길을 오가면서 3번 이상 기차를 만나면 사랑도, 소원도 이뤄진다고 한다.

이안철교를 건너면 문화유산으로 지정된 쾌재정이라는 정자가 있다. 쾌재정은 연산조 대문장가이자, 인천군에 책봉된 나제(懶齋) 채수(蔡壽, 1449~1515)가 중종반정 이후 이조참판직에서 물러나 59세에 낙향하여 지은 정자다.

청암서원 이전길의 출발점은 청암서원이다. 영조 28년에 설립되어 선현배향과 지방교육을 담당했으며 고종 때 훼철되었던 것을 1981년에 후손들이 복원했다 한다.

쾌재정 이안철교를 건너면 문화유산으로 지정된 쾌재정이라는 정자가 있다. 연산조의 대문장가이자, 인천군에 책봉된 나제 채수가 중종반정 이후 이조참판에서 물러나 낙향하여 지은 정자이다.

이곳 쾌재정에서 가야길로 곧장 갈 수도 있고, 이전길을 완성하려면 다시 되돌아 내려와 철교 밑을 통과한 후 고속도로 밑 세 갈래 갈림길까지 가야한다. 좌측으로 굽어 산 아래 농로를 따라 걸으면 주암정자에 닿는다. 정자 저쪽 산 밑으로는 대나무 숲이다. 그 길로 오르면 엄마 아빠가 공검장(매월 5, 10일에 열리는 장터)을 보러가던 성황데이고개다.

옛날 고개 넘던 시절을 생각하면서 우측으로 이어진 완만한 능선을 따라가 보자. 그러면 밧줄이 매달려 있는 경사진 비탈면이 나오고 그곳에서 제방길로 들어섰다가 처음 만났던 예주교로 이어지면서 이전길이 마무리된다. 바로 그곳에서 곧장 소곰길의 잠수교에 들어서면 저 멀리 청암서원이 다시 눈에 들어온다.

소금빛으로 물들던 그 시절의 노곤함
(7) 소곰길

상주 공검면 중소리에 자리한 중소천은 염소목으로 더 잘 알려져 있다. 이안천 물길이 산을 휘감아 도는 형태가 염소 목을 닮았다 하여 붙여진 이름이다. 중소 일대는 맑은 물과 풍부한 수량 덕분에 여름철 피서지로도 유명하다.

소곰길은 상주 시내, 혹은 북상주 IC에서 공검 소재지인 양정을 지나, 동막과 비지재, 중소교를 건너 중소 2교에서 시작된다. 소곰길의

덩거매마을 입구 　'덩거매'라는 지명은 거북바위가 있는 산등성이에 금이 났다는
　　　　　　　 의미의 '등금'에서 유래되었다.

시작인 중소 2리에서 자연마을인 덩거매와 만난다.

　덩거매라는 이름은 이곳의 앞동산에서 유래되었다. 거북바위가 있는 산등성이에 금이 났다 하여 등금이가 등거미로, 다시 덩거매로 발음된 것이다.

　덩거매 중소 2교를 지나면서 시작되는 소금길은 다리를 건너 들판을 가로지르고, 다시 산 위쪽으로 내달려 갈지자로 이어진다. 이 길은 덩거매 사람들이 소달구지와 지게로 농사를 지을 때 넘나들던 고개로, 정상은 높지 않지만 소금재라 불렸다.

　덩거매마을은 고개 넘어 예주 사람들이 옮겨 오면서 만들어진 마을이다. 그래서 농사를 지으려면 동네 앞산을 넘어가야 했다. 달구지를 끌던 소도, 지게를 지고 가던 사람도 고개 넘기가 힘들었던 만큼 고갯마루에 이르러 쉬었다 가곤 했다. 그때 흘린 땀이 많아 얼굴에 허옇게 소금이 일 정도여서 소금재라고 불리기도 했단다. 그런데 소금이 나는 곳으로 와전되어 소문이 퍼지기 시작했고, 소문이 부산까지 퍼져가서는, 대대로 소금장수를 하던 허풍 심한 '짠지'라는 사람의 귀에 들어가게 되었다. 이제껏 살면서도 육지에서 소금이 난다는 말은 처음이었던 터라, 일확천금의 꿈을 안고 부산에서 사벌 퇴강까지 소금배를 타고 올라, 이안천을 따라 물어물어 소금재가 있는 덩거매까지 왔다. 마을에 도착해서 소금이 어디서 나는지 물었지만, 하나같이 소금이 없고, 땀이 많이 나서 그렇게 부른다고 했다.

하지만 그는 동네사람들이 소금 나는 곳을 숨기려고 거짓말을 한다고 믿어 소금 굽는 장비를 마련하는 한편, 온 산을 뒤지고 다녔다. 해가 다 가도록 소금 나는 곳을 찾지 못하고, 가진 돈도 다 떨어져 끼니마저 떼우기 힘들 지경이 되어서야 어쩔 수 없이 그곳을 떠났다.

짠지가 떠난 후에는 되레 누가 소금재에서 소금을 구워 일확천금을 벌어 나갔다는 소문이 퍼졌다. 그렇게 찾아와 돈을 날리는 사람들이 자꾸 나오게 되자, 덩거매 사람들은 격론 끝에 소곰재로 이름을 바꾸기로 했다. 그리고 산의 지형이 새끼 곰 같아서 소곰재로 부른다는 소문까지 내기 시작했다. 그런 연후에야 소금을 캐려고 찾아오는 이가 없어졌다고 한다. 지금은 우회하는 임도와 도로를 주로 이용하기 때문에 옛길은 흔적만 남아 있다.

고개를 넘으면 경사가 완만한데, 버드나무와 잡풀이 우거진 논자리를 지나 포장된 농로길을 따라 예주마을 앞 도로를 지나면 예주교가 나온다.

예주교는 소곰길과 이전길의 갈림길이다. 좀 더 길게 걷고 싶으면 이 길을 따라 냇가 옆으로 난 청암서원 방향으로 길을 택해 이안철교 쪽으로 가면 된다. 다리 밑은 햇빛을 피할 수도 있고 수량이 풍부하여 피서와 다슬기잡이에도 좋아 사람들이 붐빈다.

소곰길은 예주교를 건너 이안천 물길을 따라 다시 잠수교를 건너야 한다. 냇가에는 물고기가 우글거리고 백로도 먹이를 잡기 위해 분주하다. 물 반, 고기 반이라 할 정도로 많다. 잠수교를 건너면 제방 저쪽 산 밑으로 민가가 한 채 보이고, 길이 둘로 나뉜다. 임도와 하천길 어느 것을 택하건 관수정 앞 제방으로 이어진다.

앞쪽 하천의 거대한 시멘트 구조물은 지평지(경들못)의 물넘이인데, 이안천은 왼쪽 산속으로 흘러들었다가 산을 벗어나 다시 들로 흘러 나온다.

우측 건너편으로 정자가 하나 보이는데 이것이 관수정이다. 정확한 주소는 공검면 지평리 산 39번지다. 경종 때 우성일(禹成一)과 아우 우성백(禹成栢)이 벼슬길을 포기하고 은거하며 독서와 강학을 하던 곳으로, 1722년에 건립되었다. 뗏목을 이용하지 않고는 건널 수 없을 정도여서 은둔하기 좋은 장소였음을 알 수 있다.

산과 물과 들을 벗 삼아 학문에 정진하던 옛 선비의 정신을 되새기며 걷다 보면 마을 진입로인 지평교에 다다르고, 곧장 다리를 건너 2차선

관수정 경종 때 우성일과 아우 우성백이 벼슬길을 포기하고 은거하며 독서와 강학을 하던 곳이다.

소곰재 소곰길은 다리를 건너 들판을 가로지르고, 다시 산 위로 이어진다. 당시 농사를 지으려면 달구지를 끌던 소와 지게를 지고 이 고개를 넘어야 했기에, 흘린 땀이 하도 많아 얼굴에 허옇게 소금이 일 정도여서 '소금재'라고도 불렸다 한다.

포장도로를 따라가야 덩거매로 다시 들어갈 수 있다.

도로변 우측 솔숲의 작은 동산 위에 등금루라는 정자가 있다. 소나무가 수호하듯 주변을 에워싼 이 동산은 원래 냇가 건너편 바위와 연결되어 있었고, 동산 앞쪽으로 맑디맑은 이안천 물이 흘렀다고 한다. 또한 이곳 이안천에는 고운 모래가 수북해 거북들이 많이 살았고, 날씨가 좋으면 저마다 바위에 올라 일광욕을 즐겼다 한다.

거북들이 쉬는 장소인 바위가 강 가운데 불쑥 솟아 있다 보니 불편을 느꼈는데, 그래서 서로 모이면 냇가 바로 옆에 바위가 있었으면 좋겠다고 떠들곤 했다. 그러던 어느 날, 거동이 불편한 천년 묵은 거북이 소집령을 내렸다.

늙은 거북이 지금까지 살아오면서 변변한 바위가 없어 몸을 말리는데 불편을 겪었음을 강조하면서, 하루도 빠지지 않고 기도를 드리던 차에 상서로운 꿈을 꾸었다고 했다. 냇가 옆으로 뻗은 조그만 산봉우리에 거북바위가 있는데, 이곳에 사는 거북들이 바위에 모두 올라가 "이안천 열렸네, 이안천 열렸네" 하며 한목소리로 천 번을 외쳐야 한다고 했다. 그러면 거북바위가 있는 봉우리가 산에서 떨어져 나오고, 그 사이로 물길이 뚫리면서 편히 쉴 바위가 생길 것이라는 게 용왕님의 전언이라 했다.

반신반의하면서 그 다음날 주변에 살고 있던 거북들이 모두 모여 거북바위에 올라 "이안천 열렸네"를 반복하면서 노래를 부르기 시작했다. 그때 천 번의 노래가 끝나자 산 능선에서 큰 소리가 나며 금이 가기 시작했다.

등금루 작은 솔숲 동산이 등금루 정자를 받치고 섰다. 예전에는 동산 앞쪽으로
이안천 물이 흘렀고 거북들이 바위에 올라 일광욕을 즐겼다 한다.

하루가 지나고 이틀이 지나자, 틈새는 점점 더 벌어졌고 그해 마침
홍수가 나서 동네 앞 물줄기가 이곳 바위 사이로 흐르기 시작했다. 물
길이 바뀌자 주변에는 흙이 쌓여 넓은 논밭도 생기고 사람들까지 옮
겨가게 되었다.

그런데 문제는 새롭게 난 하천이 너무 좁게 벌어져서 홍수 때만 되면 물이 넘쳐 온 마을이 피해를 입는 것이었다. 그 이유를 알아봤더니, 몇몇 거북들이 노래를 부르는 시늉만 했기 때문이라 했다. 이를 지켜보던 지신(地神)이 노해서 하천 폭을 좁게 만들고 큰비를 내린 탓에 온통 물바다가 되었고, 거북들까지 모두 휩쓸려간 것이었다.

그 후 동네 사람들은 거북바위가 있는 산등성이에 금이 가서 동산이 만들어졌다 하여 등금이라 일컫게 되었다. 하천 폭이 너무 좁아 장마 피해가 계속되자 마을 사람들은 하천 쪽 바위를 잘라 폭을 넓히고 동산의 거북바위 일부를 깎아 도로를 냈고, 그 이후로 수해 걱정을 하지 않게 되었다고 한다.

청아한 물소리로 땀을 식히다
(8) 장서방길

상주 시내에서 25번 국도를 타고 내서면사무소로 가기 전에 우측의 은척 방면으로 방향을 잡아 고개를 넘으면 서만 2리 장서방 동네가 나온다. 그런데 재미있는 것은 두 마을의 이름이 각각 안장서방과 바깥장서방으로 나뉜다는 사실이다. 어떤 연유로 이런 이름이 붙은 걸까. 언뜻 보면 사람 이름 같지만 과거 마을 사이에 장승이 있어 '장승배이'라 부르던 것이 장서방으로 굳어져 이름이 나뉜 것이다.

장서방길의 출발점은 동제를 지내던 할매바위와 할부지 소나무에

장서방 동네 장서방 동네는 안장서방과 바깥장서방으로 나뉜다. 그런데 왜 하필 '장서방'일까?

서 시작된다. 안장서방 진입로를 따라 고개를 넘으면 서만새터마을이 나오고 그 앞쪽으로는 백두대간 형제봉에서 발원한 이안천 냇가가 굽이쳐 흐른다. 위쪽으로 이어진 제방길은 바람소리길과 연결된다.

이곳 새터마을에서 냇가 옆으로 포장된 아스팔트길을 따라가면 좌측으로 이안천이 휘돌아 내려간다. 그곳 바위에 우복 정경세(鄭經世, 1563~1633) 선생이 새긴 수회동(水回洞)이라는 글이 있다. 여기서 30리 떨어진 거리에 우산동천(愚山洞天, 조선 영조가 우복 정경세 선생의 덕을 기려 하사한 땅에 5세손 정주원이 건립한 우복종가 고택)이 있으며, 장서방길 코스를 따라가려면 좌측의 산길로 올라가야 한다. 그러면 수회동이다.

이안천에도 물이 굽이돌아 내려가는 곳이 두 군데 있는데, 수회동과 염소목이다. 수회동은 내서면 서만리와 외서면 우산리 경계에 있으며, 우복 정경세 선생이 이곳을 극찬하면서 너무나 좋아한 나머지 동네 초입의 바위에 직접 '수회동'이라는 글을 새겼다 한다.

전설에 따르면 수회동에 한 할머니가 살고 있었는데, 어느 날부터 뱀 한 마리가 아침마다 우물가에 나와 꼬리를 흔들며 인사를 했다. 하루도 빠지지 않고 그렇게 하자, 할머니는 뱀과 친하게 되었고, 먹을 것을 챙겨주기도 하고, 보이지 않을 때는 걱정을 할 정도가 되었다.

할머니는 매일 점심을 먹은 후 앞산 하늘굴에서 기도를 올렸는데, 하루는 굴속에서 이상한 소리가 들렸다. 유월 초하룻날 밤에 냇가의 물줄기를 산 쪽으로 돌아가도록 물길을 돌리라는 말이었다. 그렇게 하면 말은 천마가 되고, 불로장생할 것이라 했다. 그런데 마침 할머니

우산동천 영조가 우복 선생의 덕을 기려 하사한 땅에 건립한 우복종가 고택이다. 5세손인 정주원은 당시의 집을 수리하여 우산서원 · 서당 · 정자 등을 짓고 우산동천이라 이름 지었다.

모르게 뒤를 따르던 뱀도 그 소리를 엿듣게 되었다. 물길을 돌리면 말은 천마가 되고 할머니는 불로장생을 한다는 말을 들은 뱀은 자기도 용이 될 수 있겠다는 욕심을 품게 되었고, 할머니보다 먼저 물길을 돌리려고 기회를 엿보았다.

할머니는 말이 쌍둥이 새끼를 낳아 돌보느라 정신이 없는 와중에도 유월 초하루가 다가오자 물길을 돌릴 준비를 갖췄고, 말과 함께 마지막 밤을 보내고 있었다. 뱀은 할머니가 잠든 것을 확인하고, 물길을 돌리는 작업을 시작했다. 냇가로 인해 끊어진 산줄기가 연결되자 물은 삽시간에 굉음을 내면서 산을 휘돌아가기 시작했다. 잠을 자던 할머니와 말들은 모두 물살에 휩쓸려 떠내려가고 말았다. 이제 뱀이 허물을 벗고 용이 되려는 순간이었다.

하늘에서 보니 뱀의 행태가 괘씸하기 짝이 없었다. 그래서 급하게 바위 하나를 내려보내 길을 막아버렸고, 뱀은 바위에 부딪쳐 용이 되지 못한 채 물속으로 곤두박질쳤다. 뱀은 몸이 둘둘 말린 채 떠내려가다가 이무기바위가 되었고, 하늘에서 내려보낸 바위는 이무기바위가 더 이상 나쁜 짓을 못하도록 감시할 수 있는 능선에 자리 잡아 봉천바위라는 이름을 갖게 되었다.

한편 할머니는 물에 떠내려가다가 이무기바위 위쪽에서 삼신바위로 변해버렸다. 말들은 혼비백산하여 앞산으로 달아나다가 세 개의 굴로 각자 들어갔는데, 소원을 이루지 못한 말들을 위로하기 위하여 이를 '천마굴'이라 부르게 되었다고 한다. 냇가 옆 삼신바위에 소원을 빌면 아들을 낳는다는 소문이 있어서 지금도 기도를 드리는 사람들이 찾아온다.

맑은 물과 천마굴, 이무기바위, 삼신바위, 봉천바위 등이 주변과 어우러져 경치의 아름다움이 배가된다. 특히 이곳은 모래가 곱고 물이 맑아서 더위를 피해 천렵을 즐기거나 다슬기잡이를 하며 한가롭게 시간을 보낼 수 있다.

주변의 아름다움을 감상한 후 수회동 진입로인 제방에서부터 노루목교와 무들교를 따라 좌측 제방길로 들어가 도로를 건너면 우산교와 민가 한 채가 나온다. 다리를 건너지 않고 하천으로 내려서면 냇가 옆으로 어슴푸레하게 산길이 보인다. 장서방길은 예로부터 있던 길이 아니라 강물소리가 좋아서 조성된 길이다. 길이 생기면 사람들이 다니고, 짐승들도 다니면서 점차 하나의 길이 완성되어 가는 법이다. 이 길을 따라 길의 흔적을 찾아 내려가면 폐잠실이 나오고 농로와 전답도 보인다.

농경지가 있으면 경작을 위해 인위적인 길을 내기 마련이다. 경운기도 다니고 트럭도 다니는 그러한 농로가 내서에서 은척으로 향하는 지방도와 연결된다. 냇가에는 쉴 수 있는 반석도 있고, 바위도 있다. 아름다운 풍경이 하천을 따라 이어진다.

강의 물소리가 끝나면, 이제 바람소리로 바뀐다. 강길에서 들길로, 들길에서 아스팔트 포장길로 이어진다. 아스팔트길은 내서와 은척을 연결하는 도로로써 내서 방향으로 10분 정도 더 가면 처음의 출발지점이 나온다. 이 길의 특징은 이안천 옆으로 조성되어 있어 시원한 물소리를 들을 수 있고, 더우면 냇가에 발을 담구고 다슬기도 주워가면

우복 정경세 선생의 글씨 우복 정경세 선생은 퇴계 이황과 서애 류성룡으로 이어지는 성리학의 학통을 계승한 인물이다. 우복 선생이 수회동을 좋아하여 '수회동' 이라 새긴 글이 마을 초입에 남아 있다.

**할매바위와 할부지
소나무**   나그네는 멋진 소나무와 못생긴 바위를 가져와 선택하라고 했다. 할아버
지가 소나무를 택하자, 맑은 하늘이 캄캄해지고 뇌성벽력이 쳤다. 그러자
할아버지는 소나무로, 할머니는 바위로 변해버렸다.

서 쉬엄쉬엄 걷기에 좋은 길이다. 앞서 소개한 소금길과 장서방길 모두 약 8.5킬로미터로 2시간 반 정도가 소요된다.

장서방길 출발점에는 음력 정월 보름 동제를 지내는 할매바위와 할부지 소나무가 있다. 할매바위는 도로를 확장하면서 도로에 편입되어 다른 곳으로 옮겨야 하는 곤경에 처하기도 했지만, 마을 사람들의 간곡한 건의에 따라 제자리를 지키고 있다. 반면 그 위쪽 솔숲에 있던 할부지 소나무는 전국적으로 번졌던 솔잎혹파리의 피해를 입었고, 지금은 아들 소나무들이 대신 자리를 잡고 있다. 할매바위와 할부지 소나무에 관한 설화는 다음과 같다.

옛날 장서방마을에 노부부가 살았다. 할아버지는 욕심이 많았지만 할머니는 천성이 착했다. 그래서 동네 사람들은 먹을 것을 할머니에게만 나눠주었다. 그렇지만 마음씨 고운 할머니는 배가 고플 때도 혼자 먹지 않고 챙겨두었다가 할아버지에게 가져다주었고, 동네 사람들에게 잘 먹었다 인사하는 것도 잊지 않았다.

그럴수록 동네 사람들은 할머니를 더욱 더 존경했다. 하루는 노부부가 논에서 일을 하고 있었다. 지나가는 나그네가 그렇게 힘들게 일할 필요 없이, 평생 늙지 않고 살 수 있는 방법이 있는데 들어보겠냐며 말을 건넸다. 호기심이 발동한 할아버지는 어떻게 하면 그리될 수 있는지를 꼬치꼬치 캐물었다. 나그네는 조건만 수락하면 방법을 가르쳐 줄 터이니, 할머니와 상의를 한 후 사흘 후에 다시 올 때까지 답을 달라고 했다. 조건이라는 것이, 부부가 똑같이 이유를 묻지 않고 하는 말에 무조건 승낙만 하면 된다는 것이었다.

나그네가 떠나자 할아버지는 할머니를 들들 볶으며, 무조건 승낙하
라고 다그쳤다. 할머니는 그런 할아버지가 도무지 이해가 되지 않았
다. 사람은 누구나 때가 되면 저 세상으로 가는 것인데, 이 나이에 또
무슨 욕심을 부리냐며 달래도 보았다. 하지만 할아버지가 계속 고집
을 부리자 어쩔 수 없이 그리하겠노라 답하고 말았다. 사흘 후 나그네
가 와서 노부부의 생각을 묻자 할아버지는 무조건 승낙한다 하고, 할
머니는 눈치를 보다 마지못해 승낙했다. 그랬더니 나그네는 멋진 소
나무와 못생긴 바위를 가져와 선택을 하라고 했다. 크고 멋진 소나무
에 욕심이 난 할아버지가 소나무를 택하자, 맑은 하늘이 캄캄해지고
뇌성벽력이 쳤다. 그러자 할아버지는 소나무로, 할머니는 바위로 변
해버렸고, 이후 동네 사람들은 할머니의 고운 마음씨를 위로하기 위
해 정월 보름이면 할매바위에서 동제를 지내고 덤으로 할부지 소나무
에도 제를 지내게 되었다고 한다.

고갯마루를 넘나드는 시원한 바람
(9) 바람소리길

　　양지바른 햇살의 마을인 양달마를 지나 임도를 거슬러 올라가면 짧
은 길과 긴 길, 어느 쪽을 택하든 구마이마을회관에 닿는다. 이 중 긴
길을 택해 바람소리 좋은 고갯마루를 넘으면 예의마을이 나오고 그곳
에서 다리를 건너 우측으로 방향을 꺾어 내려가면 아홉 개의 만이 생

양달마마을회관 바람소리길의 출발점은 밤원의 양달마마을회관이다.

긴다는 구마이마을이다. 마을 앞 냇가의 맑디맑은 물속의 다슬기, 버들피리, 꺽지 등과 교감하면서 걷는 이 길이 바로 추억의 바람소리길이다.

바람소리길의 출발점은 밤원의 양달마마을회관이다. 음양의 조화에 의해 이름 지어진 양달마와 음달마 두 개의 자연마을이 같은 행정구역으로 병합되면서 밤원이라는 지명을 갖게 되었는데, 이곳은 지금의 내서면 서원 1리에 해당한다. 하천을 경계로 하천 건너편은 양달마이고, 국도가 지나는 쪽이 음달마다.

상주에서 이곳에 접근하려면 낙서면을 거쳐 밤원고개를 넘어야 한

영강과 만나는 곳   상주시 함창읍 태봉리, 영강과의 합류 지점이다.

다. 마을 앞으로 흐르는 이안천은 백두대간 형제봉에서 발원하여 동관의 억시기마을과 지명골을 거쳐 밤원 앞을 지나 수회동과 염소목을 통과한 후 함창에서 영강과 만난다.

바람과 물이 만나는 밤원에서 물은 물길을 따라 구마이로 흘러가고, 바람 또한 두 길로 나뉘어 흘러간다. 하나는 구마이로 또 하나는 밤원고개를 넘고 낙서를 거쳐 상주 시내에까지 영향을 미친다. 바람이 워낙 세게 불어서 낙서골바람이라는 말이 있을 정도다.

바람소리길의 긴 길은 고개를 넘어야 한다. 고갯마루에 서면 바람소리가 참 좋다. 예의마을에서 골짜기를 타고 바람이 넘어오기 때문이다. 사람도 바람과 함께 고개를 넘는다. 특히 고갯마루 주변은 버섯밭으로, 가을철에는 버섯향을 음미하며 걸을 수 있어 더욱 좋다. 걷기도 하고, 버섯도 따고, 시원한 바람소리와 산속의 적막함을 즐기면서 내려가면 예의마을이다. 민가 몇 채가 드문드문 서 있고, 그 앞으로는 '여골'이라는 조그마한 개천이 흐른다.

깊은 산속 마을인 예의골에 사람이 살기 전까지는 여우들의 왕국이자 성지였다고 한다. 상주를 비롯해 인근의 모든 여우들은 1년에 한 번씩 이곳 성지를 참배하고, 일주일 동안 문화와 질서를 배우고 떠나곤 했다. 모든 것이 풍족했기 때문에 여기를 방문하면 누구나 욕심이 사라지고 여우로 태어난 것을 자랑스럽게 생각하게 되었다.

봄이면 꽃이 피고, 여름 냇가에는 고기가 그득하고, 가을에는 풍성한 과일이 넘쳐나 먹을 걱정 없이 살아가던 어느 날, 이 마을에 가뭄이 들기 시작했다. 몇 달 며칠을 비가 오지 않아서 대지는 타들어 가기 시작했고, 모두들 걱정이 이만저만이 아니었다.

　산에 올라 정성스레 기우제를 지내고, 태양과 달에게 빌어보아도 소용이 없었다. 급기야 사람들은 먹을 것을 찾아 내를 거슬러 오르기 시작했다. 큰 걱정거리가 아닐 수 없어 급기야 여우왕은 긴급 소집을 했다. 먹을 것이 없어 인간들이 계곡으로 들어와 우리를 잡아먹으니 어떻게 하면 좋겠느냐 물어도 모두들 뾰족한 수가 없어 여우왕의 입만 바라보았다. 모두 돌아가 비책을 가지고 사흘 후에 다시 모이도록 하라는 명령을 내렸다. 시간이 흘러도 이렇다 할 대책이 없자 가장 먼저 질서가 깨지기 시작했다. '돌비'라는 여우가 꾀를 내서 사람들과 내통하여 목숨을 담보로 여우를 쉽게 잡는 방법을 일러준 것이다. 그렇게 되자 사람들은 더더욱 힘들이지 않고 여우를 사냥해갔다.

　이에 여우왕은 결심을 하고, 내일 저녁 자시(子時, 밤 11시에서 오전 1시 사이)에 이곳을 떠날 테니 모두 모이라 했다. 돌비는 왕의 명령에 잠시 고심하더니 사람들에게 비밀을 누설한 채 야반도주를 하고 말았다.

　다음날 떠날 준비를 하고 여우들이 모였을 때, 사람들은 한꺼번에 여우를 잡기 위해 숨어 있다가 덮쳤고, 대부분의 여우가 떼죽음을 당하고 말았다. 겨우 살아남은 여우도 '예의' 이럴 줄 몰랐다 한탄하면서 도망쳤다 한다. 이후 여우가 살았던 곳을 '예의리'라 하고, 여우가 살았던 골짜기를 여우골로 불렀는데, 세월이 흐르면서 이름이 줄어 '여골'이 되었다 한다.

　우측 제방길은 얼마 못 가서 막혀 있기 때문에 반드시 마을 앞 갈림

270

바람과 물이 만나는 밤원 밤원에서 물은 물길을 따라 구마이로 흘러가고, 바람은 두 길로 나뉘어 흘러간다. 하나는 구마이로 또 하나는 밤원고개를 넘고 낙서를 거쳐 상주 시내에까지 영향을 미친다.

임도고개　양지바른 햇살마을 양달마을 지나 임도를 거슬러 올라가면
　　　　　구마이마을회관에 닿는다.

길에서 좌측으로 꺾어 쉼터까지 가야 한다. 구마이마을로 가는 길은 하천 옆으로 이어지며 길목에 민가 두 곳이 있다. 마지막 민가에서 하천을 건너 골짜기로 이어진 농로를 타고 가면 정자가 있는 구마이 쉼터가 보인다.

동수나무가 있는 이 쉼터는 이안천변에 자리 잡고 있어서 여름철에는 일급 피서지로 각광을 받고 있다. 맑은 하천은 당장 바짓가랑이를 걷어 올리고 첨벙대며 들어가고 싶은 충동이 일 정도다. 물소리와 바람소리가 한데 어우러져 자연이 선사하는 아름다운 화음과 선율을 만끽할 수 있는 곳이기도 하다.

정자에서 잠시 쉬었다가 발길을 돌려 구마이마을회관 앞 서만교를 건너면 우측으로 길게 이어진 제방 끝자락에 아스팔트 포장길이 나오고 그 길을 이용해 아랫밤원을 지나 우측제방으로 접어들면 다시 밤원마을이다. 거리상으로는 11킬로미터 남짓이나, 고갯길을 넘다 보니 3시간 가까이 소요된다.

나무지게꾼들의 쉼터
(10) 똥고개 길

정감이 가는 한편 고개를 갸웃거리게 되는 이름이다. 똥고개길의 출발점은 북천시민공원이다. 돌다리를 건너 벚나무 제방길을 이용해 후천교 아래의 우측 돌다리를 건너거나 둔치를 그대로 따라가면 연원

너라골 앞 잠수교　너라골은 남장동의 자연마을이다. 너라골 잠수교까지는
똥고개길과 중복되는 구간이다.

교에 닿는다.

다리를 건너 북천 냇가 옆으로 올라서면 쑤안 동네 우측에 '1방구' 가 있다. 어릴 적 상주에서 자란 40대 이상이라면 누구나 한 번쯤 멱을 감았던 곳이다. 이곳에 서 있는 바위에는 수석정(水石亭)이라는 글 씨가 새겨져 있고, 이 바위는 흥암서원과도 인접해 있다.

흥암서원은 1702년 숙종 28년에 창건한 사액서원으로 동춘당 송준길 선생을 봉안하고 그 유덕을 기리며 후학을 양성했던 곳이다.

당시 이곳 서원에서 공부했던 유생들은 상주를 비롯한 인근에서 거주하는 젊은이들로 여름이면 학과를 끝내고 1방구에서 목욕을 하는 것이 큰 낙이었다. 그 가운데 '칠수'라는 유생이 있었는데, 과거시험에 여섯 번 떨어지고 일곱 번째 과거를 준비하고 있었다.

그러던 어느 날 무더운 삼복더위에 유생들과 1방구에 목욕을 하러 갔다가 물속에 너무 오래 있었던 나머지 추위를 느꼈고, 햇빛에 몸을 말리기 위해 바위에 올랐다가 그만 깜빡 잠이 들고 말았다.

그는 꿈속에서 자기가 흥암서원 옆 북천냇가 바위의 아름다운 정자에서 주위의 풍경을 벗 삼아 과거 준비에 몰두하고 있는 것을 보았다. 과거시험이 없는 해였으나, 특별 과거시험이 치러졌고, 그동안 열심히 익힌 글공부의 기량을 발휘하여 드디어 여섯 번 낙방 끝에, 이름처럼 칠수 만에 과거시험에 합격하게 되었다. 왕을 알현하고 상주에 돌아와 자신이 공부했던 정자에서 일가친척 및 유생들을 초청하여 산해진미가 그득한 주연을 베풀었다. 그때 개미 한 마리가 허벅지를 무는 바람에 잠에서 깨고 말았다.

꿈이 이상하기도 하고 허무하기도 하여 해몽을 알아보니, 올해 꼭 과거에 급제하는 꿈이니 공부에만 전념하라는 답을 얻었다. 그 결과 정말 과거시험에 좋은 성적으로 붙게 되자, 꿈을 꾸어 소원을 성취한 이 바위 위에 '수석정'이라는 글씨를 새겼다고 한다.

남장동으로 이어진 제방길을 따라가면 우측 냇가 건너편에 자연마을인 가지넘이마을이 있고 저만치에 서보다리가 보인다. 이 다리를 건너면 정자가 나오고 곧이어 너라골마을의 잠수교를 건너면 이정표가 있는 갈림길을 만나게 된다.

이정표를 확인하고 너라골로 접어들어서 좌측 농로로 굽었다가 도랑에서 우측으로 방향을 꺾어 산으로 이어진 길로 오르면, 잡풀이 무성하게 우거진 농경지가 나온다. 몇 해 전까지만 해도 농가가 있어 농사를 지었지만, 교통이 불편하여 지금은 그 흔적만 남아 있다.

좌측의 묵밭(오래 내버려두어 거칠어진 밭) 사이로 오르면 똥고개 정상이다. 똥고개는 상주시 남장동의 자연마을인 너라골과 개운동의 자연마을인 대지리를 연결하는 고개다. 이 고개는 과거 땔감을 쓰던 시절, 수많은 나무꾼들이 처자식의 허기를 해결하기 위해 한 짐의 나무 지게에 기대를 걸고 배고픔을 참아가면서 넘나들던 곳이다. 땔감을 팔아 고등어 한 손과 쌀 한 되를 싣고 집으로 향하던, 아버지들의 애환이 서린 고개이기도 하다.

옛날 상주 읍내에 나무를 팔아 생계를 꾸려가던 갑돌이라는 사람이 살았는데, 오랜 장마로 양식이 떨어지자 당장 생계가 걱정인 지경이 되었다. 더운 여름이었지만, 나무를 하지 않으면 안 될 만큼 급박한

흥암서원 흥암서원은 동춘당 송준길을 향사하기 위해 숙종 때에 건립되었다.
상주를 비롯, 인근에서 거주하는 젊은이들이 이곳에 모여 공부했다.

흥암서원 근처   "그는 꿈을 꾸었다. 흥암서원 옆 냇가 바위 위에 있는 아름다운 정자에서 풍경을 벗 삼아 과거
준비에 몰두했다. 과거에 붙어 왕을 만나고 귀향해 주연을 베푸는 순간, 개미 한 마리가 허벅
지를 무는 바람에 잠에서 깨고 말았다."

상황이었는데 국사봉 근처에서 비지땀을 흘려가며 나무 한 짐을 해왔다. 그는 집으로 돌아가는 길에 고갯마루까지 가서야 잠깐 쉬기로 작정을 했다. 허기에 지친 데다 고갯길을 오르자니 그야말로 기진맥진, 겨우겨우 고갯마루에 도착하고 보니, 갑자기 배가 아프기 시작했다. 설사가 나버린 것이다. 엉겁결에 멀리 가지도 못하고 고갯마루 근처에서 급히 볼일을 보게 되었다. 그런데 바로 눈앞에 똥이 발린 이상한 포대자루가 눈에 띄었다. 호기심이 발동하여 막대를 가져다 똥을 걷어내고 보니 무언가 들어 있는 것 같았다. 급하게 볼일을 보고는 포대자루를 풀어헤쳤는데, 돈 꾸러미로 가득 차 있었다.

뜻밖의 횡재에 누가 볼까 싶어 나뭇짐을 절반으로 줄이고 돈자루를 넣고 집으로 돌아왔다. 아무에게도 알리지 않고 있다가 세월이 흘러 안심이 되자 이웃을 불러 잔치를 베풀었다. 그러나 푸짐하게 음식을 얻어먹은 이웃들은 갑돌이의 태도가 의심스럽기만 했다. 소문이 꼬리에 꼬리를 물고 퍼져 나가자 그는 하는 수 없이 자초지종을 설명하게 되었다. 사람들은 돈을 주워 횡재한 고개를 '돈고개' 또는 똥 묻은 돈자루를 주웠던 고개라 하여 '똥고개'라 불렀다 한다.

그러나 혹자는 고갯마루가 나무꾼들의 쉼터로 이곳에 이르면 누구나 볼일을 보는 바람에 일대가 지저분해서 그렇게 불렀다고도 하고, 개운동에서 보면 산이 잘록하게 들어간 중앙 부분이 항문처럼 생겼다 하여 똥고개라 불렀다고도 한다.

여기서부터 길은 여러 갈래다. 좌우측으로 난 능선길은 백두대간 상의 백학산에서 가지를 뻗어 국사봉과 똥고개를 거쳐 주산을 지나

사직단까지 연결된다. 특히 갈림길에서 고개를 넘을 경우, 항상 앞으로 내려가는 길을 택하면 길을 잃을 염려가 없다.

그 길을 따라 내려가면 민가가 나오고, 거기에서 좌측으로 난 고개를 넘어 동네 안길을 걸어 개운교에서 낙양천제방을 따라가면 연원교가 나온다. 그러면 곧 북천시민공원에 닿게 되면서 똥고개길 코스가 끝나는데, 총 거리는 9.9킬로미터에 이르고 시간은 2시간 40분가량 소요된다.

아름다운 천년고찰, 그보다 오랜 흥취
(11) 천년길

천년길은 봄이면 감꽃의 전설이, 가을에는 울긋불긋 늘어선 감나무의 정취에 취하는 길이다. 발갛게 익어가는 감나무 길을 따라 천 년의 세월을 품은 옛길을 걷다 보면 옛 흥취에 젖는다. 서보다리를 지나 남장사(南長寺), 관음선원(觀音禪院), 연수암(蓮水庵)을 거쳐 구서원 옛길을 넘어 북천시민공원으로 되돌아오는 삼사 순례길이기도 하다.

이 길은 너라골 잠수교까지 똥고개길과 중복된다. 너라골은 남장동의 자연마을인데, 천년길은 잠수교 건너 우측으로 이어진 제방길을 따라 남장동 쪽으로 걸어가야 한다. 200미터 지점에 큰 바위가 있는데, 바로 덤바우다. 바위 밑에는 서른 명 정도가 피난할 수 있는 공간이 있으며, 땅속으로 물길을 이은 관이 묻혀 있어 사시사철 땅속에서 흘러나오는 맑은 물은 이곳에 펼쳐진 수천 평의 논을 적셔주고, 북천을 가로막은 빼골보 위에는 맑디맑은 물이 가득 실려 산 그림자를 품고 있다.

덤바우의 유래는 별다른 수리시설이 없어 하늘에만 의존해 농사를 짓던 시절로 거슬러 올라간다. 당시만 해도 춘궁기에는 양식이 없어 굶는 일이 다반사였고, 초근목피로 허기를 채우는 일도 많았다. 그래서 모두들 식사를 했느냐 묻는 것이 인사였다.

남장동 자연마을인 빼골에서 대대로 농사를 짓던 바우는 얼마나 일에 열심이고 또 순진했던지, 모두들 법 없어도 살 사람이라 했다. 동네일을 자기 일처럼 앞장서서 해결하고, 불쌍한 사람을 지나치지 못했다. 당시에 비는 농사를 짓는 데 가장 중요하고 결정적인 요소였다. 비가 많이 와도 걱정, 적게 와도 걱정이니 생활에서 가장 중요한 것이 물을 확보하는 것이었다. 매년 봄이 되면 1년 농사의 준비로 논두렁을 정리하고 물을 가둬 벼를 심어야 하는데, 임자년에 들자 비가 오지 않았다. 비를 기다리며 논에 나가 보아도 뽀얗게 먼지만 일었다. 이구동성으로, 모이기만 하면 모두들 비가 와야 한다고 한목소리로 걱정하면서, 물줄기를 찾아 하천으로, 산으로, 들로 나서게 되었다. 하지만 어느 누구 하나 물줄기를 찾지 못하고 하늘을 원망할 지경에 이르렀다.

이래서는 안 되겠다고 다짐한 바우는 아침저녁으로 물을 내려 달라고 간절히 기도를 드렸는데, 100일째 되던 날 하느님도 그의 정성에 탄복한 나머지 물이 나오는 큰 바위 하나를 북천 건너 논둑에 떨궈주

천년길 풍경 봄이면 감꽃의 전설에, 가을에는 울긋불긋 늘어선 감나무의
정취에 취하는 천년길.

었다.

큰 소리에 놀란 사람들이 이상하게 여겨 가보니, 바위 밑에 빈 공간이 있는데, 거기서 물이 흘러나오고 있었다. 다들 물이 났다고 함성을 질렀고, 그 소문은 상주시까지 퍼져 고을 원님이 행차하기에 이르렀다. 북천의 서보에 있는 관계수로를 뼈골보까지 연장하여 상주 시내 앞들에 물을 보낼 수 있게 되었고, 그해 풍년이 들자 사람들은 바우가 간절히 기도를 올려 하늘이 덤으로 내려준 바위라 하여 덤바우라 불렀다.

저만치에는 자연마을과 또 다른 잠수교가 보인다. 물 건너 마을 사람들이 바깥 세상과 소통하는 유일한 통로다. 잠수교는 평상시에는 건너다니는데 문제가 없지만, 장마철에는 물이 넘치기 때문에 이맘때 천년길을 걷고 싶다면 서보다리에서 남장교까지 국도를 이용해야 한다.

평상시에는 통행이 가능하기 때문에 잠수교를 건너 남장교를 지나지 않고, 이정표를 따라 지막 민가로 향하면 된다. 여기서부터 길이 희미해지는데, 계속 하천변을 따라 걷다 보면 다리가 나온다. 다리를 건너 이정표가 있는 갈림길에서 좌측 감밭길 사이를 지나면, 남장사로 가는 아스팔트 포장길이 나오고 곧 주차장이다.

여기를 지나 솔숲이 우거진 흙길을 오르면 우리나라에서 가장 웅장하고 아름다운 남장사 일주문을 통과해 천년고찰 남장사에 다다른다. 우리나라 최초의 범패(梵唄, 석가여래의 공덕을 찬미하는 노래로, 절에서 재(齋)를 올릴 때에 부른다) 보급지다. 절 뒤로는 경북 팔경의 하나였던

남장사　천년고찰 남장사는 우리나라 최초의 범패 보급지다.

연수암　바위를 중심으로, 연꽃이 피는 모양 아래에서 샘물이 나온다고 붙여진 이름이다.

노악산이 병풍처럼 절을 감싸고 있고, 남장사에서 400미터 떨어진 관음서원은 우리나라 최고의 목각탱이 있는 곳이다.

상주 남장사는 직지사(直指寺)에서 갈라져 나온 절이며, 통일신라시대인 832년(흥덕왕 7년)에 진감국사(眞鑑國師) 혜소(慧昭)가 창건하여 장백사(長柏寺)라 하였고, 고려시대인 1186년(명종 16년)에 각원화상(覺圓和尙)이 지금의 자리에 옮겨 짓고 남장사라 이름 지었다.

남장사의 목각탱은 나무에 새긴 것으로, 불화라기보다 목조 조각품이다. 목각탱은 보광전에 있는 후불탱(後佛幀)으로 가로 236센티미터, 세로 226센티미터, 두께 10~12센티미터이고 판목 8장을 조립한 것이다. 중앙에는 결가부좌(結跏趺坐, 승려나 수행인이 좌선할 때 앉는 한 방법으로 가부좌 혹은 전가좌라고도 한다)의 아미타불이 새겨져 있는데, 극락에서 미타불이 법회하는 광경을 묘사한 것이라 한다.

관음서원을 빠져나와 임도를 거슬러 오르면 노악산과 중궁암으로 올라가는 등산로가 보이고, 임도를 거슬러 내려가면 연수암이다. 자전거를 타고 갈 경우 페달을 밟지 않아도 될 만큼 경사진 구간이다.

연수암을 들러 내려오면 또 다른 이정표가 나온다. 자전거를 타고 나섰다면 아스팔트 포장길을 따라가야 하지만, 도보로 간다면 우측으로 이어진 길로 접어들어서 농로와 논둑길을 따라 걷는 길을 추천한다. 사치미지제방에서 좌측으로 올라가면 민가가 보이고, 산 쪽으로 이어진 고개를 넘으면 작은 물웅덩이가 나온다. 그 앞을 지나면 구서원마을이다. 마을 안길을 이용하여 산모퉁이 오막살이 식당 앞 간이 정류장에서 다리를 건너지 않고 다시 논둑길을 지나 연원천에서 북천

관음서원　남장사에서 400미터 떨어진 관음서원은 우리나라 최고의 목각탱이 있는 곳이다.

이 만나는 지점까지 가면 철다리와 연원교에 도착하는데, 처음 왔던 길로 되돌아가면 북천시민공원이다. 16킬로미터에 달하고 4시간 가까이 걸리는 긴 길이다.

길섶마다 골짜기마다 깃든 민초의 삶
(12) 자산산성길

상주 민초들의 애환이 길섶과 골짜기마다 묻어나는 자산산성길의 출발점은 북천시민공원이다. 북천은 백두대간의 백학산과 윤지미산에서 발원한 것으로, 이 두 개의 물길이 갈방의 작은 비루에서 합쳐져 바랑골과 능바우를 거쳐 남장동을 지나 영빈관 주변에 둔치가 형성된 곳에 닿는데, 이곳을 정비하여 만든 것이 북천시민공원이다. 공원은 북천교와 후천교 사이에 조성되어 시민들이 즐겨 찾는 휴식처이자, 시내에 자리한 MRF 출발점이 된다.

자산산성길은 북천의 징검다리를 건너면서 시작되고, 벚나무 숲길이나 둔치를 이용해 제방을 따라가면 이정표가 있는 연원교 갈림길에 닿는다. 남장 방향의 똥고개길과 천년길, 그리고 연원 방향으로 이어지는 자산산성길과 너추리길이 갈라지는 곳이다.

자산산성길은 앞쪽으로 이어진 흙길 제방을 따라가면 된다. 몇 걸음을 옮기면 이색적인 철다리가 반겨준다. 우측은 집들이 옹기종기 모여 이름 지어진 징담마을이다. 이어지는 연원천제방을 따라 오르면

물길이 만나는 곳 백두대간의 백학산과 윤지미산에서 발원한 두 개의 물길이 갈방의
작은 비루에서 합쳐져 바랑골과 능바우를 거쳐 남장동을 지나
영빈관 주변, 둔치가 형성된 곳에 닿는다.

시멘트 포장길이 끝나면서, 우측 냇가 옆으로 작은 농로가 나온다. 곧 이어 산모퉁이 오막살이 식당이 있는 구서원마을 입구다. 여기서 아스팔트 포장도로를 약 250미터 정도 가면 자산산성길과 너추리길이 갈라지는 자산갈림길 MTB 도로다.

이 도로를 따라 시멘트 포장길과 산길을 거슬러 오르면 천봉산 등산로와 만나게 되고, 그곳에서 갈림길 저만치에 서 있는 이정표를 따라 자산으로 가면 체육시설이 있는 쉼터인 자산산성터와 맞닿아 있다. 시멘트 포장길은 도로와 연결되어 있어서 차량을 이용해 이곳까지 오를 수도 있다.

이 길을 따라 내려가면 500년 이상 묵은 돌배나무가 한 그루 서 있는데, 왼편으로 나 있는 흙길을 따라 오르면 남바위 가는 길과 천봉산 가는 길을 차례로 만나게 된다. 바위는 등산로에서는 잘 보이지 않는데, 좌측 길가에 있는 산소 뒤편에 숨어 있어서 부러 찾아가야 볼 수 있다. 달여 먹으면 아들을 낳는다는 속설 때문인지 여기저기 사람들 손길이 닿은 흔적이 뚜렷하다.

사실 남바위에는 애달픈 사랑 이야기가 내려온다. 전설에 의하면 하늘에는 북두칠성이 있고, 그 중심에 북극성이 있다. 북두칠성에 일곱 개의 왕국이 있는데 그중의 하나가 천봉왕국이었다. 왕국 사람들과 백성들 모두가 풍요로운 삶을 누리고 있었다. 왕자 중에는 '자산'이라는 아이가 있었는데, 다른 왕자들과 달리 유난히 호기심이 많고, 일단 호기심이 발동하면 수단과 방법을 가리지 않았다. 천체를 관찰하는 것이 그의 취미였는데, 하루는 유난히 아름다운 별을 발견하게 되었고, 그 별에 가고 싶은 마음에 밤마다 꿈을 꾸었다.

"이 별은 지구입니다. 지구에도 하늘의 봉우리가 있고, 왕자님의 이름과 같은 자산이 있는 천봉산입니다. 꼭 오십시오!" 하며 밤마다 불러대는 기괴한 꿈을 꾸자 왕자는 도저히 참을 수가 없어 지구로 보내줄 것을 간청했다. 왕은 진노하며 안 된다고 말렸지만 왕자의 호기심을 누를 길이 없자, 왕은 지구에 내려가면 화를 당할 수도 있다며 그래도 가겠다면 반드시 약속을 지켜줄 것을 당부했다.

양식은 돌배만 먹되 그것을 그 어느 누구에게도 주지 말 것이며, 지구에 사는 여인을 흠모해서는 안 된다는 것이 그 당부였다. 왕자는 조건이 그다지 까다롭지 않다고 생각하며 당장에 조건을 수락하고 승낙을 받아, 돌배나무 한 그루를 가지고 내려와 천봉산 기슭에서 꿈같은 세월을 보내게 되었다.

그러던 어느 봄날, 산으로 올라온 어여쁜 아가씨에게 반해 정이 들었고, 돌배를 나눠 먹으며 사랑에 빠지고 말았다. 왕자가 자꾸 꿈에 나타나는 걸 이상히 여긴 왕이 하루는 왕자가 어떻게 지내는지를 살펴보았더니 왕자가 약속을 어기고 아가씨와 사랑에 빠져 돌배를 나눠 먹고 있었다. 화가 난 나머지 돌배나무는 더 이상 열매가 열리지 못하게 하고, 왕자를 천봉산 기슭 남바위로 만들고도 모자라, 그 앞을 바위로 가로막아 멀리서는 보이지도 않게 만들어버렸다. 그리고 그 아가씨는 돌배나무 가지를 꺾어 만든 배에 태워 낙상동 뒷산에 좌초시켰다가 훗날 여바위로 만들어 서로 마주보게 했다는 것이다. 공교롭게도 천봉산 남바위에서는 낙상동의 여바위를 볼 수 있지만, 낙상동의 여바위에서는 남바위를 볼 수 없다.

한동안 아들을 낳지 못하는 사람들이 남바위를 깨서 달여 먹으면 아들을 낳을 수 있다는 소문이 퍼져 아낙네들의 발길이 이어졌다. 저마다 바위를 깼던 까닭에 형체가 많이 훼손되기도 했다. 하지만 돌배나무의 열매가 맺지 않는 것처럼 바위에 효험이 없다는 것을 알고는 누구 하나 손대는 사람이 없어 지금은 풀숲에 가려져 있고, 낙상동 여바위도 건드리면 동네 여자들이 바람난다 하여 어디에 있는지를 아는 사람 없이 이야기만 무성할 뿐이다.

신령스러운 기운과 남매상의 전설
(13) 너추리길

예전에는 장마가 지면 유일한 이동 통로인 다리가 잠겨버렸기에 사람들의 생활은 많은 제약을 받았다. 이 다리가 바로 북천에서 제일 먼저 만들어진 영빈관 다리다. 연원동 사람들도 이 다리를 이용해 천봉산 고개를 넘나들었다. 다리가 없으면 길이 끊겼던 만큼, 다리가 중요했던 시절이었다.

너추리길의 출발점 역시 북천시민공원이다. 고수부지를 따라 제방을 이용하여 연원교까지 가야 한다. 여기서 다시 연원천 철다리를 건너 산모퉁이 오막살이 식당 앞을 거쳐 자산산성 갈림길에서 아스팔트 포장도로를 타고 가다가, 연원 양수장에서 우측 마을 안길로 접어들

북천시민공원 똥고개길과 자산산성길, 너추리길의 출발점은 모두 북천시민공원이다.

어 골짜기를 통해 천봉산을 넘는다.

동네 사람이라면 누구나 한 번쯤 넘어 다녔던 천봉산 영암각 고갯길, 연원동의 자연마을인 안양마을에서 만산동의 안너추리마을로 연결되는 산길이다. 너추리의 지명은 마을 뒤 천봉산이 넌출(길게 뻗어 나가 늘어진 식물의 줄기)처럼 생겼다고 혹은 산에 다래와 칡이 많이 엉켜 있다고 해서 넌출이라 불렀는데, 세월이 흐르면서 '넌출'이 '너출'로, '너출'이 다시 '너추리'로 바뀌었다.

고갯마루에 임란북천전적지(상주시 만산동에 있는 임진왜란 전적지)에서 천봉산으로 연결되는 등산로가 있어 시민들이 즐겨 찾는다. 고갯마루를 넘어서 내려가면 성황사와 영암각을 만난다. 성황사는 남매상을 모시고 있으며, 계룡산 갑사의 남매탑 전설과 같은 맥락의 이야기가 이곳에도 전해진다. 영암각 안에는 커다란 바위를 모시고 있는데 이 바위에 영암각이라는 집을 지어준 이야기는 무척 흥미롭다.

영암각 위쪽으로는 우리나라에서 내림굿을 받는 장소로 세 손가락 안에 꼽힌다는 국사 남매 성황당이 있다.

앞서 언급한 천봉산은 상주의 안산(案山, 풍수지리에서 집터나 묏자리의 맞은편에 있는 산)이자 진산(鎭山)이다. 만산, 연원, 부원, 남적, 봉강 등 여섯 곳의 자연마을을 품고 있다. 고을의 제사를 모셨던 성황사를 비롯해 민간신앙의 장소로 예부터 널리 상주 사람들 속에 살아 숨 쉬고 있는 신성한 산이기도 하다. 천봉산은 태백산, 계룡산과 더불어 무속인들에게도 신령스러운 기운이 있는 산으로 여겨지며, 성황당, 성황사, 영암각이 위치한 곳은 그 산기운이 태백산, 계룡산과도 연결되어 있다고 믿는다.

성황사 남매상에도 전설이 있다. 천봉산 밑에 김씨 성을 가진 사람이 착하고 심성이 곱지만 혼기를 넘긴 딸과 살고 있었다 한다. 그러던 어느 날 천봉산에 호랑이가 있다는 소문이 퍼졌다. 그런 차에 김씨의 딸이 겨울이 되어 산에 땔감을 하러 갔다가 그만 발을 헛디뎌 미끄러지고 말았다. 처음에야 대수롭지 않게 생각했지만, 금세 어둠이 깔렸고 때마침 커다란 뭔가가 눈앞에 어른거리고 있었다. 작대를 휘둘러도 아랑곳 않고 계속 주위를 맴돌다 갑자기 들이닥치니 바로 호랑이였다. 기절했다 깨어나 보니 깊은 산속 암자 앞이었다. 아무리 생각해봐도 모르겠고, 기억나는 것은 호랑이가 덮치던 장면뿐이었다. 몸이 아파 신음하고 있는 차에 방문이 열리고 스님이 나왔다. 다시 눈을 떠보니 법당 안이었고, 스님의 간호로 살아 있음을 확인하고는 자초지종을 설명했다. 상주 천봉산 안너추리마을에 사는 김씨 성을 가진 이쁜이인데, 이 먼 곳 계룡산까지 오게 된 연유를 모르겠다 했다. 대사가 생각해 보니, 몇 해 전 목에 걸린 인골을 뽑아준 호랑이가 있었는데, 그 은혜를 갚기 위해 처녀 하나를 물어왔다는 것을 알게 되었다.

하지만 스님은 오로지 불교 공부에만 열중할 뿐이었고, 간호를 받으며 흠모의 정이 든 이쁜이는 스님을 잊을 수가 없었다. 봄이 되자 스님은 처자를 데리고 상주 천봉산으로 가서 그동안의 일을 김씨에게 이야기했고, 처녀와 헤어져 돌아오기 위해 여러 날을 고심했다. 처자의 간곡한 애원과 부탁으로 의남매의 연을 맺고 함께 계룡산으로 돌아와 사찰을 새로 짓고, 암자를 따로 마련해 평생토록 남매의 정으로

임란북천전적지

지내며 불교 정진에 힘썼다 한다. 바로 그 승려가 입적한 뒤에 사리탑
을 세운 것이 계룡산 갑사의 남매탑이고, 이것이 천봉산 밑에 성황사
를 짓고 남매상을 모시게 된 사연이라 한다.

　이곳 천봉산에서는 상주 시내가 한눈에 보인다. 정상까지 오르는 길은 좁은 데다, 꼬불꼬불한 마을길을 따라 미로를 통과하듯 찾아와야 하지만, 내려가는 데는 큰 문제가 없다. 무조건 길을 찾아 내려가기만 하면 마을 진입로인 6차선 도로를 만나기 때문이다. 도로를 건넌 후 농로길을 따라가면 북천시민공원이다. 너추리길은 7.4킬로미터의 구간으로 2시간가량 소요된다.

상주 경천대 정기룡 장군의 전설은 꽤나 유명하다. 경천대가 워낙 빼어난 절경을 자랑하기 때문이다. 하지만 소금길 덩거매마을의 거북 이야기, 수회동의 할머니 이야기와 똥고개 이야기는 현지 주민들 사이에서만 들을 수 있는 숨은 보석 같은 이야기다. 이처럼 상주 MRF 13코스를 따라가다 보면, 마치 그동안 꽁꽁 숨겨둔 내밀한 이야기를 소곤소곤 들려주는 것만 같다. 사람 사이에도 친분이 두터울수록 사정을 속속들이 안다. 낙동강 주변의 길에 관한, 마을에 관한 크고 작은 이야기들을 속속들이 알고 있다는 것은, 그만큼 우리가 낙동강에 큰 관심을 갖고, 귀 기울이고 있다는 뜻이고, 강과 우리가 친밀함을 나누고 있다는 뜻이기도 하다.

낙동강변에
터를 잡고…
낙 동 강 과   사 람 들

　마지막 단락에서는 낙동강변에 터를 잡고 살아온 사람들의 이야기
를 다루고자 한다. 이런저런 기회를 통해 방문했던 마을 가운데, 인상
적인 지역을 추렸다. 오랜 역사와 문화를 간직한 마을에 관한 것으로,
한편으로는 낙동강과 인연을 맺고 살아온 사람들의 면면을 담은 이야
기이기도 하다.

(1) 봉화 유곡리 닭실마을

　닭실마을은 안동 하회마을, 안동 내앞마을, 경주 양동마을과 함께
영남 4대 길지로 꼽힌다. 네 마을 가운데 유일하게 지난 1963년 사적
및 명승 제3호로 지적되기도 했다. 금닭이 알을 품고 있는 형상을 금
계포란형(金鷄抱卵形)이라 일컫는데, 닭실마을의 지형이 꼭 이와 같
다. 마을 지명 역시 풍수지리설에 근거한 것인데, 마을은 소박하면서
도 어미 닭이 새끼 병아리를 품은 듯한 포근한 인상이다. 마을 곳곳에

닭실마을 닭실마을은 안동 하회마을, 안동 내앞마을, 경주 양동마을과 함께 영남 4대 길지로
꼽힌다. 금닭이 알을 품고 있는 형상, 즉 금계포란형의 지형을 보인다.

청암수석 편액 조선 중기 미수 허목이 남겼다는 편액이다.

닭을 형상화한 가로등이 세워져 있는데, 금방이라도 날갯짓을 하며 마을 한복판을 푸드득푸드득 날아다닐 듯 싶다.

안동권씨 집성촌인 닭실마을은 낙동강의 지류인 내성천 상류 봉화군 봉화읍 유곡 1리에 자리 잡고 있으며, 조선 중종 때의 문신이자 학자였던 충재(冲齋) 권벌(權橃, 1478~1548)의 종택이 자리한 동족마을이다. 안동 출신의 충재 권벌은 조선 중종 때 문과에 급제하여 관직에 재직하던 당시 신진사림과 훈구 세력 간의 충돌을 중재하는 과정에서 기묘사화(己卯士禍, 조선 중종 14년인 1519년에 남곤, 심정, 홍경주 등의 훈구파가 성리학에 바탕을 둔 이상 정치를 주장하던 조광조, 김정 등의 신진 세력을 죽이거나 귀양보낸 사화)에 휘말려 파직되었다가 복직했고, 그 이후에는 소윤 일파의 부정한 전횡을 비판하고 피해를 입은 대신들을 구명하는 일에 앞장섰다가 결국 을사사화(乙巳士禍, 조선 명종 즉위년 인 1545년에 인종이 죽자 새로 즉위한 명종의 외숙인 소윤 일파가 인종의 외숙인 윤임 일파를 몰아내는 과정에서 발생한 사화)의 화를 입었다. 두 차례의 사화를 겪은 충재는 결국 귀양길에 올랐고 유배지인 평안도 삭주에서 죽음을 맞이했다. 그 후 충재 권벌은 나라에 큰 공을 세우거나 은덕이 인정되는 자에 한해 신주를 사당에 모셔 제사를 지낼 수 있도록 허락된 신위인 불천위(不遷位)로 모셔졌다.

마을에 세워진 충재선생박물관에는 유물인 보물 제261호 충재일기(冲齋日記), 보물 제262호 근사록(近思錄), 보물 제896호 충재권벌종손가소장전적, 보물 제901호 충재권벌종손가소장고문서, 보물 제902호 충재권벌종손가소장유묵 등 보물 483점이 보관되어 있다. 보물로 지정된 유물 외에도 종가와 마을에 전해오던 문방구류, 전적, 서화 등 각종 유물이 전시되어 있는 공간으로 마을은 물론 조선시대의 정치, 사회, 경제, 문화를 연구하는 데 중요한 자료로 평가되고 있다. 1995년에 개관한 충재선생유물관은 2007년 현대식 박물관 시스템을 갖춰 충재선생박물관으로 재건립되었다.

종택의 오른쪽에는 거북을 닮은 넓적한 너럭바위 위에 세워진 청암정(靑巖亭)이 있다. 손꼽히는 정자의 하나인 청암정은 원래 온돌방으로 지어졌다고 한다. 그런데 겨울에 군불을 지필 때마다 바위에서 기괴한 울음소리가 들렸다. 어느 날 청암정을 지나던 노승이 바위를 보

청암정 : 청암정은 원래 운동동 이어정으니 물웅 지림 메마니 기괴한 울음소리가
들렸다 지나던 노승이 바위를 보고는 거목이 등에서 불을 때니 거북이가
괴로워 우는 것이라 하며 마루청 대로 고치라 일렀다 한다.

고는 거북이 등에서 불을 때니 거북이가 괴로워 우는 것이라며 마루 형태로 개조하라 일렀다 한다. 이후 아궁이와 온돌을 없애 지금의 모습이 되었다는 전설이 내려온다.

청암정 주위로 인공 연못이 조성되어 있는데, 물 가운데 떠 있는 정자가 마치 넙죽 엎드린 한 마리 거북 같다. 청암정에 앉아 느릿한 거북처럼 기웃거려 보자니, 조선 중기 미수(眉叟) 허목(許穆, 1595~1682)이 남겼다는 '청암수석'이라 새겨진 편액, 정자를 오가기 위해 건너야 하는 연못 돌다리, 정자에 햇빛이 스며들 틈을 주지 않으려는 듯 빼곡하고 울창한 나무와 숲, 정자와 마주본 곳에 덩그러니 세워진 낡은 서재가 차례로 눈에 들어온다. 울창한 송림과 기암괴석이 조화를 이루는 가운데 마을 앞 석천계곡의 바람이 더해지니, 옛 선비의 풍류를 알 것도 같다.

닭실마을에는 청암정과 더불어 정자의 백미를 자랑하는 석천정사(石泉精舍)가 수려한 자연과 어우러져 있다. 석천정사 앞으로는 태백산에서 발원하여 응방산과 옥적봉을 지나 유곡리를 흐르는 계곡물이, 뒤로는 울창한 송림이 그늘을 만들어 정자를 한껏 부각시키고 있다.

권벌 충재의 맏아들이자 조선 중기의 문신이었던 권동보는 부친의 억울한 죽음으로 인해 관직을 버렸다. 20여 년이 지나서야 아버지의 무죄가 밝혀져 복관되었지만 관직을 사양하고 귀향하여 석천정사를 짓고 자연을 벗 삼아 남은 여생을 보냈다.

오늘날 닭실마을은 전통 한과로도 유명세를 떨치고 있다. 닭실마을에서 조상들의 제사를 지낼 때 만들던 제수용품이었는데, 맛이 뛰어

석천정사 앞으로는 태백산에서 발원하여 웅방산과 옥적봉을 지나 유곡리를 흐르
는 계곡물이, 뒤로는 울창한 송림이 그늘을 만들어 정자를 한껏 부각시
키고 있다.

나서 닭실마을의 특이한 지명이나 내력보다는 한과마을로 먼저 접하게 되는 경우도 더러 있다고 한다. 마을의 역사를 함께한 500년 전통의 한과이니 역사를 알고 먹으면 그 맛이 배가 된다.

마을 들머리에서 닭실한과라 적힌 나무 간판을 따라 들어간 곳에는 소박함이 묻어나는 기와집 한 채가 마을을 찾은 손님들의 발걸음을 재촉한다. 부녀회관이라는 이곳에서 유명한 닭실한과가 만들어진다고 한다. 누렇게 변한 창호지 바른 문이 열려 있어 들여다보니, 아낙네들이 뜨거운 기름이 담긴 팬을 사이사이에 놓고, 기름과 꿀, 고소한 고물 향이 어우러진 방에 둘러앉아 정성스럽게 한과를 만들고 있다. 일하기 불편할 법도 한데 군이 한과처럼 빛 고운 한복을 차려입은 이도 있다. 한과의 깊은 맛을 내려면 한복을 입고 제대로 임해야 한다는 고집이라고.

찹쌀을 빻아 뜨거운 불에 쪄낸 후 홍두깨로 밀어 넓적한 떡살을 만든 다음, 온돌방의 따끈한 바닥에 말린다. 그 후 기름에 넣고 튀긴 후 조청을 바르고 고물을 묻히거나 밀가루를 꿀과 기름으로 반죽한 후 기름에 지져내는 손길들이 분주하다. 장마철을 제외하고는 축하연이나 의례상 차림용, 손님용으로 주문이 밀려들어 항상 바쁘다고 한다. 한과를 만드는 아낙네들의 연령층은 50대부터 70대까지 다양하다. 내내 방바닥에 앉아 같은 동작을 반복해야 하는 작업이기에 지칠 법도 한데, 오히려 보는 이들의 걱정이 무색할 만큼 밝다. 간간히 웃음소리가 방을 한가득 메운다. 어제에 이어 오늘도 지치는 법 없이 구수한 입담이 이어진다. 닭실마을의 한과가 특유의 감칠맛을 자랑하는 이유는 아낙네들의 이 같은 정성과 오붓함, 유쾌함 때문일까.

(2) 안동댐 속으로 가라앉은 마을

물은 사람들을 불러 모으기도 하고, 때로는 뿔뿔이 흩어지게도 만든다. 성무동에서부터 와룡면 중가구동까지 이어지는 안동댐의 건설로 인해 안동시와 안동군에 오랜 세월 터전을 일구고 옹기종기 모여 살던 주민들이 흩어지게 되었고, 마을은 물에 잠겼다. 그곳에 산재되어 있던 소중한 문화유적과 문화유산도 예외는 아니었다.

고향을 잃어야만 했던 이주민은 임야 평당 5~6원, 논 2000원, 밭 600원 정도의 보상을 받기는 했지만, 턱없이 부족한 보상금으로 인해 영세민이 속출하는 사태가 빚어지기도 했다.[37] 수몰민 1세대라 불리는 안동댐 수몰 이주민들은 오랜 시간이 흐른 지금도 당시의 일을 떠올리기 꺼려한다. 수몰민들은 안동댐과 안동 인근을 찾아온 관광객과 낚시꾼들을 상대로 장사를 하거나, 인근 지역에서 구한 품삯일로 생계를 이어갔다. 고향을 잃은 수몰민들은 돌아갈 수 없기에 더욱 간절한 고향의 기억을 더듬으며 향수에 빠져들곤 한다. 그들에게 안동댐은 상처이자 아픔으로 기억되고 있는 것이다.

몇 해 전 동트는 새벽에 안동댐 근처를 지나게 되었는데, 수면 위로 물안개가 뿌연 막을 흩뜨려 놓았던 광경이 떠오른다. 하늘도, 강도 청자의 빛깔처럼 푸르지만 어둠의 빛이 묻어나는 시간이었다. 하늘과

안동호

안동댐의 건설로 오랜 세월 터전을 일구고 옹기종기
모여 살던 주민들이 흩어지게 되었고, 마을은 물에
잠겼다.

땅의 경계가 모호했다. 안개가 구름이었고, 구름이 안개인 듯했다. 몽환의 강을 바라보고 있으니 강 밑에 고향을 묻어버린, 수많은 사람들의 희생이 떠올라 가슴 한 편이 뻐근해졌다.

고향을 잃은 사람들은 여전히 낙동강을 벗어나지 못했다. 핏줄을 끊을 수 없듯이, 낙동강 사람들에게는 낙동강이 핏줄이나 마찬가지다. 그들 중에는 다른 마을에 금세 정착한 수몰민이 있는가 하면, 어디에도 정착하지 못하고 떠돌던 이들도 있었다. 그러나 세월이 지나면서 그들의 한숨도 잊혀갔다.

다목적 댐인 안동댐은 홍수 피해를 줄이고, 구미·포항·울산·부산·대구·마산 등 공업단지에 공업용수를 제공하며, 시민들에게 안정적으로 생활용수를 공급하기 위한 목적으로 1976년 준공되었다. 다수의 편의를 위해 안동 사람들이 희생될 수밖에 없었다. 다른 대안을 선택할 수 있는 상황이 아니었다. 그래서 그들은 짐을 꾸렸다. 수십 년 동안 살아온 정든 집을 떠나야 했다. 짊어진 짐보다 더 크고 무거운 앞날에 대한 불안감을 이고 지고 어디로든 옮겨야만 했다.

1894년 갑오의병(甲午義兵, 일제의 경복궁 침탈을 계기로 안동지역에서 일어난 의병)의 발상지였던 안동은 독립운동의 성지로 불리면서 많은 독립운동가를 배출한 지역이다. 그중에서도 안동시 도산면 토계리의 하계마을은 3대에 걸쳐 25명의 독립운동가를 배출했지만, 안타깝게도 안동댐 건설로 수몰된 곳이다. 그런 탓에 독립운동가들의 뜨거운 함성도 함께 묻히고 말았다. 2004년 하계마을 옛터에 세워진 하계마

하계마을 독립운동　안동시 도산면 토계리 하계마을은 3대에 걸쳐 25명의 독립운동가를
기적비　　　　　　배출했지만, 안타깝게도 안동댐 건설로 수몰되었다.

향산고택 경상북도 민속자료로 지정된 향산의 고택은 안동댐 건설 당시 도산면
토계리에서 현재 위치인 안동시 안막동으로 이건되었다.

을 독립운동기적비가 하계마을의 흔적을 되살려줄 뿐이다.

3대에 걸쳐 헌신했던 향산(響山) 이만도(李晩燾, 1842~1910)의 가문은 하계마을의 대표적인 독립운동가 집안이다. 또한 이곳에는 퇴계 이황 선생의 손자인 동암(東巖) 이영도(李詠道, 1559~1637)의 후손들이 삶의 터전을 이루며 살았고, 마을 이름도 진성이씨 하계파에서 유래한 것이다. 이처럼 마을을 지키던 독립운동가의 후손들 역시 안동댐 건설로 대부분 도시로 떠났다고 한다.

1973년 경상북도 민속자료로 지정된 향산의 고택은 안동댐 건설 당시 도산면 토계리에서 현재 위치인 안동시 안막동으로 이건되었다. 이때 이건된 고택으로 수졸당(守拙堂)도 있다. '하계종택' 또는 '동암 종택'이라고도 불리는 수졸당은 이영도가 분가할 때 지어졌으며, 동암의 장자 수졸당(守拙堂) 이기(李技)의 호를 당호로 사용하여 수졸당으로 명명되었다.

경주 양동마을의 수졸당과 이름이 같다. 경주의 수졸당 역시 중요 민속자료로 지정되어 있는데, 이는 1620년 광해군 때 회재(晦齋) 이언적(李彦迪)의 후손 이의잠(李宜潛)이 건립한 것으로, 수졸당은 이의잠의 호이기도 하다.

동암 이영도는 영특하고 포용력이 있어 '대현의 후예답다'는 칭찬을 들었으며, 퇴계로부터는 '나를 계적(繼蹟)할 자는 반드시 이 아이'라는 말을 듣기도 했다. 형이 일찍 죽어 퇴계의 후사 문제가 불거졌을 때 동암은 '형이 죽으면 동생이 잇는다'는 이른바 '형망제급'의 관행을 거부하고 큰집을 지키고자 했다. 동암은 홀로된 형수를 돌보며 자

군자의 마을 오천리 · 안동 군자마을로 알려진 예안면 오천리는 광산김씨 예안파가
칠백여 년간 살아온 유서 깊은 마을이다.

신의 둘째 아들을 성장시켜 혼인과 동시에 큰집으로 보내 퇴계 종가를 보전했다.

또한 그는 전란 중 여러 고을의 지방관으로 나가 전재민(戰災民)을 구호하고 군량미를 조달하여 명관으로 이름을 떨쳤으며, 사후 선무원종 공신에 추록되고 가선대부 이조참판에 추종되었으며 불천위로 모셔지고 있다. 재사(齋舍, 조선시대에 성균관, 사학, 향교 등에서 유생들의 기숙사로 쓰던 건물)는 동암의 사후(18세기)에 지어졌으며 지금은 동암의 묘사(廟祠, 성인의 신위를 모신 사당)를 위한 건물로 사용되고 있다. 수졸당은 1975년 안동댐 완공으로 인하여 현재 위치로 이건되었으며 재사와 함께 2003년 8월 지방문화재로 지정되었다.

농암(聾巖) 이현보(李賢輔)의 종택인 농암종택 역시 안동댐 건설과 함께 이건된 고택이다. 분강촌 혹은 분천동으로 불리던 곳에 있었는데, 수려한 풍광을 품은 농암종택의 터 역시 물에 잠길 수밖에 없었다. 실향의 상처를 겪고 실의에 빠져 있던 후손들이 몰각되었던 유물과 유적을 되찾기 위해 고군분투한 결과 도산면 가송리에 종택의 옛 모습을 최대한 살려 복원할 수 있었다. 아름다울 가(佳)에 소나무 송(松)을 이름으로 쓰는 가송리에 새로 터를 잡은 농암종택은 은은하게 퍼지는 소나무 향과 함께 방문객을 맞이하고 있다.

한편 안동 군자마을로 널리 알려진 예안면 오천리는 광산김씨 예안파가 뿌리내려 사는 마을이다. 광산김씨는 원래 전라도 광산의 토성(土姓, 지방에 토착하고 있던 씨족집단의 성씨에 대한 총칭)으로 고려 후기

오천리 탁청정 한집안 식구가 다 착하기가 어려운 법인데 오천리 사람들 모두가 군자 아닌 사람이 없어 군자리로 일컫게 되었다는 이야기가 전해진다. 사진 은 중요 민속자료인 탁청정.

신성현 객사 중요한 손님을 맞이하기 위해 지었던 신성현 객사. 지금은 안동민속박물관
야외박물관에 보존되어 있다.

중앙 관계에 진출하면서 명문으로 발돋움했다. 그중 한 파가 경상도
안동으로 옮겨 와 풍천의 구담(九潭), 와룡의 가구(佳邱), 예안의 오천
(烏川) 등지에 세거하였다. 입향조는 농수(聾叟) 김효로(金孝盧,
1454~1534)로 연산군 때 세상이 어지러워지자 오천으로 옮겨 왔다고
한다. 아들 김연(金緣, 1487~1544)과 김유(金綏, 1491~1555)가 중종 때
명신으로 이름을 얻었고, 그 자손들이 번창하여 가문의 이름을 높이
면서 영남 사림의 일가를 이루게 되었다.

　오천리를 군자리라 일컫는 까닭은 이와 같다. 한강(寒岡) 정구(鄭逑,
1543~1620)가 안동대도호부사로 있을 때 오천을 방문한 다음, 한집안

식구로서도 다 착하기가 어려운 법인데 오천리 사람들 모두가 군자 아닌 사람이 없다며 감탄해 군자리로 일컫게 되었다는 것이다. 특히 학문과 인품이 뛰어난 오천 출신 일곱 사람의 인재를 '오천칠군자'라 불렀는데 후조당(後彫堂) 김부필(金富弼, 1516~1577), 읍청정(揖淸亭) 김부의(金富儀, 1525~1582), 산남(山南) 김부인(金富仁, 1512~1584), 양정당(養正堂) 김부신(金富信, 1523~1566), 설월당(雪月堂) 김부륜(金富倫, 1531~1598), 일휴당(日休堂) 금응협(琴應夾, 1526~1586), 면진재(勉進齋) 금응훈(琴應壎, 1540~1616)이다.

인재만큼 소중한 유물과 유적이 군자마을의 가치를 높이고 있는데, 고려 후기부터 조선시대까지 정치, 경제, 문화, 사회상을 두루 기록한 보물 제1018호 고문서(광산김씨 예안파 종가가 소장)는 물론이고, 김유가 지은 정자 탁청정(濯淸亭) 또한 중요 민속자료로 지정되어 있다. 희귀한 전적류가 대거 발견된 별당 건물 후조당(後彫堂), 탁청정 김유의 종가, 김효로와 그의 증손자 김해를 모신 광산김씨 재사 및 사당, 김광계(金光繼, 1580~1646)가 세운 침락정(沈洛亭) 등이 안동 군자마을의 역사를 보여준다. 안동댐 건설로 마을 일대가 수몰 위기에 처하자 종택과 누정(樓亭, 누각과 정자) 등을 도산서원에 인접한 와룡면으로 옮겨 원형대로 복원했다.

안동시 태화동에 위치한 안동민속박물관 야외박물관에는 안동댐 건설로 수몰 위기에 처했던 문화재, 주거 공간 등이 이건되어 보존되고 있다. 특히 서민들이 살았던 초가집은 물론, 양반들이 살았던 고택

안동 석빙고 석빙고는 예안 현감이 낙동강에서 은어를 잡아 임금에게 진상하기 전까지
저장해두기 위해 지었다고 한다.

까지 다양한 집들이 전시되어 있다.

중요한 손님을 맞이하기 위해 지었던 신성현 객사, 건물의 평면이 마치 베틀의 실감는 기구인 '도토마리' 형태라 하여 이름 붙여진 초가도토마리집, 안동시 와룡면 가류리에 있던 박운숙 초가겹집, 지붕 용마루의 양쪽에 공기순환을 목적으로 낸 둥근 구멍이 마치 까치둥지의 모습과 닮았다는 까치구멍집, 조선시대 진성이씨 세거지였던 도산면 의촌리의 가옥인 이필구 와가 등이 있으며, 이 외에도 돌담집, 통나무집 등이 안동댐 건설로 수몰된 주거문화를 보여주고 있다. 도산면 원촌리에 있던 이육사의 생가 역시 이곳으로 이건되었다.

석빙고는 예안 현감이 낙동강에서 은어를 잡아 임금에게 진상하기 전까지 저장해두기 위해 지었다고 한다. 길이 12.5미터 폭 6.1미터, 높이 5.4미터로 예안면 동부리에 있었으나, 1976년 현재 위치로 옮겨졌으며 보물 제305호로 지정되었다.

박물관 인근에는 새로운 관광명소가 된 월영교가 있다. 안동댐 건설로 수몰된 월영대를 옮기며 세웠던, 낙동강을 가로지르는 국내 최장의 월영교는 바닥과 난간이 모두 목재로 만들어진 폭 3.6미터, 길이 387미터에 이르는 나무다리다. 월영교에는 이 지역에 살았던 젊은 부부의 애잔한 사랑 이야기가 서려 있다.

1998년 월령교 인근 무덤에서 원이 엄마의 편지와 머리카락으로 만든 미투리 한 켤레가 410년 만에 발견되면서 세간의 화제를 모았다. 젊은 남편 이응태가 병환이 깊어져 먼저 세상을 하직하게 되자 아내가 머리카락을 잘라 한 켤레의 미투리를 지었던 것인데, 이들의 지

월영교 "먼저 올라가서 나에게 놓아 머리 치어지도록 살다가 함께 죽자고 하셨지요……"
월영교에는 이 같은 애틋한 부부의 애절한 사랑 이야기가 서려 있다.

고지순한 사랑을 기리기 위해 다리 모양도 미투리를 본떴다. 이때 발견된 원이 엄마의 편지는 현재 안동대학교 박물관에 전시되어 있다. "당신 언제나 나에게 둘이 머리 희어지도록 살다가 함께 죽자고 하셨지요……"로 시작되는 아내의 편지에는 남편을 여의는 애절하고 절절한 마음이 그대로 실려 있어 눈물샘을 자극한다.

(3) 상주시 낙동면 낙동마을

낙동강과 이름을 같이 쓰는 유일한 마을이 있다. 상주시 낙동면 낙동마을로 '낙동'이 두 번이나 들어가는 지명이니, 이곳 사람들의 자부심은 크다. 이중환은 《택리지》에서 '이 지방에 부유한 자가 많고, 또 이름난 선비와 높은 관리가 많다. …… 낙동강은 용궁과 함창 경계에 이르러 남쪽으로 굽어드니, 낙동(洛東)이라는 말은 상주의 동쪽이라는 뜻'이라 했다. 상주는 낙동강의 지명 유래지답게 핵심적인 위치에 자리 잡고 있으며, 낙동강은 상주에서 강폭을 넓혀 비로소 강의 형태를 띤다. 강이 기지개를 켜며 힘차게 흐르기 시작하니, 하늘을 날기 위한 새의 날갯짓에 비견할 만하다.

상주시 동쪽에 위치한 낙동면은 1914년 행정구역 개편시 외동면과 장천면이 병합되면서, 낙동강의 이름을 따서 낙동면으로 개칭되었다. 구잠리, 낙동리, 내곡리, 물량리, 분황리, 비룡리, 상촌리, 성동리, 수정리, 신상리, 승곡리, 신오리, 용포리, 운평리, 유곡리, 장곡리, 화산리 등 17개의 법정리로 나눠져 있는데, 이 중 낙동리는 낙동강 지류가 흐르는 구릉성 평지에 있는 마을이다. 낙동리에는 낙동마을도 있으니 발길 닿는 곳마다 낙동강 물이 일렁이는 듯하다.

낙동면에는 원산, 강경, 포항과 더불어 조선시대 대 수산물 집산지로 꼽히던 낙동나루가 있었다. 낙동나루는 지난 1986년 상주시 낙동면과 의성군 단밀면을 연결하는 낙단교가 세워지기 전까지만 해도 강을 건너는 사람들로 북적거렸다. 낙동나루는 낙동강만큼이나 영남지방에 중요한 존재였다. 나루가 있는 곳에는 자연스럽게 장사꾼들로 문전성시를 이루었는데, 특히나 낙동나루는 크게 번성했던 곳이기 때문에 항상 시끌벅적했다. 그 자리에 지금은 낙동강 한우촌이 조성되어 있다. 안타깝게도 나루와 함께 옛 정취도 사라졌으며 장사꾼들의 땀내와 비릿한 수산물 내음 대신 고기 굽는 냄새가 마을을 찾은 관광객들의 식욕을 자극한다.

그 옛날 영남 사람들이 서울에 가거나 과거를 보러가기 위해 꼭 거쳐야 하는 중요한 길목이었던 낙동나루는 지나온 세월과 함께 낡고 늙어버렸다. 모두가 떠나 빈 공간이 되어버린 낙동나루는 이젠 흔적조차 사라지고 없다.

최근 상주시는 역사, 문화, 생태자원을 이용하여 녹색관광 거점으로 부상하기 위한 노력의 일환으로 MRF 개발과 낙동강 이야기촌 조성에 힘을 쏟고 있다. 사벌면 삼덕리에 자전거 이야기촌, 낙동리에 역사 이야기촌을 조성하고 있으며, 낙동면 장곡리 일원에 2015년까지 국립농업생명미래관을 설치할 예정이라 한다. 예부터 낙동강의 영향

상주 낙동나루 낙동강과 이름을 같이 쓰는 유일한 마을이다. 상주시 낙동면 낙동마을.
'낙동'이 두 번이나 들어가는 지명인 만큼 이곳 사람들의 자부심은 크다.

을 받아 비옥했던 평야를 자랑하던 상주는 쌀, 누에고치, 곶감의 생산량이 풍부해 삼백(三白)의 고장으로 유명하다. 삼백의 고장이 이제 녹색을 만난다고 하니 벌써부터 세간의 관심과 기대가 쏟아지고 있다. 추진 중인 사업으로 인해 낙동면에는 재정비 중인 마을이 곳곳에 눈에 띈다. 낙동강 본류에 흩어져 있는 수많은 마을 중에 낙동면은 지명만큼이나 낙동강의 역사와 긴밀한 관련을 맺고 있다. 1300리 중에 상주가, 상주의 마을 중에 낙동면이 바로 영남의 젖줄 낙동강의 두 번째 발원지인 셈이다.

(4) 구미 지산동 발갱이들소리

낙동강의 혜택을 가장 많이 받은 땅이라면 역시 구미가 아닐까 한다. 낙동강은 구미에서 1.5킬로미터까지 그 폭을 넓혀가며 구미를 가로질러 100리 길을 흐른다. 이중환은 《택리지》에서 조선 인재의 반은 영남에서 나오고, 영남 인재의 반은 일선에서 나온다고 했다. 일선은 선산의 별호인데, 선산은 1995년 행정구역이 통폐합되면서 구미시에 통합되어 선산읍으로 불리고 있다.

인재의 땅 구미는 전자산업과 화학섬유산업의 산실이자 세계적 첨단 산업단지로 성장했다. 요즘 대부분의 사람들은 구미 하면 산업단지를 떠올리겠지만, 구미는 오래전부터 사람들의 삶의 터전을 일궈온 곳으로 비옥한 땅과 풍부한 수자원이 농사에 최적의 조건이 되어주었다.

구미시 지산동 일원에서 농민들에 의해 전승되고 있는 노동요 발갱이들소리는 1999년 경상북도 무형문화재 제27호로 지정된 농요다. '발갱이들'이란 지금의 구미 지산동 일대의 비옥한 평야를 뜻하는데, 원래 고려 태조 왕건이 후백제 견훤의 아들인 신검을 잡은 곳이라 하여 발검평야로 부르다가 변형된 것으로 전해진다.

낙동강 물길을 따라 이곳 지산동을 걷다 보면 가끔 저 멀리에서 구슬픈 소리가 발길을 끌어당긴다. 흰 삼베옷을 입은 구미발갱이들소리 보존회 단원들이 정자에 둘러앉아 발갱이들소리를 구수하게 부르는 소리다. 멀리서 들었을 때에는 구슬픔이 묻어나지만, 가까이에서 들으면 농사꾼들의 힘이 느껴지고 전달력이 분명하다. 소리를 내는 이들 사이에는 눈썹에 하얀 서리가 내려앉은 노쇠한 어르신도 있다. 소리 보유자인 백남진 옹이다. 구미시 선산군 고아읍 문성리에서 태어났다는 백남진 옹은 유년 시절 농사일을 하면서 농사꾼들의 애환이 담긴 소리를 자연스럽게 습득했다고 한다. 지난 1999년 경상북도 무형문화재로 지정되면서 구미 발갱이들소리 보유자로 인정받았다. 아흔에 가까운 나이지만 그의 소리는 되레 다른 단원들에 비해 더 힘있고, 세월의 깊이가 느껴진다.

주로 농군들이 나무를 하거나 풀을 벨 때 부르던 신세타령(어사용), 보나 둑을 쌓을 때 부르는 가래질소리, 둑을 다지거나 집터를 다질 때 부르던 망깨소리, 둑에 석물을 운반할 때 부르는 목도소리, 모판에서 모를 쪄낼 때 부르는 모찌기소리, 모판에서 쪄낸 모를 논에 옮겨 심을

오늘날의 구미 지산동　요즘 사람들은 산업단지부터 떠올리겠지만, 사실 구미는 오래전부터
사람들이 삶의 터전을 일궈온 곳으로, 비옥한 땅과 풍부한 수자원이 농
사를 위한 최적의 조건이 되어주었다.

때 불렀던 모심기소리, 논을 맬 때 부르는 논매기소리, 보리 같은 곡식을 타작하면서 불렀던 타작소리, 논매기를 마치고 상머슴을 걸채에 태우고 마을로 돌아오는 길에 불렀던 치나칭칭나네, 비틀(베틀)소리, 상여소리, 달개소리 등 예부터 구미지역에 전해져 오는 영남아리랑 등 열세 마당으로 이뤄진 발갱이들소리는 농민들이 농사를 지으며 지친 몸과 마음을 위로하고, 풍년을 기원하는 간절한 마음을 담은 소리다.

신세타령(어사용)의 한 대목, "바람아 강풍아 부지마라, 동풍낙엽이 다 떨어진다, 낙엽조차 떨어지니 우리청춘 다 늙어지네, 가세 가세 어서 가세, 헌 짚신짝 지게 목발에 달아매고 점심밥도 없이"라는 구절에서는 고된 농사일에 세월 가는 줄 모른 채 살아가는 농민의 애환, 점심밥 먹을 새도 없이 바쁜 농번기의 일상이 절로 떠오른다. 구미발갱이들소리는 이 지역뿐만 아니라 농민들의 애환과 농촌의 풍경을 대변하고 있다 해도 과언이 아니다.

마을에는 1996년에 세워진 들소리 유래비가 있다. 유래비 좌측에는 들소리 10곡의 제목과 논매기소리 일부가 적혀 있고, 우측에는 들소리 보존회원 48명의 이름과 들소리 지도교수 여섯 명의 이름이 새겨져 있다. 발갱이들소리를 보존하고자 하는 보존회원들과 마을 주민들의 염원이 커서인지, 다른 비석들에 비해 유난히 하늘로 높게 솟아 있다. 비석 양옆으로는 장승이 호위하고 섰는데, 발갱이들소리를 보존하는 데 앞장서겠다는 숭고한 결의가 엿보이는 표정이다.

마을을 벗어나고도 들소리가 여전히 귓가를 맴돌았다. 그리고 구미

발갱이들소리를 부르던 보존회 회원들의 검게 그을린 얼굴과 움푹 패인 주름, 그들 사이에 잠시 머물던 시간마저도 안타깝게 느껴졌다. 연로한 그들의 모습에서 쇠퇴해가는 농촌을 보았기 때문일까, 덧없는 청춘과 인생의 무상함이 느껴져서일까. 청춘이라는 단어가 유난히 덧없게 느껴지는 하루다.

봉화 닭실마을에서부터 안동, 상주, 구미에 이르기까지 낙동강 일대에는 수없이 많은 사람들이 터를 잡고 살아왔다. 낙동강 물로 농사짓는 이도, 고기 잡는 이도 있을 것이다. 그런가 하면 댐 건설로 살던 마을이 수몰되어 고향을 잃은 사람들도 있다. 안동, 예천, 봉화 등에는 동성마을이나 집성촌이 많은데, 그런 곳에 터를 잡기 위해 이를 악물고 설움을 견딘 타성바지도 있었을 것이다. 삼강주막이 흥청대고, 낙동나루가 부산하던 시절을 기억하는 사람들도, 그 시절을 그리워하는 사람들도 있다. 또한 신작로가 뚫리고 철길이 놓이면서 사람들의 발길에서 멀어지는 쇠락의 징후들을 쓸쓸히 감내한 이들도, 강으로 다리가 가로놓이거나 터널이 뚫리면서 하루아침에 찾아온 변화에 어리둥절하던 이들도 있었을 것이다. 그중에는 왜적에 맞서 싸우고 독립운동에 투신한 조상들을 기리는 사람들도, 산업 역군으로 지내온 시절을 돌아보며 경제성장의 원동력임을 자랑스러워하는 사람들도, 우포늪의 환경 지키기에 앞장서는 사람들도 있다. 또한 가을이면 청량산 자락을, 겨울이면 철새들이 회귀하는 장관을 보기 위해 을숙도를 찾는 이들도 있을 것이다.

예천군 지보면, 마실 가는 할머니들　낙동강에 기대에 사는 이들은 수천수만이다. 모두 낙동강 물을 받아먹고, 어떤 식으로든 떼려야 뗄 수 없는 인연을 맺고 산다.

　　상류 봉화에서 안동, 예천, 상주, 구미, 김천, 밀양, 부산까지, 낙동강에 기대에 사는 이들은 수천수만이다. 이들 모두 낙동강 물을 받아먹고, 어떤 식으로든 떼려야 뗄 수 없는 인연을 맺고 산다. 낙동강을 얼마나 가깝게 여기느냐는 저마다 다를 테지만.

　　낙동강을 끼고, 그에 기대어 살아온 수많은 사람들에게 낙동강은 삶의 방식을 결정짓는 절대적인 자연환경이기도 하다. 물이 넘치거나, 물길이 달라지면, 가끔 사단도 났다. 풍부한 어장을 자랑했던 사천만의 경우에는 남강댐과 인공방수로로 민물과 짠물의 흐름이 달라지자 고기는 줄었지만, 민물과 바닷물이 뒤섞일수록 잘 사는 재첩은 끄떡없거나 되레 늘었다. 하지만 그로 인해 조도마을과 석문마을은 재첩을 두고 전쟁을 벌였고, 결국 곤양천에 말뚝을 박아 구획을 가를 때까지 다툼이 계속되었다.[38]

낙동강의 나루는 새로운 교통의 발달로 한적해졌다. 사라지는 나루가 마을의 풍경을 바꿨다. 사람들의 발길은 뜸해졌고, 새로운 밥벌이를 찾아 떠났고, 경작되는 작물도 들고나는 품목도 달라졌다. 새로운 길로 새로운 문물이 밀려 들어오자 우리는 나루에 작별을 고해야 했다.

안동댐과 임하댐이 건설되자 하류의 범람이 줄어들었다. 심청이 인당수 제물로 바쳐지듯, 안동 일대가 물에 잠기자 하류 사람들은 비로소 홍수 걱정에서 놓여났고 풍년을 맞았다. 대를 이어 살던 터전을 물속에 파묻고 떠나온 이들은 안동댐과 임하댐 물길 속으로 마음의 제를 올린다. 이처럼 변화는 낙동강에서 시작되고, 다시 낙동강으로 돌아오기도 한다.

받은 것 없이 내어주는
어머니의 강

맺음말

　낙동강에는 과거와 현재가 혼재한다. 안동의 과거는 오늘의 하회마을을 만들었다. 사실, 어느 강에서나, 어느 산에서나, 어느 시대, 어느 곳에서나 모두 마찬가지다. 시간의 연속성 때문이다. 과거를 잊어버린 현재는 없다. 아니 과거를 잊어버릴 수는 있지만, 이탈할 수는 없다. 지극히 당연한 일을 두고 혼재한다고 말하는 까닭은 두 가지다. 우선 낙동강의 급격한 변화는 근대의 산업화에서 비롯됐다. 댐 건설과 대규모 경작지 개간은 기술과 자본이 뒷받침되어야 가능했고, 근대화 이전의 낙동강에 사람의 손길이라고는 매년 홍수 때마다 떠내려가는 섶다리를 새로 놓는 일이 고작이었다. 우리가 기억하는 낙동강의 변화는 전해오는 멀고 먼 옛이야기가 아니라, 지금도 기억에 생생한 '최근의 과거'다. 안동댐이 건설되고, 우포 일대가 개간되고, 구미에 공업단지가 들어서는 일 모두, 지금 우리 손으로 한 일이다. 과거이지만, 과거가 아닌 일이다.

　또한 안동의 자부심과 같은 조선시대 유학의 정신, 선비의 정신은 지금까지 계승되고 있다. 계승되는 정도가 아니라, 그대로 생생하게

낙동강은 오랫동안 인간의 역사와 함께했고 풍요를 선사하며 절경을 선물한다.

살아 있다. 영남대로와 문경새재의 옛길도 복원되기 시작했다. 맥없이 놓쳐버린 것들을 되살리려는 노력으로 낙동강 일대는 분주하다. 이 때문에 낙동강 1300리를 따라 오르내리는 문화 답사는 시간을 이리저리 뛰어넘는다.

  깨끗한 물을 가져다 먹고, 석탄 캐고 농사짓느라, 공장에서 물건을 만드느라 더러워진 물을 되가져다 붓는다. 영남의 젖줄, 이라더니 오늘의 풍요는 낙동강에 빚진 게 많다. 빚진 것도 많은데 낙동강을 두고 다툰다. 발원지가 어디냐를 두고 설왕설래, 본류 700리 시작점이 어디냐를 두고도 의견이 분분하고, 낙동강이 받은 것 하나 없이 퍼주는 재첩을 두고도 다툰다.

  경제적 관점에서, 수자원으로서의 장점을 극대화하고 생산성을 높이자는 주장도 있는 반면에, 원시 그대로 보존하는 것을 절대 원칙으로 삼는 이도 있다. 개발하고 바꿔 보자는 사람을 편들기도, 무작정 그냥 두고 보자는 사람을 편들기도 간단치 않다. 강에 터전을 두고 목전에 생계가 달린 처지와 강에서 멀찍이 떨어진 건넛마을 입장은 분명 다른 법일 게다. 내 집에 불붙은 게 어디 옆집 불구경 같은가. 눈앞의 작은 이익에 연연한다 해도 비난할 수는 없는 일이고, 무조건 안된다고 맞서는 일을 마냥 지지하기도 어렵다. 누가 무엇이, 전적으로 옳은지 단언하기는 쉽지 않다.

  하지만 무조건 자연 그대로가 바람직한 것은 아니다. 손대지 않고, 돌보지 않고, 찾아가지 않는 '자연 그대로의 보존'은 더 이상 가능하지 않고, 어쩌면 단순한 방치에 가깝다. 버려진 것은 잊혀지기 마련이다. 가지각색의 사연과 역사를 잃어버리면, 그것의 가치를 잃어버린다. 잊혀지는 것은 존재하지 않는 것과 마찬가지다. 왜냐하면 지금 우리와 맺은 관계 자체가 상실될 수 있기 때문이다. 따라서 본래의 가치를 훼손하지 않는 선에서, 혹은 최소한의 개발을 통해 우리가 조금 더 쉽게 다가갈 수 있는 길을 터놓는 것도 하나의 좋은 보존법이 될 수 있다. 생태계를 교란시키는 외래종의 번식을 막는 것처럼 적극적인 개입이 필요한 경우도 있다. 현명하고 신중한 접근이라면, 다 함께 숙고해볼 만한 가치가 있다.

낙동강은 오랫동안 인간의 역사와 함께했고, 풍요를 선사하고, 절경을 선물한다. 낙동강에서 이어지는 길들이 숱한 이야기를 들려주는 방식으로 역사의 일부가 되듯이, 낙동강은 우리의 희로애락 오욕칠정을 품어 안으며 우리의 일부가 된 강이다.

그런데도 우리는 자꾸 다투기만 한다. 낙동강의 너른 품을 감싸 안기에는 인간의 욕심이 과한 탓이고, 낙동으로 흘러드는 내와 천을 포용할 만한 철학이 부족한 탓이다.

부질없는 시비와 오만으로 가득한 세상을 품고 흐르는 낙동강은 오늘도 넓고, 깊고, 오래고 길다. 우리를 넉넉히 안아준 낙동강의 상처 많은 물결을 이제는 우리가 보듬을 때다.

경천대 경천대는 낙동강 1300리 물길 중 경관이 가장 아름답다 하여
'낙동강 제1경'으로 칭송받아 왔다.

월암서원과 낙동강 사육신의 한 사람인 하위지와 생육신의 한 사람인 이맹전 등의 위패를 모셨다. 지금은 없어지고, 월암정만 남아 그 자리를 지킨다.

낙동강, 바다와 만나다 1300리 길을 달려온 **낙동강**이 이제 작별을 고한다. 헤어지는 아쉬움에 발걸음은 느릿해지고, 마지막까지 품고 있던 토사를 부려놓느라 강폭은 한없이 넓어진다.

내성천 용이 비상하듯 회룡포마을을 휘감아 도는 모습이 감탄을 자아낸다.

도동서원 조선시대 5대 서원으로 꼽힐 만큼 유서 깊은 달성군의 도동서원. 낙동강과의 대비가 이채롭다.

물금에서 만난 기차와 강
영남대로의 출발점은 부산 동래읍성이다. 사배고개를 넘고
양산과 물금을 지나 잡량진과 밀양을 두루 거친다.
길을 따라, 낙동강을 따라 기차가 달려간다.

병산서원의 향사
병산서원에서는 매년 봄가을에 서원의 가장 큰 행사인
춘추향사제가 치러진다.

우포늪의 백로들

남지철교 위 남지철교와 구 남지철교. 오른쪽에 있는 것이 새로 난 남지철교다.

함창의 시래기 작업 / 상주 함창에서 무청 시래기를 건조시키는 작업이 한창이다.

제암당 절벽 남지읍 세앙걸래 바위 절벽

참 고 문 헌

1 디지털 안동문화대전 (http://andong.grandculture.net)

2 《향토와 문화 4 - 낙동강, 그 시작과 길이》, 이형석, 대구은행(1996).

3 〈가야(가락)의 동쪽 - 상주(낙양)의 동쪽서 비롯〉, 매일신문(2010. 7. 7).

4 《향토와 문화 4 - 낙동강, 바위에 새긴 꿈》, 이재중, 대구은행(1996).

5 〈경북의 혼 제1부 - 나라사랑 (13) 임진왜란과 영남 의병들, 나라의 위기엔 스스로 일어났다〉, 매일신문 (2011. 4. 8).

6 〈신 낙동강시대 (41) - 예천 우망마을 ① 우수한 인재 넘치고 수확의 기쁨 가득한 '천혜의 명당'〉, 매일 신문(2011. 5. 4).

7 〈경북 봉화 청량산, 낙동강이 휘감은 '작은 금강산'〉, 매일경제(2008. 11. 14).
   〈경북 봉화 청량산 황풍 속으로 - 천길단애 열두 봉 한걸음에 시 한 수〉, 서울신문(2010. 11. 4).

8 〈라이프 청량산 - 안동 도산, 공민왕 · 퇴계 · 농암… 한국 정신문화의 1번지〉, 한국일보(2009. 10. 22).

9 《토평천 연안 충적평야의 지형발달》, 신윤호, 경북대 석사학위논문(1983).
   《창녕군지》, 창녕군(1984).
   〈우포늪 넓게 보기〉, 국제신문(2001. 5. 14).

10 〈주자학자 퇴계 이황, 배움을 즐긴 '공부의 신', 주자를 넘어서다〉, 서울신문(2011. 6. 20).

11 〈역사 인물의 흔적을 찾아서 - 퇴계 이황〉, 소년한국일보(2004. 11. 7).
   〈최영창 기자의 역사 속으로 - '청빈 율곡-검소 퇴계' 조선 양대 지성의 노블레스 오블리주〉, 문화일보 (2010. 6. 23).

12 〈이황 선생의 선비정신〉, 파이낸셜 뉴스(2011. 6. 10).
   〈퇴계 이황과 주자학〉, 독서신문(2011. 7. 18).

13 〈하회 별신굿 탈놀이 - 각국의 탈놀이〉, 매일신문(2007. 9. 20).

14 〈전통이 살아 숨 쉬는 안동 하회마을〉, 매일경제(2008. 11. 03).

15 《한국의 축제 : 하회 별신굿의 역사적 전개와 축제성》, 한양명, 국제아세아민속학회(1998).

16 〈칼럼 - 하회탈춤〉, 매일신문(2007. 9. 27).

17 《고령 상무사》, 고령군(2002).

18 〈신 낙동강시대 - 지류를 찾아서 ⑦ 내성천(하), 한국의 정신문화 이끈 강, 천혜의 비경 품은 한 폭의 동양화〉, 매일신문(2011. 8. 24).

19 〈낙동 · 백두를 가다 (46) - 낙동강과 도리사, 도읍지 풍수 지닌 곳, 아도화상 '한국의 불교' 열다〉, 매일신문(2009. 11. 13).

20 〈토요기획 - 김해·양산의 재발견 - 이웃한 천년고찰, 깃든 혼은 저만치 달라〉, 부산일보(2009. 12. 12).

21 《향토와 문화 56 - 우리민족의 대동맥, 영남대로》, 신정일, 대구은행(2010).

22 〈가을의 아름다움을 품은 황홀지경의 명산〉, 프레시안(2011. 9. 6).

23 〈김화성 전문기자의 &joy - 과거길 선비도 임진년 왜군도 마음 졸이며 발 내딛던 벼랑길〉, 동아일보
    (2011. 1. 28).

24 〈옛길기행 (33) 문경 유곡역 길 - 과거길 선비, 새재 넘기 전 잠시 갓끈 풀던 영남대로 중심〉, 매일신문
    (2011. 8. 10).

25 〈이 길을 걷고 싶다 ③ - 아흔아홉 굽이 사연의 '죽령 옛길'〉, 이투데이(2011. 8. 2).

26 〈옛길기행 (6) - 아흔아홉 굽이 험준한 죽령 - 신라와 맞서 싸우다 바보 온달 전사한 삼국의 군사 격전
    지〉, 매일신문(2011. 2. 2).

27 〈여행 - 봄바람도 쉬어 넘는 고갯길, 그 너머 고찰로 봄 마중 가세〉, 주간한국(2006. 4. 12).

28 〈옛길기행 (15) 추풍령 고갯길 - 추풍낙엽처럼 또 낙방할라, 과거길 선비들 넘으며 벌벌〉, 매일신문
    (2011. 4. 6).

29 〈2009 낙동·백두를 가다 (52) - 낙동강의 고장 고령, 대가야 - 낙동강 역사·문화 간직한 내륙 최대의
    포구〉, 매일신문(2009. 12. 25).

30 〈토요기획 - 부산 북구의 재발견, 600년 터줏대감 팽나무 '사람 살기에도 딱일세'〉, 부산일보(2009. 10. 24).

31 《향토와 문화 56 - 여인들이 가장 반긴 생활필수품, 낙동강 소금길》, 김재완, 대구은행(2010).

32 〈낙동·백두를 가다 (29) - 낙동강 700리 상주에서 시작되다 ②〉, 매일신문(2009. 7. 17).

33 《향토와 문화 56 - 선비의 유산 퇴계의 청량산길》, 박경환, 대구은행(2010).

34 《천년의 선비를 찾아서》, 이성원, 푸른역사(2008).
    《구석구석 놀라운 우리나라!》, 권원태 외, 터치아트(2008).
    《경북의 아름다운 걷기여행》, 한국여행작가협회, 상상출판(2011).

35 〈한가위에 걷는 길 - 안동 퇴계오솔길〉, 국민일보(2011. 9. 8).

36 《길 위의 역사, 고개의 문화》, 문경새재박물관 엮음(2002).

37 〈안동댐 수몰이주민 도로점거 농성〉, 연합뉴스(1992. 6. 17).

38 《습지와 인간 : 인문과 역사로 습지를 들여다보다》, 김훤주, 산지니(2008).